明かせぬ正体

乞食に堕とされた最強の糸使い

CONTENTS

▼
01 プロローグ
▲

AKASENU SYOUTAI
-kojikini otosareta itotsukai-

魔法の明かりが灯された街灯が照らす、夜の街。

晩冬といってよいこの時期は、夜風が吹くと耳が冷たく痛む。

「おぅおぅ、白豚ちゃん！　俺のこと覚えているかよ!?　ガハハハハ」

オールバックの黒髪に、顎には切り揃えられた髭の男。

そいつは重鎧《プレートメイル》を鳴らしながら、尊大な態度で俺の方に歩いてきた。

右手には背丈以上の巨大な斧を担いでいる。

その通り道にいた野次馬の数人がぶつかり、悲鳴を上げながら突き倒されていく。

「うわ、エブスだ……」

俺の近くにいた野次馬が青い顔をして、斧を担ぐ男を指差す。

「エブスだ！『ＫＡＺＵ』副団長のエブスだぞ！」

別の野次馬が、裏返った声で叫んだ。

『ＫＡＺＵ』とは史上最悪と言われた、元極悪ＰＫギルドの名である。

「ま、マジかよ……!?」

「おい、あいつはやべえって……早く下がれ！　早く！」

それを耳にした野次馬たちが震えた声を発すると、一斉に後ずさり、その男から離れる。

エブスと呼ばれた男は、海が割れるように出来上がった道をまっすぐ闊歩《かっぽ》してきた。

その侮蔑《ぶべつ》するのに慣れた、吊り上がった目で俺を見下す顔。

相変わらず、笑わせてくれる。

この男が言う白豚ちゃんとは、俺のことを指している。

豹変してしまった俺の外見を嘲笑しているのだ。

九か月ほど前になるだろうか。

俺たちプレイヤーは、突然ゲーム内に囚われた。

その中で俺だけ、変わったアイテムのせいで二〇〇cm、二〇〇kgの体型のまま、変更できなくなっていた。

姿形が変わったせいか倉庫アクセスもできず、重量ペナルティのためにほとんどすべての能力を失っていた。

まさに八方塞がりだったと言ってよい。

手持ちの資金を失い、生きるのに必死だった俺は、家畜の飼料を食べて道端に寝転がっていた。

この男はそんな俺をねっとりと卑下《ひげ》し、嘲笑い、弄んだ。

バキバキと音を立てて、歯が折られていったあの時を思い出す。

高笑いされながら言われた言葉を思い出せば、今でも烈火のごとく怒りが燃え滾る。

力を失っていた俺はあの時、一方的にやられ、その残虐な仕打ちをただ堪えるのみだった。

そう。日々泣き寝入りするしかなかったのだ。

そんな仕打ちを忘れた日など、一日たりとてない。

今、眼の前で人を食ったような笑いを浮かべるその男。

また俺をいたぶって酒の肴にでもするつもりなのだろう。

「ああ、お前確か『KAZU』の三下だろ？　名前は……存在感薄くて忘れたよ」

誰かがはっと息を呑むのが聞こえた。

まわりにいた人垣は、俺が泣いて詫びて、奴の靴でも舐めると思っていたのだろう。

喰ったような俺の返答に唖然《あぜん》とし、静まり返った。

「……おい、てめぇ……」

傲慢な表情を浮かべていた男の顔が、怒りに歪んでいく。

「ククク、天下の『KAZU』メンバーに舐めた口きくとどうなるか、わかってねぇようだな」

男が斧を掲げると、頭上でぶんぶんと振り回し始めた。

精いっぱいの威嚇のつもりなのだろう。

（わかってねぇ、か……）

俺はその皮肉な物言いに笑った。

それ以上に、この男は大変な事実をわかっていない。

——俺がすでに、力を取り戻しているということを。

プレイヤー最強と呼ばれた、【剪断《せんだん》の手】の力を。

▼

02 堕ちた強者

▲

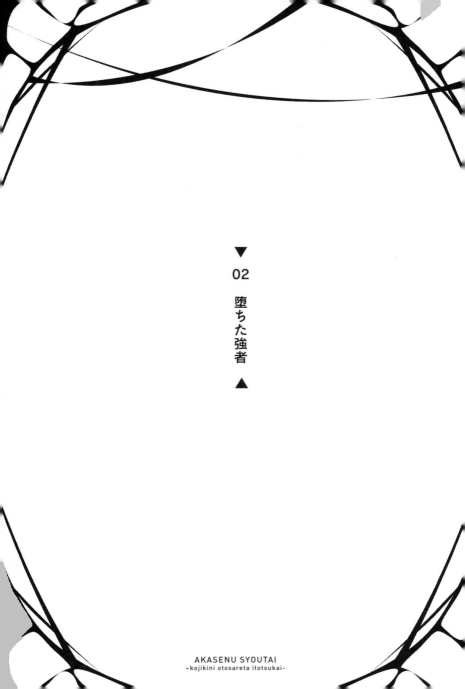

俺自身の名前はどうでもいい。

テレビゲーム全盛期に育ち、現在二六歳。

小さな市中病院の手術室で看護師をしている。

女性の多い職場で知人にはうらやましがられるが、今の俺の興味はそこじゃない。

俺の人生はゲームでできているから。

もう二年半以上、ＶＲＭＭＯ『ザ・ディスティニー』というネットゲームに時間と金を費やしている。一番の楽しみは通称『課金ガチャ』という、ゲーム内アイテムくじに給料の大半を投入して一喜一憂することだ。

自分でも中毒なのだと思う。

俺がはまっているゲーム『ザ・ディスティニー』は、現実世界からゲーム世界へ完全《フル》ダイブするＶＲＭＭＯだ。後頭部から背中全体に指定されたシート型機器を貼り、ベッドに寝そべるだけでゲーム内に入りこむことができる。飛び込んだ先は中世ヨーロッパをイメージした世界に様々な種族が暮らしている剣と魔法の世界だ。ゲーム内ではモンスターを倒しながら冒険をしたり、気の合う仲間と酒を片手に談笑したり、ただのんびりと釣りなどの趣味を満喫したりすることもできる。

その日もいつものようにログインした。

使用しているキャラクターの名前は、カミュと名付けている。

年齢設定は一八歳。中肉中背で日本人らしい目鼻立ちに黒い瞳。

耳の上まで伸びた長めの黒髪を切り揃え、真ん中で分けているが、後ろは気になるのですっきりと刈り上げている。

カミュは二次転職を済ませ、最終職業、傀儡師《くぐつし》についている。

糸を武器に戦う火力系職業で、体幹は布装備のみが可能だ。着込んでいるのは白の純水晶布鎧《ピュアクリスタルクロスアーマー》という、白地の服。布鎧《クロスアーマー》は金属鎧や皮鎧《レザーアーマー》にはかなわないが、ＨＰ上昇効果がある。頭には防御力が上がるが分からないほどのヘアバンド、手には糸系職業用の金属小手、足には移動速度が若干上昇するブーツを装備している。

異世界に降り立つと、陽はまだ高く、草の青々しい香りが風に乗ってきた。

靴は昨日ログアウトした時のままで、しっとりと草露で濡れている。

ここは魔法帝国リムバフェという国の、西側にある森だ。

昨日に引き続いて狩りをしようかと廃墟から出たとき、後ろで物音がした。

ちょうどタイミングよく、友人ササミーがログインしてきたのだった。

ササミーとは昨日、というか今朝まで一緒に狩りをしていた。

「こん（ばんわ）～」

「こん。これから狩り？」

ササミーが訊ねてくる。

「まあね。一緒に行くかい？」

「二時間後に筋トレに行くから、それまで　ＰＴ《パーティ》いい？」

「オッケー」

ササミーは近接火力系《アタッカー》二次職業、武器使い《ウェポンディーラー》である。主に斧を振り回して大火力を生み出すのが好きな奴だ。

まだ二次職業だし、レベルは俺よりずいぶん下だが、最近仲良くなった友人だった。

俺たちのいるこの森は、巨大蟻《ジャイアントアント》ばかりが出現する場所だ。

巨大蟻《ジャイアントアント》は通常攻撃が痛い上に足が速く、さらに倒せてもドロップはおいしくないという、悪い意味で三拍子そろった相手である。

だが俺がこの蟻《アント》エリアにこだわるのには、理由がある。

巨大蟻の王《アントオブアント》。

巨大蟻《ジャイアントアント》に混ざって、ごくまれにそいつが姿を見せるのだ。

LOADING

「不遇職なのに、ずるいぐらい強いな」

いつものように狩りを始めると、ササミーが定番のセリフを言う。

確かに、糸は人気がなかった。

中遠距離武器で、初期攻撃力はナイフ程度と非常に弱い。

アビリティを獲得すると装備本数を増やせるものの、同じ中遠距離武器である弓に比べて、あからさまに貧弱だった。

そのかわりに、運営が追加した糸の長所がある。

『拘束』という特性だ。

糸ごとに定められた確率で相手を拘束、無力化できる。

さらに糸の場合のみ、拘束時追加ダメージを入れることができる。

一見良く聞こえるが、これは短所という方が正しかった。

持続ダメージが入ってしまう分ヘイト上昇が大きく、モンスターを自分にひきつけてしまう傾向があったためだ。

ちなみにヘイトとはモンスターから見たプレイヤーへの敵対心のことだ。

モンスターはヘイトの最も高いプレイヤーを攻撃するよう設定されているため、パーティプレイではヘイトは防御の固い盾職《タンカー》が稼ぐのが基本になる。決して糸系職業のような火力職《アタッカー》が稼いではならない。

相手を拘束する能力を持つ職業は、リンク処理役としてパーティプレイでは重宝される。

運営はこの役割を、糸系・鞭系職業、【催眠《スリープ》】に長けた魔術師《マジシャン》系職業に与えるつもりだったと言われている。

しかし糸系職業だけはこのような傾向のせいでパーティメンバーから好まれず、自然と外されるようになる。

不遇に呆れた糸系職業のプレイヤーから、運営へ修正嘆願メールが多数送られた。

修正以外の選択肢はないと言われていたが、運営は長考の末、なんと不可という公式見解を出した。

それをきっかけに、糸を武器にするプレイヤーはどんどん減っていった。

弱いし、拘束をさせるわけにもいかない。

糸系職業がパーティ枠を埋めていると、他のメンバーが鼻を鳴らして抜けていく有様だった。

俺も糸系職業のもうひとつの能力に気づかなければ、度重なる不遇ゆえにカミュを削除していたかもしれない。

「出ないなぁ」

そう。俺は幸い、糸系職業のとんでもない能力に気付いていた。

そして今、俺はそのために巨大蟻の王《アントオブアント》を狙っているのだった。

狩りを始めてそろそろ一時間が経とうとしていた。

もう数十四狩りをしたが　巨大蟻の王《アントオブアント》に出会えなかった。

これればかりは、運である。

(明日もか……明日歓迎会で帰り遅いんだよな……)

そうやって悲観し始めた頃、ふいに遠くで人の声が聞こえた気がした。

「――誰かいる」

俺は息をひそめ耳を澄ました。

(やはり、かすかに聞こえるな。女性の声か。二人……三人?)

乱雑な草の擦れる音も重なっている。どうやら近づいてくるようだ。

「近くにいるのか?」

ササミーも歩みを止め、小声で確認してくる。

俺は待って、と手で合図をし、木の上に登って辺りを窺った。

狩りというものは通常定点で行うものだ。余計な移動は想定外モンスターと遭遇するリスクが高まるからである。だが聞こえてくる音は絶え間なく移動している。

そのとき、遠目で女性が二人、三匹の巨大蟻《ジャイアントアント》に追われて逃げているのが見えた。いや、さらに敵は増えて四匹。

ひとりは両手杖らしきものを持ち、もう一人は十字のマークが入った帽子を被っている。魔術師《マジシャン》と回復職《ヒーラー》だろう。

こちらに走ってくる。

(仲間をやられたのか……ん?)

女性を追いかけている四匹の蟻を見て、目を見開いた。

「巨大蟻の王《アントオブアント》も混ざってる!」

歓喜に震えて、つい叫んでいた。

そして木から落ちるようにして地に降り立つと、ササミーに合図して走り出した。

ササミーが俺の横をついてくる。

「本当か!?」

「ああ、間違いない。やるぞ」

笑みをこらえきれない俺。

対照的な表情で逃げてくる女性二人が、俺たちに気づいたようだ。

「た、助けてぇぇ！」

涙目になりながら、ふたりが息を切らして駆け寄ってくる。

「もちろん」

「おうよ！　どんとまかせとけ」

ササミーが言葉通り胸をどんと叩くと、女性二人に向けてぱちんとウィンクしたのが見えた。

それ、キモいから引かれるぞ、と前に伝えたはずだ。

俺たちが女性とすれ違うように駆け抜けると、巨大蟻《ジャイアントアント》どもがすぐに突っ込んでくる。

気分が高揚してくる。

鍛え上げてきた力で、人助けができるなど、この上ないことだ。

強くなればなるほど、このゲームにのめり込む所以でもある。

ササミーがいつものように前に出るぞ、と眼で合図してくる。ササミーは俺と違い、防御力の高い重鎧《プレートメイル》を装備しているからである。

「ササミー、二人を守ってくれ。俺がタゲを取る」

巨大蟻《ジャイアントアント》はともかく、巨大蟻の王《アントオブアント》はレベル七五のモンスターだ。盾職《タンカー》ではないササミーはひとたまりもない。ちなみにタゲとは、モンスターが狙う相手、ターゲットのことである。

「ラッキー！　女二人だ！」

ササミーはサムアップしながら、素直に下がる。

俺は乾いた笑いを残しながらも、自分の両肩に意識を集中する。

すぐに腕が左右一本ずつ、勢いよく天に向かって伸びた。

骨と皮ばかりの、人のものとは思えない不気味な腕。

これが俺の強さの根幹をなす、唯一《ユニーク》アビリティ、【死神の腕】である。

「ギギギ……」

とそこで、巨大蟻の王《アントオブアント》が女性魔術師を狙って【蟻酸】を撒き散らした。

毒々しい緑色の液体が、大きなバケツで水を撒いたかのように、扇状に飛散して飛んで来る。

範囲攻撃である。

(――まずい)

幸い巨大蟻の王《アントオブアント》に近づいていた俺は跳躍して避けたが、後ろにいたササミーたちは飛散して細かくなった一部を身に受けてしまう。

「うがぁー!?」

「きゃあぁぁ」

「いやぁ!」

ササミーが片膝を付いた。

見える横顔は苦痛に歪んでいる。

女性魔術師を庇ったのだろう、蟻酸がかかったササミーの重鎧《プレートメイル》の背部に不規則な穴がいくつも空いていた。そこから見える皮膚は赤く爛れ、びゅうびゅう出血している。

回復職《ヒーラー》の女性は両足に蟻酸を受けてしまっていた。

神官衣に似たローブの裾が溶け落ち、動けなくなっているようだ。

庇《かば》われた女性魔術師も無傷とはいかず、腕に蟻酸を受け、苦痛に呻いて杖を落としてしまっていた。

敗戦特有の嫌な雰囲気があたりに漂い始める。

「この【蟻酸】、マジで桁違う……即死しちまうぜ……」

「嫌だこんなの……絶対ムリ……」

「ごめんもうMPが……回復魔法《ヒール》できない」

【蟻酸】の一撃のみでこの即席パーティを崩してしまう巨大蟻の王《アントオブアント》の凶悪さ。

三人はこの相手に慣れないのか、青ざめて今の状況すら忘れてしまっていた。

だがもちろん、それで終わりではない。

続けて巨大蟻《ジャイアントアント》三匹が女性魔術師に襲いかかる。

庇ったササミーが一匹を引き受けるが、二匹が女性魔術師を押し倒し、馬乗りになって噛みつこうとする。

「カオリン！」

動けない回復職《ヒーラー》の女性が悲痛な叫びを上げる。

女性魔術師は巨大蟻《ジャイアントアント》の黒い姿に覆われていく。

それは昆虫らしいおぞましさを放ちながら女性魔術師を足で押さえつけ、牙を突き立てようとする。

「い、いやぁぁぁぁぁ！　誰かぁ！」

とその時。

ふいに乗っかっていた二匹が、音もなくばらばらと崩れ落ちた。

「だ……れかぁ……えっ？」

軽くなった蟻の足を握りながら、起き上がって呆然とする女性魔術師。

きちんと見れば、巨大蟻《ジャイアントアント》が乱切りにされているのに気付いたはずだ。

続けてササミーに襲いかかっていたもう一匹も、同じようになって崩れ落ちる。

「ありがてぇ。助かったぜ！」

ササミーがわかってたんだ、と叫びながら立ち上がった。

「ど、どういうこと？」

状況が飲み込めない、カオリンと呼ばれた女性魔術師。

「あの人が……あの人が倒してるの！　もう巨大蟻の王《アントオブアント》だけになってる！」

回復職《ヒーラー》の女性が座ったまま、感極まったような声を上げた。

「すげぇだろ？　あいつ」

自慢げに頷いているササミーが見えた。

「あのお化け蟻をたったひとりで……」

魔術師の女性が惚けている。

「カオリン見て！　あの人……よ、四本腕になってるよ！」

気付かれた俺は、しかし手を振ったりなどする余裕もない。巨大蟻の王《アントオブアント》のターゲットを取り、攻撃を躱し、捌いていたからだ。

「躱しまくってる……すごい敏捷度……」

「あいつレベル八八だからな。そこら辺の短剣職よりはえーよ」

「は、は、八八!?　あたしたちの倍じゃん！　なにそれマジヤバい！」

回復職《ヒーラー》の女性は今どきのＪＫのようだ。

身を翻しながら、俺は続けて巨大蟻の王《アントオブアント》に糸を放つ。

二〇本のしなやかな糸が、俺の四本腕から瞬時に伸びていく。糸は指一本につき一本である。

「なにあのキラキラした武器？　きれい……あたし見たことないわ……」

「糸だよ糸」

ササミーが親指を立てて、渋く決めている。

少し寒気がした。

放った糸は　闇精霊の君主《シェードロード》の弦糸。

三本が拘束に成功し、【漆黒の闇】がもたらされた。

巨大蟻の王《アントオブアント》の頭部に深い闇が出現し、ピッタリと纏わりつく。それは攻撃対象を見失わせ、さらに前後不覚に陥《おとしい》れる。

「え……？　四本腕の糸使いって、まさか……」

「入ったァ！　【漆黒の闇】の状態異常だァァァ！」

女性魔術師の言葉を遮って、某サッカーマンガの解説のように叫ぶササミー。

「え……？　魔法なしで状態異常なんて起こせるの⁉」

ササミーの言う通り、俺の糸攻撃は様々な状態異常を引き起こすのである。

糸使いの上級職、傀儡師になり第十位階の【上位魔法糸生成】が覚醒すると、一部のモンスターから上級魔法糸を作り出すことができるようになる。

上位魔法糸は追加能力として、それぞれ個性的な状態異常をもつ。

破格といってよい、弱点を補って余りある能力だった。

ただ糸系職業が稀有であることに加えて、高位にあるこの能力を多くのプレイヤーが知らないだけである。

例えば、闇精霊の君主《シェードロード》の弦糸。

■闇精霊の君主《シェードロード》の弦糸
拘束確率　一八％　拘束　二・二秒／本　持続ダメージ　ＨＰの〇・五％／秒　攻撃力　四八
拘束時状態異常【漆黒の闇】をもたらす　一〇秒　加算あり

『拘束確率』はそのままの意味である。『拘束二・二秒／本　持続ダメージ　ＨＰの〇・五％／秒』とは、拘束に成功した糸を巻きつけておけば一本につき二・二秒行動を制限し、さらに表記された持続ダメージを与えるという意味だ。

拘束時間を過ぎた場合、相手は自分に絡まっている糸を破壊できる。俺は糸の損傷を何より避けたいので、持続ダメージは入れずに次に説明する状態異常だけを付与し、さっさと糸を回収する攻め方になる。

「加算あり」とは、作用時間が加算されうることを示し、例えば今回拘束成功した糸が三本なので、状態異常時間が三倍の三〇秒に増加するという意味だ。

ちなみに、相手に抵抗されると効果時間が半分になる。

「し、信じられない……〈暗闇《ダークネス》〉より深い闇……しかも作用時間も長くない？」

女性魔術師が見たことのないほどの深い闇に嘆息を漏らす。

「ねぇ、あの暗闇ありえない。頭にくっついて回ってるよ？　エリア固定の〈暗闇《ダークネス》〉じゃない……」

回復職《ヒーラー》の女性の顔には驚愕が張り付いている。

【漆黒の闇】は闇の精霊シェードの王、闇精霊の君主《シェードロード》のみが発現できる状態異常で、文字通り見通すことのできない闇をもたらし、光だけでなく音や匂いまで屈折させる空間を作り出す。このように【漆黒の闇】はただの【暗闇】とは違い、視覚以外に頼るモンスターでも困惑させることが可能だ。

持続時間も長めで十秒続くのが使いやすい。

俺はここで攻撃力の高い死神の薙糸《なぎいと》を一〇本装備した。

■死神の薙糸
拘束確率　一％　拘束　二・二秒／本　持続ダメージ　ＨＰの〇・五％／秒　攻撃力　八〇
拘束時状態異常　この戦闘で受けた総ダメージを与える

拘束確率が極端に低いが、切り刻む能力に優れ、一撃一撃の攻撃力が通常の糸の倍近くに設定されている。アルカナボス《死神》から紡いだ魔法糸だ。

アルカナボスとは、二二のアルカナにちなんだ、この世界最強の敵である。アルカナボスはサーバー共通の敵で、一つのサーバーで攻略されると、他のサーバーでも出現しなくなる特徴がある。

現在までで倒されているアルカナボスは四体。

俺が倒した《死神》、第一サーバーのギルド『北斗』が攻略した《恋人》、そして第六サーバーのギルド『アルキメデス』が攻略した《運命の輪》、そして四匹のモンスターにより討伐されてしまった《女帝》である。

これによりギルド『北斗』は驚異的な移動速度を誇り、飛行もできるレア騎獣「ペガサスクィーン」を複数手に入れ、ギルド『アルキメデス』は城すら浮かせると言われる飛行石を手に入れたと言われている。

ちなみに俺は《死神》を倒して、「アルマデルの仮面」と「アルマデルの経典」という呪いのアイテムを手に入れている。少々気味が悪くて、一度も装備したことはないが。

頭部に絡みつく【漆黒の闇】で敵を見失い、がむしゃらに牙をむく巨大蟻の王《アントオブアント》。

噛まれると即死しそうな攻撃を丁寧に躱しながら、死神の薙糸で切り刻んでいく。【漆黒の闇】が切れれば、すぐさま闇精霊の君主《シェードロード》の弦糸を放ち、状態異常を追加する。

死神の薙糸はB級、低純度ミスリル製広刃の剣《ブロードソード》並みの攻撃力があり、浅いものの蟻の硬い甲殻を切り裂いている。

それでも巨大蟻《アントオブアント》の王はさすがの耐久力で暴れまわっていた。牙をガチガチ鳴らしながら、見る者を竦ませるほどの殺気を放ち続ける。さすがは王である。

（だがもうＨＰも十分削った……そろそろ、うぉっと）

と、そこで【漆黒の闇】が晴れた巨大蟻《アントオブアント》の王がすぐさま【蟻酸】を吐き出す事前モーションに入る。

最後のあがきがきた。

気付いた俺は位置を調整し、背後に誰もいない位置へ立って引きつける。

「ギャアァァ！」

吐き出される蟻酸。緑色の液体が狙いを違わず、俺ひとりに放たれた。

「うあ、また【蟻酸】だァァ！」

「危ないわ！」

ササミーたちがちょうど巨大蟻《アントオブアント》の王を挟んだ反対側で叫んでいる。

俺は降ってくる蟻酸を再び大きく跳躍して躱した。

「おおおぉ！」

「きゃーかっこいい〜〜！」

「ちょっと！　あの人マジヤバくない!?」

着地した俺は【蟻酸】放出後で硬直中となっている巨大蟻《アントオブアント》の王に、最後の攻撃を仕掛けた。

「終いだ。【死の十字架《デッドリイクロス》】」

俺が持っているのはもちろん状態異常だけではない。

【死の十字架《デッドリィクロス》】。

先ほどの巨大蟻《ジャイアントアント》三匹を屠ったのもこれだ。

糸による必殺の切り刻み攻撃である。

中距離攻撃アビリティ【死の十字架《デッドリィクロス》】は二段階ある内の高位のもので、発動後硬直が短い上に、糸がまれに見せる『剪断』の確率を大きく上昇させるものだ。

さすがの巨大蟻の王《アントオブアント》もこれには耐えられず、乾いた音を立てて崩れ落ちた。

亡骸のそばに、ドロップ品が現れる。

「す、すごい……ひとりで全部倒しちゃったわ」

「……あたしたち一匹でも無理だったのに」

命拾いした女性二人が、まだ信じられない様子で俺を見てくる。

「……魔法じゃないよね？　あの人、まさか噂の……？」

「どうしよう、ヤバいちょっと、カッコよくない!?　あたしなんかドキドキしてきちゃった！」

ササミーに背を向けて盛り上がる二人の女性。

「いや、俺が守ったから君に【蟻酸】がかからずに……」

付加価値を示すササミーの言葉は、独り言にされた。

「……やったな。さすがはアビリティ全覚醒の【剪断の手】だな」

切り替えの早いササミーが拍手しながら、俺に声をかけてくる。

いや、見習いたいぐらい本当に早い。

――【剪断の手】。

それは圧倒的な強さを持つ、第二サーバーの謎の糸使いを畏怖して付けられた名。

アルカナボス《死神》を単独討伐した者。

二ヶ月前の全サーバー統合PVP《対人戦》大会の優勝者。

そして、俺のことである。

俺はササミーを軽く無視して一秒を惜しむように駆け寄り、巨大蟻の王《アントオブアント》の死骸から【上級魔法糸生成】を行った。

巨大蟻の王《アントオブアント》はすでに四匹倒しており、生成カウントは残り一だった。生成は無事に成功し、巨大蟻の王《アントオブアント》の蟻酸糸が一〇本生成される。

こいつの糸は初めてだったので、生成時に手が震えてしまった。

(うわ……これはあくどい)

巨大蟻の王《アントオブアント》の蟻酸糸の状態異常効果は、ミスリルを含む金属を腐食し、装備品耐久度を傷害するものだった。

一方……。

「ま、待って！　あなた今【剪断の手】って言ったの!?」

「えっ……!?　【剪断の手】ってやっぱり……。あの人カミュ様？　カミュ様なのね!?」

俺の屈んだ背後で、ササミーが質問攻めだ。

ササミーはなぜか照れて頭をかくと、仕方ないといった様子で口を開いた。

「そそ、別格だろ？　俺の親友、カミュだよ」

親友のところを強調する男がいた。

（おい、いちいちバラすな）

糸合成とドロップ回収を終えた俺が振り返ってササミーを睨むが、もう遅かった。

俺は溜息を付きながら三人の元へ歩いて行く。

「カミュ様……」

「嘘でしょ⁉　カミュ様って、こないだの全サーバー統合PVP《対人戦》大会で……」

「そそそ。優勝者。で、俺の親友」

しつこい人がいる。

「やだマジで本物なの⁉　信じられない！　あたしすごい応援してた！　決勝たった二六秒で勝った時、マジ震えたもん！　同じサーバーだって聞いてたからお会いできたらと思ってたの！　ちょっとマジヤバい！　漏れそう！　ていうか漏れた！」

最後の一言が気になる。

「……あ、あの、た、たたた、助けて頂いてありがとうございましたぁ！　カッコよかったですぅ！」

礼を言う二人に、俺は分け前とドロップ品を渡した。

「ちゅ、中級精錬石じゃないですかぁ⁉　あ、あの、頂いちゃっていいんですか！」

回復職《ヒーラー》の女性が目を白黒させてたじろいでいる。

「ああ、俺もササミーも中級は終わってるからどうぞ。ササミーってあいつね」

「きゃー!? マジヤバい！ カオリン、あたしもらっていい？」

「なんでよー!? 麻沙美なんか、ただ座ってカミュ様ヤバいヤバい言ってただけじゃん！」

各職業にはそれぞれ第十二位階まで、戦闘を有利にすすめるための個性的なアビリティが存在している。

ご想像の通り、この世界でプレイヤーの強さを大きく左右するのは、アビリティをいくつ覚醒しているかである。

このゲームではモンスターがドロップする「精錬石」と呼ばれる石を取得し、それを使用することでアビリティを覚醒していくシステムをとっている。精錬石の等級には、下級（第一位階～第三位階）、中級（第四位階～第六位階）、上級（第七位階～第九位階）、世界（第十位階～第十一位階）、始原（第十二位階）と分かれている。

先日、とあるパーティに上級精錬石ドロップがあり、誰が拾うか半日揉めたという話を聞いた。

精錬石は高位のものほどドロップ率が低いためである。

例えば上級精錬石は、一〇〇〇回に一回のドロップと言われている。その上の精錬石はさらにレアだ。

そんなレアドロップなものだから、先日公表されたプレイヤーの平均取得アビリティ位階は、なんと、たった五・二である。

オープンして二年以上経過した現在でもそれだけであり、未知のアビリティが多いことを覗わせる数値だ。

精錬石はこのように、皆が喉から手が出るほど欲しがるアイテムなのだが、俺はもう興味がなかった。

俺はこの世界で唯一（たぶん）、すべてのアビリティを覚醒し終わっているためである。

そしてそれが、【剪断の手】と呼ばれる所以でもある。

「助けていただいた上に、精錬石まで……本当にありがとうございました！」

「あの、カミュ様は彼女いるんですか？」

ぺこぺこ頭を下げる魔術師の女性は耳が大きく上に向けて尖っており、エルフだった。

『ザ・ディスティニー』に住んでいる種族は多岐に渡るので、特に驚かない。

「俺？　いないよ」

ササミーが回復職の女性の質問に答えて、ぱちんとウィンクする。

その言葉への反応はなく、最後に二人から俺だけ握手を求められつつ、四人は移動アイテム「帰還《リコール》」で、最寄りの街へ帰還した。

俺はその後、魔法帝国リムバフェの首都ルミナレスカカオに戻り、ササミーとともに自分の倉庫を整理していた。

二年半もこのゲームをやっていると、倉庫整理は思いがけないアイテムとの出会いである。

課金ガチャばかりやっていた俺は、望まないアイテムが出ると、そのまま倉庫に放り投げていたからでもある。

その時も俺は正月課金ガチャで望むべくもなく手に入れた福笑いの袴を引き出し、装備して遊んでいた。

袴は下着扱いで装備でき、一時的に体型と顔を変化させることが可能だ。一寸法師のように小さくなったり、上限二メートルまでの巨体になることもできる。ちなみに餅をつくことを想定してか、武器は両手鈍器と羽子板のみに限定されている。ご丁寧に名前やHP、MPを隠す認知妨害効果までついているようだ。

「倉庫に放りこんで忘れてたが、面白いアイテムだな。体形だけでなく顔も変えられるのか」

俺は背丈二〇〇㎝にして体重も上げていく。体が横に膨張していくような、日常感じることのない違和感を感じる。

体重は一二〇㎏以上にしたところで移動速度低下などのペナルティが発生したようだが、どうせ街からは出ないので気にせず最大の二〇〇㎏に設定する。

今の俺の顔は、太い眉に切れ長の眼、小さいがつぶれた豚のような鼻、タラコのような分厚い唇が白く厚化粧された顔に少々ずれて置かれている。今は鼻と口の距離が一〇㎝ぐらいあり、鼻の下を異様に伸ばした、垂れ目の顔になっている。

「ププ、その顔でこっち見るなよ。マジ吹くわ」

悶絶するササミー。顔面がみるみる茹で蛸のようになっていく。

「今週はほんとに人が多いな。キャンペーンのせいかな」

構わず、その顔で真面目な話を振ってみる。

今週のキャンペーンでは新規登録キャラクターに限定ポーションが配られており、一定時間精錬石ドロップの確率を一〇倍にするという大当たりアイテムだった。そのため友人や家族に新規登録だけしてもらい、アイテム取得するプレイヤーが多かった。

「ぷっ、もうだめだ！　ダハハハ！」

そんな風にササミーが高笑いしている最中、何の前触れもなく異変は起きた。

急に視界がブラックアウトし、数秒して回復したかと思うと、俺は別の街の広場に立っていた。

思えば、これが囚われの瞬間だった。

数日経ってから、俺たちプレイヤーはゲーム内第一サーバーに転送され、数万人規模でログアウト不能の事態に陥ったらしいことを噂で聞いた。

だが俺だけ、皆と違うことになっていた。

福笑いの袴の効果が続いていて、身長二〇〇㎝、体重二〇〇㎏のまま、どうあがいても変更できなかったのだ。

重量ペナルティによるバッドステータスは、移動速度九〇％低下、筋力九〇％低下、魔力九〇％低下、敏捷度九〇％低下。パッシブアビリティ無効である。幸いＨＰ、ＭＰに関連する体力、精神力は悪影響を受けない。

動かしていた顔のパーツは定位置に戻っているようだが、福笑い顔もそのままだった。

LOADING

（ログアウト不能に重ねて、俺だけこんな格好……？）

混乱した頭で、状況を整理しようとする。

今は太陽が高く上り、メニュー画面を開くと時刻が一二時三四分と表示されている。

近くを見回したが、一緒にいたササミーはいなかった。フレンドリストも開かない。ＧＭコールは何回やってもダメだ。

何かできることはないかと、俺はひとまず倉庫へ向かうことにした。

知り合いもいるかもしれない。

『以心伝心の石』という、遠隔で知り合いに連絡を取れるアイテムも倉庫に入っている。

歩き出してみると無思慮に体重を増やしてしまったことを今更ながら後悔した。

あり得ないほどの巨体になってしまったせいか、周りの視線が痛い。

足も鉛のように重く、常に深雪の中を漕いで歩いているようだ。

倉庫にたどり着いた時には、校庭一〇周を終えた気分だった。

歩いただけなのに、息切れで吐きそうである。

なんとか息を整え、キィという古めかしい音を立てる扉を開けると、俺は倉庫に入った。

倉庫はすべて木造で、暖色でまとめられている。ＮＰＣの倉庫番が三人並んで座り、プレイヤーの依頼に対応している。

室内は広々としていて、六〇坪はあるだろうか。掃除も行き届いており、こざっぱりとしていた。

倉庫内には五〇人以上のプレイヤーがいる。

数人が俺を見て目を点にしていたが、他は相変わらずこの事態に不満を漏らしていた。

知り合いがいないか観察していると、ひとり、知っていた女性を見つけた。

それだけで自然と頬が緩んだ。

張り詰めていた気持ちが和らいでいくのがはっきりとわかる。

名はピエニカといい、つい先日、お互いにソロ狩りをしていて仲良くなった魔術師系二次職業、魔言葉師《マジックキャスター》の女性だった。

「ピエニカさん！」

俺はその名を呼んだ。

名を呼ばれたことに気づいたピエニカがこちらに振り向いたが、いったい誰が自分を呼んだのか、わからないようだった。俺は手を上げてもう一度名を呼び、近づく。

しかしすぐに俺の笑顔は氷結し、足も止まった。

ピエニカは声の主が俺だとわかった瞬間、顔から表情を消していた。

そして汚物でも見るかのように、侮蔑のこもった視線を俺に向けたのだ。

「……誰？」

氷のような声。

以前話したときと大違いだった。

そもそも、ピエニカは俺に対しては常に敬語だった覚えがある。

予想外の流れに一瞬たじろいだが、俺は続けた。

「カミュ、だよ。この間カラステの森で会ったよな。異常事態でこんな姿になっているんだ。今って何が起きているか、教えてもらえないか？」

俺の言葉は、ひとつも耳に入っていないようだった。

「ちょ、ちょっと！　近くに来ないで！　鳥肌が立つわ」

ピエニカは臭いすら嗅ぎたくないとばかりにしかめた顔を横に向けた。

「何でもいいけど、あんたみたいなキモい男、生理的に受け付けないの！　あっち行ってよ」

そして一切を拒否するように両手を俺に突き出すと、ヒステリックに叫んだ。

「ぴ、ピエニカさん……？」

この応対は、俺の予想をはるかに超えていた。

その時、ピエニカが左の顔だけで笑ったように見えた。

「い、嫌ぁ！　誰か！」

ピエニカが突然、大きな声で悲鳴を上げる。

ざわついていた倉庫が一瞬で静かになり、皆が俺を見る。

すぐさま、ピエニカと俺の間に、皮鎧を着た男が割り込んできた。

男は俺を上から下まで確認すると、ふふん、と笑って馬鹿にしたような目をした。

弓職のようだ。

「この男が急に触ってきて……！」

「……え？」

ピエニカが弓職の男にすがりついている。

「でかいだけか。痴漢ぐらいしか能がないような男だな」

周りにいたプレイヤーたちも、突然の成り行きに注目している。

聞いた限り、俺は正義の味方を前にしたやられ役のようだ。

「……誤解だ。ゲーム内が異常事態になっているようだから訊ねていただけだ」

俺は精一杯事情を説明しようとする。

「痴漢して、言い訳してんじゃねぇ！」

男が拳を振るうのを感じた。

【認知加速】というアビリティアシストがないが、十分見える一撃だった。

俺は軌道を読んで最小限でかわしたが、つもりだけだった。

直後、視界がぐわんと回った。

よくわからないまま俺は尻餅をつき、ひりひりとした痛みとともに右頬が焼けるように熱くなっていた。この世界では痛みは半分程度に抑えられているが、重要な感覚として残されている。

アハハハ、という誰かの笑い声が耳に残った。

その後、俺は倉庫にいた男達にずるずると外へ連れ出され、袋叩きに遭った。いろいろな方向から足が出てきた。

　体を丸めて耐えた。

　そのうちに、冷たい液体がざばぁ、っとかかった。

（うわ）

　突然のことに、息ができなくなった。

「アハハ、痴漢には良い薬だ！」

　見ると、桶を手に持った男がガッツポーズをしている。

　周りが盛大に拍手し、その男を英雄扱いし始めた。

　その背後では、ピエニカが先ほどの弓職の男にすがりついたままだ。

「ち、痴漢じゃない」

　俺は震える声でそれだけを言った。

「うるせぇ！　少しは反省しろや」

　蹴る足が増えた。

　なんでこんな目にあっているのか、わからない。

　それからもしばらく、蹴り続けられた気がする。

「――そろそろやめてやんな」

　三回めの水が降ってきた頃、どこかから声がかかったのが聞こえ、俺を蹴る足がなくなった。

　囲んでいた男達は去り際に皮肉な笑いを残していく。

歯が楽器のようになり続け、自分の意思で止められない。

まだ冬が終わったばかりの時期で、水浴びは流石に堪えた。

白くなった手で上半身を起こして座ると、ひとり、男が立っていた。

目が合った。

「――痴漢はいけねえな。気持ちはわかるけどよ」

中肉中背で黒い瞳。二〇代後半だろうか。太い眉もそうだったが、突き出て二つに割れた顎が目を引いた。脂っ気のないブロンドの髪を前髪ごと無造作に束ね、首の後ろで縛っている。

男は蒼穹の重鎧《プレートメイル》を着込んで二本の装飾された剣を腰に差していた。

剣二刀流は決闘者《デュエリスト》の専売特許だ。それだけで二次転職を済ませ最終職業に至っている高《ハイ》ランカーだとわかる。決闘者《デュエリスト》は重鎧《プレートメイル》を装備できる上に二刀による安定した火力を持ち、一番人気の職業と言われている。

彼の重鎧《プレートメイル》はプレイヤーであるドワーフ『シーザー』が製作したS級鎧で、金で縁取りされたその精巧な作りが目を引く。【部分重量無視】の魔法がかかっている上にセット装備で防御力が一五％上昇するという、盾職《タンカー》好みの鎧である。

なお、鎧には重鎧《プレートメイル》、軽鎧《ライトアーマー》、皮鎧《レザーアーマー》、布鎧《クロスアーマー》、ローブの五種類がある。

最も防御力の高い重鎧《プレートメイル》を装備できる職業は、加えて布鎧《クロスアーマー》を鎧下として重着できる。

俺は蒼い重鎧《プレートメイル》の男を見ながら瞬きを二回する。マウスで言うダブルクリック操作だ。それに伴い、相手のプレイヤー情報（名前、所属ギルド名）がポップアップして視界に表示される。

名をミハルネ、ギルド『北斗』に所属していることまで表示された。

『北斗』は全サーバーを通して最大と言っていいレベルの巨大ギルドだ。この男は装備からそのギルドの幹部クラスなのだろうと推測した。

「バグが起きていて困ってるんだ」

俺の言葉を聞いたミハルネは、一瞬眉をぴくんとさせただけで愛想笑いも浮かべなかった。

「――あんた名前は？」

俺の名前は福笑いの袴に備わっていた認知妨害効果のため、？？？になっており、確認できなかったようだ。

「……カジカ」

俺はやや自暴自棄になりながら別の名前を名乗った。名前設定で偽の名前をカジカと入力する。近くの港でよく釣れる、鍋にすると旨い魚の名だ。

ミハルネは聞かない名だな、と呟くと先を続けた。

「俺はミハルネ。第一サーバーのギルド『北斗』の団長だ。バグはあんただけじゃないぜ。さっきからおかしなことが続いている。みんな神経質になっているところで、あんたがちょうどよくやっちまった。ついてなかったな」

ミハルネは俺が言ったバグの意味を誤解したようだった。

「痴漢なんかしていない。知り合いの女性がいたから状況を聞きたかっただけだ」

「誰だって痴漢すれば、シラを切るさ」

「度し難いことを」

俺は背を向けて立ち上がり、立ち去ろうとした。

「まあ待て」

それを見たミハルネが、俺を引き留める。

振り返った俺を見て、ミハルネが額の汗を拭った。

「……カジカさんとやら、単刀直入に聞こうか」

ちょうどその時、近くの木にとまっていた鳥がバサバサと一斉に飛び立っていった。

「──あんた、何者なんだ？」

「……」

ぽたり、ぽたりと服から石畳に滴る水の音が、やけに大きく響いた。

睨んでいるミハルネが、ちらりと俺の手元に視線を動かしたのが見えた。

(気付いたか……)

それで俺は全てを悟った。

俺の呼吸が無意識に歴戦のそれに変わっていくと、再び額の汗を拭ったミハルネが腕を前でクロスし、双剣の柄を掴む。

場に似つかわしくない、肌に突き刺さるほど張り詰めた空気。

睨み合う数瞬。

だが……。

今の自分は戦えるわけではない。元に戻れる保証もない。

本当は強いのだ、などと見栄を張るのも好きではなかった。

(他人には等身大に見られたほうがいい)

どうするか決めた俺はつい反応してしまった自分を抑えこんだ。

それを感じ取ったのか、ミハルネがまた眉をピクリとさせる。

「どういうことだ?」

俺が隙だらけになって応対すると、ミハルネは額の汗をそのままに言葉を発した。

「それ、運営が販売停止した召喚アクセサリーだろ? 貴重過ぎて、いったいいくらで取引されているのかも知らん。なのにそこまで随所に身につけている奴は初めて見た。あの状況で召喚獣を出さなかったのは賢明だったがな」

ミハルネは俺の全ての指で黒光りする指輪を顎で示す。

その通り、召喚アクセサリーである。

運営が以前、一回九八〇〇円という超高額課金ガチャイベントを開催した時に、手に入れたものだ。ゲームバランスを大きく崩すとわかり、その後の販売が無期延期となったレアアイテムである。モンスターを調教師同様封じ込めて一日一回のみ召喚できる。

指だけではない。俺が身につけているイヤリングも、ネックレスも実は召喚アクセサリーである。

これだけ集めるのに、俺が幾ら投資したかは推して知るべしだ。

もちろん指輪を装備できるよう全ての指を解放したのも課金である。

「PK《プレイヤーキル》になんて興味はない。それにこれもただボーナスを注ぎ込んだだけさ。帰属アイテムだから取引で得たものでもない。大した召喚獣も入っていない」

帰属アイテムとは、手に入れたプレイヤーのみが使用でき、販売、譲渡できないアイテムのことである。多くは運営が課金販売したものが当てはまる。

「……なるほど帰属なのか」

納得したような言葉とは裏腹に、ミハルネは一層厳しい表情になった。

「――だが後半は嘘だな。あんた、とても笑えないような大物飼ってるだろう」

ミハルネの額にあった大粒の汗が、すっと流れた。

これがわざわざ俺に話しかけてきた理由である。

この歴戦の男は一部の超級モンスターだけが纏う異質な空気を知っているのだ。

そして確かに、俺の指輪にはそういう奴が眠っていた。

「大物過ぎる。人に従うこと自体が信じられん」

ミハルネがもう一度繰り返した。

「……買いかぶりすぎだ。確かにポイズンサンドウォームは閉じ込めている。でかいし、毒を撒き散らすからここでは見せられないが、あんたが気配を感じているのはこいつだと思う」

嘘である。

ポイズンサンドウォームはレベル四〇程度と、それほど強くないモンスターだ。東にある砂漠、ザサハラの入り口の段階で出会う相手である。

ミハルネは再び眉を動かすが、まだ油断なく俺を見ている。

白々しい嘘を、とでも思っているのだろう。

それはそうだ。

俺が封じ込めているのは、そんな生ぬるいものではない。

ここで出したらそれこそ大惨事になるし、間違いなく今の俺を買いかぶられる要因になるだろう。

「……今までのサーバーは？」

ミハルネが両手を剣の柄から離さず、質問を口にする。

「第二だ」

「それなら俺たちとも初見だな。あんた、名もわざと変えているな？　雰囲気でわかるぞ。かなり高レベルなんじゃないのか？」

寒さで震えつつも、嫌な汗が背中を流れた。

なかなか鋭い男である。

「誤解を上塗りしないでほしい。今の見てただろう？　あんたにまたやられれば信じてくれるのか？」

「すぐばれる嘘は止めたほうがいいぜ。俺の勘はそうそうハズれないんだ。おい！」

ミハルネの呼び声が裏返ったが、近くにいたプレイヤーが数人、気づいてこちらに歩いてきた。

巻き起こるざわめきとともに、周囲の目が、彼らに引きつけられる。

一目で高《ハイ》ランカーだとわかる、名のある装備品。

盾職《タンカー》、拳闘家《ビュージャルスト》、魔術師系職業が二人に回復職が一人か。

彼らが俺の前に来ると、人垣も巨大なものになっていた。

「ミハルネさん、やっちまいますか？」

拳闘家《ビュージャルスト》の男が指を鳴らしながら不敵に笑った。

この職業は格闘系最終職業で、武闘でダメージを与える職業だ。特殊な攻撃方法として、空中に跳ね上げて連続攻撃を入れる「空中コンボ」が実装されている。

ミハルネは拳闘家《ビュージャルスト》の男の言葉を聞いて一旦首を横に振ると、正直に言ったほうがいいぞ、と俺に勧告した。

「なぁ、なんでミハルネさんたち、集まってんだ？」

「お、おい！　あれ『北斗』の最強パーティじゃね？　キッゾさんにルキーニ……ミルセイアもいる！」

「ていうか、なにあの相手。豚じゃん、豚族じゃん！　アハハハ」

完全武装のミハルネパーティの登場に、にわかに歓声が上がりだす倉庫前。

人が集まりだせば、目立ちたくない俺にとっては嫌な状況になる。

一方、俺の左手では、指輪がひとつ震え始めていた。

出せ、と言っている。

あいつの声が聞こえるようだった。

脆い者ほどよく吠えますなぁ……。もちろん殺してよいのでしょうな……。

俺の口元につい、笑みが浮かんでしまった。

（お前が勝つのくらい、疑ってないさ。だがこんなところで出したら、それこそ大虐殺だ）

「この状況で笑ってんじゃねぇ！」

拳闘家《ピュージャルスト》の男が掴みかかって俺を立たせた。

二〇〇kgを立たせてくれるとは、さすが高レベルプレイヤーだが、ミハルネほど怯えてはいない。

気づいていないのかもしれない。

名前はルキーニと言うようだった。

「脅かされてもな。今回ばかりはあんたたちが大外れさ。今、俺がボコられているの、みてたんだろ？　高レベルなら痴漢しても逃げられるだろうが」

俺は多少慄いたふりをしながら言い返した。

「……の野郎、団長相手に調子こいたこと言いやがって」

顔を真っ赤にしたルキーニが凄むと、ミハルネがなだめるようにその肩に手を乗せた。

「どうしても言うつもりはないか？」

拳闘家《ピュージャルスト》の肩越しに視線を向けてくるミハルネ。

「……絡むのはやめてくれ。ログアウトできなくなってそれどころじゃないんだ」

濡れた衣服が体温を奪い、奥歯が再び音を立て始めた。

そんな俺を見て、ミハルネはやっとフッと笑った。

「……まあいいさ。話していてそれなりの良心の持ち主らしいことはわかった」

ミハルネは小さく溜息をつき、放してやれ、と声をかける。

「……」

俺は目の前の拳闘家《ビュージャルスト》の肩越しにミハルネを見る。

「カジカさん、俺たちはこれからこの街を去るが、それだけの腕ならまた会う機会もあるだろう。街中では出さないと約束してくれ。ポイズンサンドウォームじゃない奴のことだぞ」

「ミハルネさん、よろしいので？」

拳闘家《ビュージャルスト》の男が俺を掴んだまま、もう一度確認する。

「いい。放っておけ。何かあれば連絡するよう乙女たちには言っておく」

ミハルネはそう言って背を向け、他の仲間たちも無言で去っていく。

「おいデブ、命拾いしたな」

拳闘家《ビュージャルスト》の男は俺を突き飛ばすように放すと、背を向ける。

俺はドスンと尻餅をつき、それが面白かったのか、あたりから嘲笑を買った。それを最後に、厚かった人垣も散って行く。

重い上半身を両手で支えて立ち上がると、衣服の水を絞った。

少なくない水が滴り落ち、石畳を濡らす。

キリキリと刺さるように冷えきった手が悲鳴をあげた。

(さて、気を取り直していくか)

俺は当初の目的を達するべく、視界の隅にあるアイコンをタッチして自分の倉庫にアクセスした。

(ひとまずアイテム類を移してみて重量ペナルティが改善するかやってみよう。それから以心伝心の石だ)

ギギギと聞き慣れた音を立てて、倉庫が開く。

次の瞬間、俺は瞬きを忘れ、食い入るように開いた自分の倉庫を眺める。

その時の俺は、目を疑うとかそんなレベルのリアクションじゃなかったと思う。

全部なくなっていた。

「……」

もう一度開き直す。

それを五回、繰り返した。

変わらなかった。

ふと、忘れていた呼吸を取り戻す。

(自分の倉庫にアクセスできていない?)

認知妨害アイテムで名前変更したためだろうか。しかしこんな滅茶苦茶な話は聞いたことがない。

もともと俺の倉庫には貴重なアイテムがぎっしり詰め込まれていた。中にはアルカナボス《死神》

たと思う。

を討伐した際に得た【遺物】級の軽鎧や【伝説】級の斧も含まれている。金貨も二万金貨以上はあっ

倉庫を凍結されるような違反行為なども身に覚えはない。

俺は倉庫番の女性に詳細を訊ねるが「開く倉庫がご自分の倉庫です」の一点張りだった。

融通の利かなさは、まるでお役所のようだ。

新車の鍵を他人に紛失されたような気分だった。

「たちが悪すぎるぜGM《ゲームマスター》……」

呆れを通り越して怒りが沸いてきた。

この空っぽの倉庫にアイテムを入れる気になれなかった。もし自分の倉庫を取り戻したとき、代わりに消失してしまう気がしたのだ。

頭が回らなくなってきた俺は、ただ倉庫内をうろうろしていた。

「おう、いまから鍋持ってそっちいくぜ～」

俺の気持ちを逆なでするように、隣の見知らぬ男が明るい声を上げた。

仲間からメッセージを受け取ったようで、倉庫から数人用の大きな鍋を取り出し、足取り軽く去って行った。この状況を逆手に取って楽しもうとしているのだろうか。

パーティを組んでいる際はステータス画面のチャットタブを変更することで、ある程度の距離まで声とメッセージを伝達できる。一方で、デスゲーム化した後は遠距離でも使用できたギルドチャットやフレンドチャットは使えなくなっているようだ。

チャット以外にも『ザ・ディスティニー』には、名前を指定すればどんなに遠くでも一方的に声を届けられる囁き、通称ＷＩＳ《ウィス》機能が存在する。

しかし、セクハラなどの問題から、この機能は以心伝心の石を購入しないとできない設定となった。

この以心伝心の石、実は三〇個入りで五五〇〇円とリアルマネーでしか購入できず、フレンドチャットがあったので、誰も使わなかったという。先日のゲーム内ラジオ番組でも、『買わないアイテム一位』に挙げられていたくらいだ。

それでも俺は無用の長物だったこのアイテムを、今こそ倉庫から出して使いたかった。知り合いに連絡を取る手段に考えていたのだ。

細い通路を塞ぐように棒立ちしてしまっていた俺は、周りからの罵声に全く気付かなかった。

LOADING

俺の話を続ける前に、ここでその後の世界について先に少し触れたいと思う。

囚われて三日もすると、いまだゲーム内から救出されないことに皆が疑問を抱いた。

ＧＭコールはいつまでも通じず、ログアウト不能の事態が続いた。

そのうち、デスゲーム化の噂が立った。

ゲーム内死亡が死に直結するというものだ。

きっかけは『死に戻り』だった。

レベル四〇以下のプレイヤーは死亡ペナルティがなかったため、最寄りの街に戻るためにわざと死ぬ死に戻り、通称『最寄る』がゲーム内で半ば常態化していた。

しかし最寄《もよ》ったプレイヤーのすべてが復帰せず、現場に遺体を残したままだというのである。そして、その誰もが、ゲーム内に戻ってくることはなかった。

「この状況を改善する」と言い残し、死んで形上ログアウトしていったプレイヤーが数百人いたという。

しかし、数日経っても何も変わらなかった。

そのうち、「死んだプレイヤーは現実世界に戻ったのだろう」とは誰も口にしなくなった。

当てのない生活が突然始まり、さらにゲーム内死亡が死に直結するという身震いするような恐怖。

それでも、ふさぎこむ者ばかりではなかった。

いち早くパニックを脱し状況改善へ動いたのは、元第三サーバーの中立系ギルド『乙女の祈り』たち有志だったと言われる。彼らは囚われによるパニックが起きた翌日から、全体像を把握し、現状の最善を為す決断をしたという。

囚われた世界にはキャンペーンアイテムのためだけに初INしていた者が意外に多く存在し、ゲームルールすらわからず文字通り右往左往していたという。

当時一〇人弱だった『乙女の祈り』のメンバーはまずNPCの司祭を説得し、初期村の神殿をそのようなプレイヤーの生活の場としてあてた。次に自身で狩りをして食糧を調達し、調理して配った。

不足した防寒用の衣類はギルド財産で買い漁ったそうだ。

『乙女の祈り』の美しきリーダーは自分の資産を使い果たしながら、一睡もせずに昼夜走り回ったという。

可憐な女性たちが自らが汚れるのも厭わず献身する様子に、皆が感化された。

その後『乙女の祈り』を皮切りに、良い連鎖が生まれて次々と救済に動くプレイヤーが増えていく。

デスゲーム化して七日目には元第一サーバーの商業ギルド『マゼラン』が『乙女の祈り』に全面協力を申し出、初期村にあったギルド施設を無償で貸した。

一〇日目にはギルド『最後の晩餐』から五〇〇枚のワイルドベアの毛皮を無償提供され、施設が歓喜に包まれた。

さらに一四日目には三つのギルドが彼女達に協力し始め、二〇日目にはゲーム内最大規模と言われた第四サーバー極悪PKギルド『KAZU』が今後一切のプレイヤーキルの放棄と、初級プレイヤーの無償護衛を宣言した。

このように正のスパイラルを作り出した『乙女の祈り』の救命効果は非常に大きかったと言われている。

しかしやはりというべきか、良いことばかりではなかった。

世界設定が変わったことで様々な問題も新しく浮上した。

PK行為は、街中で行うと衛兵に処罰されていたが、デスゲーム化してからは衛兵がいなくなり、不問になった。性的暴行には厳格なまでの通報・処罰システムが設定されていたが、それもなくなり、これも事実上不問となってしまった。

名前表示機能も失われ、犯罪者を示す赤ネームもわからなくなってしまった。それゆえ街中でも夜や人目のつかない物陰は無法地帯となった。

ゲーム内経済にも大きな変化が見られた。

プレイヤー人口の急激な増加が暴力的なまでの需要を生み、供給を枯渇《こかつ》させてあらゆる価格を上昇させたのだ。

プレイヤーを第一サーバーに集めた影響で地価が高騰したのもそうだが、最も危機的だったのは食の分野で、中でも塩の価格が高騰した。

これはこの当時からとある男による価格操作があったと言われている。

この世界では岩塩がみつかっておらず、海に面した一地域でしか生産されない。これにより干し肉など保存食の生産が難しくなり、深刻な食糧難をきたした。貧しいＮＰＣたちは飢え、各地で餓死者も多数出たという。

俺の場合はそんな中、重量ペナルティを背負って生きていくことになった。

LOADING

時は戻り、ログアウトできなくなった当日の夕方。

すでに様々な物価が上昇していた。

お金はちょうど預けたばかりで手持ちの六金貨程しかなく、頼みの倉庫は開かない。

日々の生活など切り詰めれば五銀貨、いや三銀貨で暮らせるが、このまま物価上昇が進めばいつまで保つか知れない。

装備品以外に多少なりとも換金できるアイテムはあった。だがそれよりも安定した所得を得られるようにする必要がある。

ちなみに、一金貨が一〇〇銀貨と同等、一銀貨が一〇〇銅貨と同等である。

ひとまず買えるものがないか見て回ったが、

「食べる物かい？　とっくに売り切れちまったさ。本当にもうないんだよ。また明日来ておくんな」

扱っている店はすべてこんな感じの応対だった。

次に訪れた宿屋のほうは、夏のバーゲン会場のように女性たちがごった返していた。

訊ねるまでもない。満室だ。

聞けば宿は最大で二〇倍の値段で取り合っているという。

時刻は二一時をまわったところだが、宿が取れず、今からほかの街に向けて旅立つプレイヤーもいた。

俺はこの体重では騎馬には乗れない。重量ペナルティによるバッドステータスを受けていれば、戦闘もレベル一のプレイヤーといい勝負である。武器も今は糸が使えず、両手鈍器しか持てない。状況が改善するまでは戦闘は避けるべきだ。

俺は馬に乗り去っていくプレイヤーに背を向け、水を確保しておこうと冒険者ギルドに足を向けた。

幸い、水は街中にある井戸と、冒険者ギルドから無限に得ることができる。さらに冒険者ギルドは地下に巨大な入浴施設があり、無料で使用できる。女性人口を増やすための運営の策の一つだ。

小一時間並んで水を確保することはできたが、いつの間にかあたりはプレイヤーでごった返していた。

建物内で夜を明かそうと、場所を取っているのである。

あわよくば俺もと思ったが、すでのそんなスペースもなく、先に占拠した者たちは場所を取りそうな俺を見て、出て行けとばかりに睨んでいた。

建物を出ても人、人、人。

随所で道を塞いでしまうほどの恐ろしい数だった。

(サーバー統合したってのは本当のようだな)

そのうち、外にいたプレイヤーたちは思い思いの場所で毛皮を敷き始めた。

寝るつもりなのだ。

冷たく乾いた夜風が首元を撫でていく。

見上げれば夜空には冴え冴えと光る星があまたに輝いている。

このチェリーガーデンという街は熱帯に寄った温帯で四季を持つ温暖な気候である。あいにく今の時期は初春で、冬ほどではないものの、夜は毛皮を羽織っていても寒い。

仕方なく俺も空いていたスペースを探していると、石畳だが木陰になる場所を見つけた。

黒い外套は持っていたが、体格が違うので上からかけるだけにする。

(モンスターに襲われないだけでもありがたい、か)

街には高レベル衛兵が幾人も見張りをしており、侵入してきたモンスターは一刀両断される。街にいれば襲われることはない。

はずだった。

「ひどいなホント」

俺は隣に腰を下ろしていた新人プレイヤーらしき女性に話しかける。

女性は初心者のローブを身にまとい、手元に初心者の杖を置いていた。髪は銀髪で、肩甲骨の下ぐらいまでのストレートロング。前髪を分けておでこを出した小さな顔は愛らしい。

背は標準よりやや小さく線も細めだが、ローブの下の柔らかそうな体型が見てとれた。瞳孔のわからない銀色の虹彩を持った眼はほかの女性より大きめの設定のようだ。

『ザ・ディスティニー』では最初の職業は盾職《タンカー》、火力職《アタッカー》、遠距離火力職《アウェイアタッカー》、魔術師《マジシャン》、聖職者《クレリック》の五つから選択できる。

ちなみにこの女性のような、杖を武器とする職業は魔術師《マジシャン》系統しかない。

女性は俺の巨体にはっと驚いたようだったが、小さく笑って頷き会釈をすると、小さな白い手で最安のウルフの皮を引き寄せ、くるまって座っていた。

ウルフの皮は初期村周辺で手に入れることができるだけに小さく、薄っぺらい。防寒効果は弱いくせに動物臭が強い貧弱なアイテムである。

災害は貧富の差なく不幸をもたらすというが、やはりこういうところでの差は大きいと思う。

寒いのか、女性は必死で上半身を毛皮でくるもうとしており、どうしても出てしまう女性の白い素足は血色が悪く、震えていた。

「これ、使っていいぜ」

そう言って俺は余っていたワイルドベアの毛皮を差し出した。これは体調二メートル弱の熊の毛皮を用いたもので、ウルフのものより倍以上に大きい。

ランクとしてはウルフのものより三段階ほど上になり、【保温効果（小）】が付属する。厚手になるため若干重いのが難点だが、今の彼女には重さより温かさだろうと思った。

俺が使っているのはその二つ上のスノータイガーの毛皮だ。

ちなみにマントも矢避けとともに防寒効果を持っているが、最低でも二金貨はする高価なアイテムだ。今の俺が持っているのは風切りのマントという、漆黒のものだ。B級装備で矢避けに特化しており、防寒効果はゼロに近い。

もちろん防寒効果の高いマントも持ってはいたが、熱帯地域での蟻《アント》狩りでしまってあったときに倉庫凍結される運の悪さだ。

「あ、あの……いいんですか？」

「俺はカジカっていう。余ってるからいい。二枚使えば石畳も少しはいいはずだ」

「あ……ありがとうございます」

消え入りそうな声でお礼を言った後はすぐに包まり、温かさに目を見開いていた。しばらく無言だったその女性はしきりに瞬きを始めた。

「なにか聞きたいことがあればどうぞ？」

俺の言葉でおずおずと口を開く。

「あ、あの……こういうことってよくあるのですか？」

「囚われの事？　俺もたくさんやってきたけど、さすがに出れなくなるのは初めてだな」

「そ、そうですよね……」

「魔術師《マジシャン》はレベル上げ大変だろ？　精錬石手に入ったか？」

アビリティは一つ多く覚醒しているだけで戦闘において明白な差が出る。

ちなみに第三位階までを完遂すると一次転職、第六位階までを完遂すると二次転職することが可能である。

「精錬石って……なんですか？」

「そんな状態か」

その女性はこのゲームの常識すら知らないようだった。

精錬石は、職業特有の能力、アビリティを取得するためのアイテムで、モンスタードロップでしか手に入れることができない。アビリティは第十二位階まで存在し、必要とされる精錬石の等級も異なる。具体的には、下級精錬石（第一位階～第三位階）、中級精錬石（第四位階～第六位階）、上級精錬石（第七位階～第九位階）、世界精錬石（第十位階～第十一位階）、始原精錬石（第十二位階）と分かれている。

なお、第三位階までのアビリティを全て覚醒すると一次転職、第六位階までを覚醒すると二次転職をして最終職業に就くことができる。

彼女の名はシルエラと言った。

聞くとログイン特典のアイテムを友人に渡すためだけに、昨日初めてこのゲームにＩＮしたそうだった。

「で、友人には会えた？」

「……いえこうなってからはまだ」

シルエラは下を向いてぽつりと言う。

「暮らしていくだけのお金はあるのか？」

「一〇〇銀貨だけ……」

「それはログイン時にもらっただけだろう」

自分の比較にならない。右も左もわからない世界で一〇〇銀貨だけとは……。

訊くとログイン特典の各種回復薬《ポーション》を友人にあげてしまい、持っているのは初心者装備とウルフの毛皮のみという。

本来誕生したばかりのプレイヤーは、ここグリンガム王国の各種族の村——生誕の地——でＮＰＣからゲーム説明を受け、レベル五程度まで成長したのちに、初期村と呼ばれるこの街、チェリーガーデンに移動するのが普通である。

何の知識もない状態でこの世界から出られなくなるなど、あまりに過酷すぎる。

俺は金貨を三枚渡して、とっておくように言う。

「ここでは三銀貨あれば食べるだけなら十分いける。無駄遣いするな」

「あの……ありがとうございます！」

シルエラの声は今回だけ、消え入るような声ではなく、はっきりと聞こえた。

金貨三枚。今の俺にとっては手持ちの半分なのだが、俺よりもひどいシルエラの状況を考えると、そうも言っていられなかった。

「明日、ログアウトできるようになってればいいんだけどな。じゃあそろそろ寝るから」

「はい。カジカさんお休みなさい」

その後、スノータイガーの毛皮にくるまり寝転がったが、石畳は硬い上に冷たく、毛皮越しにも熱がどんどん奪われていく。思った以上に辛い。

夜は一〇度以下まで冷えていることだろう。現実世界でキャンプなどしたことのなかった俺は外で寝るなどありえないレベルだったことをここで知った。

同じ姿勢では石畳に当たっている部分が痛くなってくる。かといって転がるとせっかく馴染んだところからずれて氷のように冷たい石畳に再び体温を奪われる。

なかなか寝付けなかった上に、冷たい風が体を吹き付けていくと凍えて何度も目が覚めた。歯をガチガチ鳴らしているシルエラを見て、見ていられず持っていた黒の外套を出してその背中に掛けた。

それからシルエラは静かになり、規則的な呼吸になった。

長く苦しい夜が明けようとしていた。

いつの間にか朝、というのを期待していたが、もちろんそんな幸せは訪れなかった。

東の空が明るくなり、すぐそばの木で小鳥が最初は控えめに、そのうちに容赦なくさえずり始めた。

この世界も太陽と月が元の世界と同じように設定されている。

俺たちにとってはこんな朝でも、小鳥たちは至福の時が来たと言わんばかりに歌っている。

起きようかと体を動かすと、ズキンと体中の関節が痛んだ。

「しんどいな」

寝返りを打てずにいたため、石畳に長時間当たっていた体の部分が一斉に不満をもらしたのだ。食いしばって痛みを堪えながら起き上がり、体をほぐす。四肢はまるで冷蔵庫にあったかのように冷え切っていたが、幸い頭はすっきりしていた。

ステータス画面で時刻を確認すると、今は朝の五時すぎだった。動いていると、異様に邪魔な腹部に腹が立つ。

隣にいたシルエラは猫のように丸くなって、眠っているようだった。念のために生きているか確認したが、一定のリズムで着込んでいる黒い外套が持ち上がっていた。俺は使っていた毛皮をシルエラにかけて立ち上がる。

霞んだ眼をこすり、街中を見渡す。

ログアウトできるようになった気配はない。

水袋の水を一気に煽ると、新規の情報を求めに冒険者ギルドに行った。

だがついてみると窓口は締まり、床にはプレイヤーが所狭しと寝転がっていた。誰かの汗臭い体臭があたりに立ち込めていて、俺はさっさとそこを出た。

違う道で戻ってみると、今度は動物臭が鼻をついた。この時間から、ウサギの皮を剥ぎ、生肉を並べて売ろうとしているプレイヤーたちがいたのだ。見れば笑ってしまうような、ぼったくり店である。

小ぶりなウサギ肉が、二五銀貨と普段の一〇倍以上である。

それでも俺は唸りながら購入した。ライ麦パンも一〇個購入しておいた。巨大な下着類も買った。一金貨と三〇銀貨を使ったので、俺にはもう二金貨弱しかない。

戻ってくると、シルエラが肩を震わせていた。

声をかけると驚いた様子でこちらを見たが、すぐに俯く。

「……辛いんです。どうしてこんなことに」

シルエラはところどころ汚れたままの両手で顔を覆うようにして泣き出した。彼女も寒さとひもじさで眠れなかったのかもしれない。こんな酷い目に遭えば誰でも不満の一つは出るだろう。だがこの現状を受け入れなければ前に進めない。

「シルエラさん、しっかりして。よく聞くんだ」

俺はシルエラの両肩をつかみ、彼女の銀色の瞳を見て言う。

「このゲームにしばらく囚われるとしたら、食事なしでは死ぬ。食べて、稼いで生活をするんだ。それからこの世界の知識も必要だ。俺が案内して教えるから覚えるんだ」

「うぅ……」

見るとシルエラは真っ赤な顔で鼻を垂らしながら、眼を閉じて泣いていた。俺はすぐに運営販売のティッシュをアイテムボックスから取り出し、いくつか手に持たせる。

（デリカシーのないことをしてしまった）

二〇分ほど経っただろうか、シルエラが落ち着くのを待って俺はもう一度同じ話をした。水袋と持っていたライ麦パンを半分渡す。

「……はい、お願いします」

食べて少し落ち着いた様子のシルエラがやっと言葉を口にした。

俺はこの世界の説明をしながら、シルエラを連れ出して、案内を始めた。

シルエラはやはり、ずぶの素人だった。

冒険者ギルドが何かすらわかっていない。

街を案内しながら、俺はゲーム特有のクエストというものを教えた。

クエストをこなせばどんなものでも必ず報酬が得られる。繰り返し行うこともできるものもあるので、まず冒険者ギルドでシルエラの登録を済ませ、簡単なものから教えて歩いた。

午後から最初の繰り返しクエストである薪割りを一緒にやった。初回はクエスト依頼主であるボーゲン爺さんが石斧を貸してくれるが、繰り返す場合は二銀貨払い、買わなくてはならない。

設定上、俺は両手鈍器が持てることから試しに石斧を持たせてもらったところ、問題なく装備できた。

俺も石斧を買い、繰り返しクエストを始めてみる。

やり始めてみると斧を真っ直ぐ振り下ろすこともできず、狙い通りにいかない。うまく木材に当たっても食い込むのみで割れないことも多かった。結局一時間弱で息は切れ、肩が上がらなくなってしまった。

「うぅ……」

シルエラが目にいっぱいの涙を溜めて自分の手を見ていた。その小さな両手には豆ができて割れ、血が流れていたのだ。

涙がポトリと落ちると、胸に何かが刺さったかのように苦しくなったが、心を鬼にして我慢してもらう。

街中で安全にレベルを上げるには、最初はこれしかない。

俺が持っているＨＰ回復薬《ポーション》を使えばすぐ良くなるが、こんな生活だ。売れる物はできるだけ使わずにいたい。

「シルエラ、最初は薪割りしかないんだ。頑張ろう」

俺たちは休み休みやりながら、夕方までかかってやっとクエスト完了した。初回のシルエラの稼ぎは経験点とともに三〇銅貨だった。

その後シルエラとともに野宿の場所を探した。幸い昨日からは野宿する冒険者の数が大幅に減ったようで、大きな木の下で、街を取り囲む防壁を背にすることができる場所が空いていた。足場は土だが毛皮を敷けば大丈夫だろう。俺たちはさっそくそこに寝床を設置する。

その後シルエラが身だしなみの関係で冒険者ギルドに寄りたいと言うのでその間少し待っていた。

待っている間、聞き耳を立てていると「『乙女の祈り』の救済」という言葉を頻回に耳にした。

どうやら今朝から初期プレイヤーを救済に回っている女性中心のギルドがあるらしかった。

しばらくしてシルエラが濡れた銀髪を絞りながら小走りに出てきた。

左肩の上で何度も絞っている様子がとても女性的に見えて、印象的だった。

「食事前にお待たせしてしまってすみません」

シルエラが頭を下げる。ふわりと石鹸のいい香りがした。

「いいさ。で、どうだった？　シャワーは」

「元の世界に戻ったような気分でした」

シルエラが初めて笑った気がした。湯を浴びたせいか、頬に朱がさしている。

細めた眼が小さく輝いて、こんな風に笑うのかと、どきりとした。

「だろ？　このゲームな、中世の設定なんだけど衛生面のアイテムを販売したり香水や衣服を販売したりしてるんだ。これでも女性参加の多いゲームなんだぜ」

俺たちは冒険者ギルドを後にして調理屋に行き、遅めの夕食にすることにした。街中では火は危険なので調理は調理屋の火を借りて行う。

調理屋には長方形のスペースに静かに赤熱する炭が山ほど置かれている。それが屋外には屋根付きでコの字型に三箇所、屋内に一箇所ある。食材を持ち込めば安価に盛り上がれるため、晩餐にはプレイヤーたちで混み合う場所だ。

俺はウサギ肉をミスリル製ナイフで捌いて鉄櫛に差し、持っていた塩を振って焼く。街中にも生えている野草を摘んで洗っておいたので、ウサギ肉の固いところを湯に入れて塩を振り、そら豆も加えてスープにした。そういえば胡椒とローレルの葉を持っていた。入れておこう。ライ麦パンも加えて三品。

この時期の夕食としては豪華だが、シルエラに元気になってもらわなくてはならない。

『ザ・ディスティニー』ではアイテムボックス内に保存効果はなく、食品などは時間とともに傷んでいく。俺は課金によりアイテムボックスに【保冷効果】をつけているが、普通のパンは五日、生肉は二日以内がいいところだ。それ以降は傷むのか、あからさまに味が悪くなるし、腹も壊す。

「お、美味しいです……胡椒がきいていて、このすっきりした香りは……ローレル？」

シルエラはスープに口をつけてすぐ、気付いたようだった。

「そそ。よくわかったな」

「お料理教室、通ってましたから」

ほっこりしながらシルエラが笑う。

ともかく良かった。

食後はさっき作った寝床に二人で入る。昨日と違うのは薪を積んで風除けにするのと、ウルフの毛皮を三枚下に敷いていること、二人でワイルドベアの毛皮とスノータイガーの毛皮をかけて、くっついて寝ることにしたことだ。

もちろん、くっつくのは背中。温かいし薪を積んだスペースに二人で入るほうが効率いいし。下心でシルエラを頷かせたのではない。

木の下なので虫は時々落ちてくるが、雨は遮られる。

シルエラは俺の貸した黒の外套を虫除け代わりに頭から被っている。

俺たちは明るく照らす月の下で横になり、背を向けながら話し、眠った。

そうやって俺たちは数日を過ごした。

貧しい質素な生活になりつつあったが、俺は一人で途方に暮れていたときほど、つらくなかった。

むしろシルエラという話し相手がいて日々は楽しいものになりつつあった。

なかなか囚われからの解放の目途が立たず、夜にはシルエラが泣いてしまうことも頻繁にあった。

俺には金がなかったので、そういう時は寒風の中、どじょうすくいをして笑わせた。

シルエラがなかなか落ち着かず、朝方寝付くこともあった。そんな時はもちろん寝付くまで寄り添って話を聞いたりした。

寝不足でも、薪割りは決めた量をこなした。

だがシルエラとぴったり寄り添った生活をしていただけに、日を追って俺の中で彼女が大事なものになってしまっていた。

二人でこんなあり得ない苦難を乗り越えていれば、誰だって相方に愛着も湧くに違いない。

五日経ち、薪割りクエストだけでシルエラもレベルが五になった。

最初から持っている古代語魔法アビリティ〈炎の矢《ファイアアロー》〉の練習もしたのでそろそろ外界に出る頃合いだった。

次の繰り返しクエストは薬草採集だった。シルエラに是非やらせたかったクエストだ。

採集アビリティのレベルが上がれば、さらにいろいろな薬草を集めることができる。

収入もぐっとおいしくなるクエストだが、薬草を集めるには街の外に出る必要があり、モンスターとの戦闘を覚悟しなくてはならない。

俺はどうするか迷っていた。

今の俺にシルエラを守る実力はない。だがシルエラもまだひとりでは無理だ。しかも巷《ちまた》の噂では、囚われの日からデスゲームになった可能性があるという。

最初は確実な実力を持つ誰かが、シルエラについてあげる必要があった。

そんな折、薬草採集クエストの説明をしながら俺たちの前を通り過ぎたプレイヤーたちがいた。

俺ははっと振り返り、その男たちを観察した。

彼らは五人でちょうど出発しようとしているところだった。

先導するプレイヤーは鉄の騎馬《アイアンホース》に乗った重鎧《プレートメイル》を着ている男性で、方形の盾《スクトゥム》を背負っている。男は中肉中背、白人系の顔立ちで鼻が高く、ぺったりと撫でつけられたような薄緑の髪が肩のところで切り揃えられ、前髪も目にかかるほど長い。

鉄の騎馬《アイアンホース》はレベル四五に到達した際のクエストでもらえる報酬なので、彼はこの辺りでは相当な強者にあたるだろう。

これを逃す手はない。

俺は大声を張り上げてその男達を呼び止めた。

男達は驚き、声を掛けたのが俺だとわかると、顔を見合わせて嘲った。

「君ィ、いくらなんでも不細工過ぎるだろ、プププ」

先導していた盾を持つ男が笑いを噛み殺して言う。

全く誠意のない態度だった。

俺は笑っている男を見て二回瞬きし、現れたプレイヤー画面を確認する。リンデルと言う名でギルド『乙女の祈り』と書いてあった。

思えばこれが、俺とこのギルドとの最初の出会いだった。

『乙女の祈り』はこの街で初心者救済を主導しているはずである。

装備といい、レベルといい、性格以外は問題なさそうだ。いや、それが一番の問題な気もしたが、俺個人の感情はこの際、抜きにして考えた方がよさそうだ。

「この女性は初心者なんだ。薬草採集に行くならクエストを一緒にやらせてもらえないか？」

男達は再び顔を見合わせて考えた後、俺に言った。

「別にいいよ。うちの初心者連れて行くところだから。で、君は？」

リンデルが俺を見て言う。予想通りの返事だった。

行こうかどうか一瞬迷ったが、用事があると言って遠慮しておいた。俺のせいで行軍速度が一〇分の一になればクエスト進行にも差し支える。そもそもいきなり嘲《あざけ》られるような奴らと、命を預け合うなど俺にはできない。

そんななか、俺の服を引っ張って困った顔をする女性がいた。

シルエラだ。

「カジカさん行かないんですか？　私……不安です」

「俺は事情があって街から出られない。『乙女の祈り』なら初心者救済をしている人達なんだ。腕は保証するから大丈夫だ。教えてもらっておいで」

　安心させるように優しく言った。シルエラが行かないと話にならない。

「……行ったほうがいいんですか？」

「ずっと薪割りしかできない人生はまずい。この世界がどうなっているかは話したろ」

　シルエラは俺と違い、まだまだ伸びしろがあるのだ。弱肉強食の世界なだけに、力や金はあるに越したことはないのだ。

「そんな……でも」

　シルエラはまだ何か言おうとしたところで、リンデルがニヤニヤしながら割り込んだ。

「ねぇ、カジカさん。食べ過ぎはこの世界でもやめといたほうがいいよ」

　リンデルの言葉に仲間たちが爆笑した。この世界では食事による体重変動があるため、そう誤解したのだろう。

「アヒャヒャ！　リンデルさん、それは言っちゃあかわいそうですよ！」

「そうですよ！　元から豚族だったら仕方ないし……ブハハハ」

　それを聞いたシルエラは顔を真っ赤にしてうつむいた。

　食べて太ったんじゃないけどな。

　まぁシルエラのためだ。笑われるぐらい我慢しよう。

「じゃあ行きましょうかシルエラさん。俺は『乙女の祈り』のリンデルです」

　リンデルが馬から降りて作り笑顔でエスコートする。

馴れ馴れしくシルエラの背に手をまわしているところが少し癇《かん》に障った。

シルエラは悲しそうに俺をちらりと見た後、リンデルたちに連れられて街から出て行った。

LOADING

シルエラがいない間に割った薪はひどく不揃いなものばかりだった。

我ながら情けない。

うまくできずに泣いて帰ってきているのでは、と夕方までに寝床を何度も見に帰った。いないだろうと思いながら探すが、シルエラはやっぱりいなかった。

そんな余計なことをしていても、今日は一分一秒が長かった。

夕陽がつくる建物の影がそっと背丈を増していく。

街に人が戻り始め、ガヤガヤとした喧騒があたりから聞こえてくる。

日が落ちて虫の鳴き声が大きく感じ始めた頃、遠くから元気な足音がやってきた。

シルエラだった。

「カジカさん、いっぱいとれました！」

シルエラは満面の笑顔で俺に駆け寄り、両手一杯の野草を見せた。

「すごいじゃないか！　売れば二〇銀貨ぐらいにはなりそうだな」

「はい。リンデルさんも筋がいいって、あ、戦闘もあったんですがうまく魔法も使えまして」

「すごい！　戦闘もこなしてきたのか」

わざとらしかったかもしれないが、俺は目を瞠って驚いた。

「はい。馬にも乗せてもらったんです！」

「恐れ入ったな。予想以上だよ」

俺たちは笑い合いながら、遅い夕食のために調理屋へ向かった。

時間が遅いせいか、調理屋はぽつりぽつりと人がいるのみで、すでに二次会へと流れたようだ。

「リンデルさんがすごく強くて頼もしいんです！」

料理している最中も食べている間も、あの口数の少ないシルエラがずっと興奮したまま話していた。

俺はただ、うんうん頷いた。

初めての冒険譚を楽しそうに話すシルエラを見ていると、頬が緩んだ。シルエラはお腹が空いていないとのことで、全く食べなかったのだけが心配だったが。

「この世界ってとっても面白いんですね！　ワクワクしました」

シルエラは銀色の眼を輝かせた。今までで一番明るい表情だ。

少なくとも俺が縛り付けていたらこんな顔、できなかったに違いない。

「それはよかった。成長すればいろんなところにも行けるぜ」

戦闘好きとは、予想していなかった。

いや、この世界に囚われてしまったのなら、願ってもない才能なのかもしれない。

「ちなみにカジカさんはどんな武器を使われるのですか？　職業は？」

急に今まで訊ねなかったことを訊いてくるシルエラ。良い変化なのかもしれない。

「うーん、ホントは糸使いなんだ。俺」

シルエラくらいいいだろうと、俺はつい本当のことを口にした。

「糸使い？　糸で攻撃するんですか？」

「うん。大きな欠点のあった職業でね。みんな使うのをやめてさ。もうこの世界には俺しかいない」

「カジカさんだけ……？　ある意味すごい職業です」

「うん。先月の運営の調査で、糸系職業一人になってたしね。笑ったよホント」

俺は大きな肩をすくめた。それを見たシルエラがくすくす笑った。

「じゃあもし糸使いさんに会ったら、きっとカジカさんですね」

シルエラはその後しばらく黙っていたが、俺が食べ終わったのを見計らうと、ふいに口を開いた。

「それで、あの……」

シルエラが俺の顔を伺いながら、言いにくそうにしている。

「ん？　どうしたの？」

「……実は、明日もリンデルさん達が薬草採集に連れていってくれるそうなんです。……行ってきてもいいですか？」

「もちろんさ。俺のことは気にしないで行って来てくれ」

「ありがとうございます！　頑張ってきますね！」

前向きになったシルエラを見て、俺は無理にでも行かせてよかったと思った。

その日からシルエラは毎日薬草クエストをしに出かけるようになった。夕方には帰ってきて楽しそうに様子を話してくれた。一緒に行きませんかと、何度も何度も俺を誘ってくれた。

俺はそれを丁重に断り続けていた。今のシルエラと二人でなら薬草採集くらいできたかもしれない。それでも、良いサイクルに入って夢を膨らませているシルエラに、俺のせいで万が一のことは避けたかった。

代わりに俺は魔法アビリティの知識と、それを用いた戦い方をシルエラに教えた。魔術師《マジシャン》は防御が弱く、接近されることは死を意味するからだ。

薬草クエストを始めて一週間が経つ頃には、シルエラはレベル一八になり、現在習得中のアビリティ位階を示すアビリティレベルも、二になっていた。

職業アビリティレベルが上がれば、生産系アビリティレベルも上限が開放される。例えば魔術師のアビリティレベルが五ならば、農業や工業の生産系アビリティレベル上限も五ということだ。特殊なクエストをこなすことでこの上限を超える方法があるそうだが。

薬草採集のアビリティレベルが二になり、シルエラの日々の儲けは、倍増した。

そうやって、俺とは対照的に、シルエラはどんどん前に進んだ。

日が経つにつれ、シルエラの話に俺の名前が入らなくなり、リンデルたちの話ばかりになった。

リンデルたちと仲が良くなるのは別に気にならなかった。

薬草クエスト開始から一〇日が経つ頃、シルエラは二人で作った寝床に帰ってこなくなり、宿に泊まるようになった。朝方たまに顔を出すだけで、狩りの話も、食事も一緒にしなくなった。

それでも俺はシルエラの毛皮とスペースは使わず、毎晩きちんと空けておいた。

空っぽの隣を眺めていると、夜泣きしていたシルエラが眼に浮かび、小さく笑った。

無言の夜。

急に失われた温もり。

そのせいか、夜に限って付近は人の気配が多くなったように感じられた。

正直寂しい気持ちもあったが、自分に何度も言い聞かせた。

シルエラが変わっていくことは俺も望んでいた。結果的に俺から離れていくことになっても。

だから朝のわずかな時間、シルエラがよそよそしい表情になって顔を出してもいつものように笑顔で迎えたし、リンデルがその後ろで見下したような、苛立たしい表情をしていても、俺は何も言わなかった。

LOADING

シルエラの薬草クエスト開始から二週間が経過した。

「シルエラもそろそろこの街は卒業だよな」

溜息交じりに呟いた俺は、手に持つ赤いイヤリングを見つめた。

一般に、プレイヤーはレベル二〇前後までこのチェリーガーデンを拠点とするのがセオリーだ。その後はレベルが上がりづらくなるため、農業を主体とする国ミッドシューベル公国、鉱業を背景に職人が集まるフューマントルコ連合王国、海産物と商業の国サカキハヤテ皇国、遺産が多く眠る冒険者の国、魔法帝国リムバフェなど、自分の目的に合った土地へ移っていくことになる。

俺はお別れの挨拶に来るだろうシルエラに、このイヤリングをあげようと準備していた。二金貨もしたが、Dグレードの装備で魔力が二％上昇する、冒険者のイヤリングだ。

また泊りにきたときのために、スノータイガーの毛皮ももう一枚買って準備しておいた。もうお金がなかったので、ダンジョンリコールというダンジョンからの緊急帰還アイテムを売って金にした。

シルエラは寒がりだからな。そのままあげよう。

俺の手持ちはたったの一四銀貨になっていた。

しかし、あれから音沙汰はなかった。

まさか怪我でもしたのだろうかと、俺も不安になってきていた。

もう街を出てしまったのだろうかと思い始めた、ある日の夕暮れ時。

遠目で人の流れとは逆向きに歩いていく銀髪の女性が目に入った。

——シルエラだ。

自然と笑みが浮かんだ。

ローブが初心者のローブから冒険者のローブに変わっていたのですぐ気づかなかったが、あの銀髪を見間違えることはない。

足がそちらに向いていた。

「シルエラ！」

俺は控えめに叫び、例によって鈍足で追いかけていった。

シルエラは俺には気付かず、角を何度も曲がり、建物と建物のあいだの暗い路地にわざわざ入っていくのが見えた。

「かくれんぼのつもりか？」

俺は笑みを浮かべたまま、何も考えずに追いかけて路地に入った。

「シル……？」

そこにいた人影に呼びかけようとして、言葉がふいに途切れた。

人影は二つあったからだ。

その二つの人影は、動いていた。

俺は最初、それがなんだかわからなかった。

よく見てそれを理解した途端、心臓がどくんと跳ねた。

シルエラが男と抱き合っていたのだ。

男は、薄緑の髪をしていた。

——そう。リンデルだった。

俺は呆然と立ち尽くしていたが、二人は俺には全く気づかず、物陰で愛の言葉をささやき合っているようだった。

リンデルの言葉に、くすくすと笑うシルエラ。

足が震えていた。

——認めたくなかった。

だが抱き合いながら向けられるあの笑顔の先にいるのは、リンデル。

シルエラの気持ちがあの男に向いているのは、疑いようがなかった。

リンデルがそんなシルエラに笑い返し、彼女の頬に手を伸ばす。

リンデルにかき上げられたシルエラの銀髪の下で、赤い冒険者のイヤリングが垣間見えた。

俺はもう見ていられず、その場を去った。


帰ってくる途中に聞こえた誰かの笑い声が、耳についてずっと離れなかった。

寝床に戻り、夜の帳が下りる前にシルエラのスペースを片付け始めた。

「……当たり前か」

こうなるのはわかっていた。

理屈ではわかっていても、胸は痛かった。

俺はここでやっとシルエラに好意を抱いていたことに気づいた。

つらい時期を支え合ったから、絆みたいなものができていたのだろう。

今の俺にできることといえば薪割りだけ。モンスターとも戦えない。女性を守ることも。

比べ、リンデルはスラリとして鉄の甲冑を着こなし、カッコよく何度もシルエラを敵から守ってくれたのだろう。強くてルックスも悪くない。性格は疑問だったが、女性には優しいのだろう。

シルエラが一人の女性としてリンデルに恋をしたのは当然だ。イヤリングもそんな相手からもらったのだろう。

それでも、いくら言い聞かせたところで俺は比較されて切り捨てられた現実をなかなか受け入れられなかった。

望んでこの姿でいるわけではない分、余計に。

その後のシルエラのことを、俺は知らない。

▼
03
囚われた世界
▲

AKASENU SYOUTAI
-kojikini otosareta itotsukai-

囚われてから四週間が経過した。

俺のように地面に寝る通称、乞食プレイヤーはこの四週間でぐんと減った。

俺はこの頃から少しでも貯金にまわすため、普通の食事を諦めた。一日一銀貨で腹一杯食べられる、デントコーンをすり潰して乾燥させたものを買うようになった。

言葉通り、臼歯のような形をしている実をしたトウモロコシ種で、甘くなく、最も味の貧相なものだ。家畜用なので予想通り白豚が飼料喰ってるぜと嘲笑われたが、俺の重要な栄養源だった。

寝床に入ると、決まって小さな手で必死に薪を割っていたシルエラが目に浮かぶ日々だった。

そんな一方で、他のプレイヤーたちはこの世界に順応していった。

まず物価上昇の圧力を少しでも緩和しようと、多くの初期プレイヤーがギルド在籍を選び始めた。

なかでもアルカナボス討伐を成功させ、ペガサスクィーンを駆るギルド『北斗』に人気が集まり、大量のプレイヤーが加入。『北斗』は志願するプレイヤーを拒むことなく全て受け入れていき、名実ともに最大ギルドとなっていた。

『北斗』による初心者雇用は救済としての意味合いも強く、皆に称えられた。

救済といえば、ここチェリーガーデンでの『乙女の祈り』主導の計画も順風満帆だった。

俺も幾度となく救済対象として声をかけられたが、シルエラの件もあって『乙女の祈り』を好きになれなかった。だから乞食といわれようとも一人を選んだし、カミュという名も隠した。

この頃から俺は朝に冒険者ギルドに突っ立って情報を仕入れることにしていた。

最近仕入れたのは、ギルド『アルキメデス』が飛行船を製作中であることだ。時折【剪断の手】の名が話題に上ることもあったが、決まってログインしていなかったらしいという話で終わった。

昼には情報収集を切り上げ、夕方まで薪割りを一心不乱にこなし、その後は冒険者ギルドに移動して湯浴みをする。

シャワーを浴びていると、今日の定食は一番人気のウサギ肉らしいと聞いてしまい、空腹感と止まらない唾液でそれしか考えられなくなった。手持ちは二三銀貨しかなかったが、俺はたまに贅沢でもしようと冒険者ギルド付きの料亭で三銀貨払い、その定食を食べることにした。

木作りの椅子をふたつひき、それを使って座る。

周りには同じ物を注文した人もいたようで、すでに辺りには肉の焼ける香ばしい匂いが立ち込めていた。

久しぶりの、温かい料理。

待っている最中、口に湧いてくる唾液を抑えることができなかった。椅子がギシギシと揺れている。

やっと食事が運ばれてきた。

どの地域も夕食は採れる物産により決まっていて、このチェリーガーデンでは温かいそら豆のスープ、ライ麦パンがいつも付いてくる。メインは日替わりで肉類が並ぶが、今日は噂通り香草を詰めて焼かれたウサギ肉だった。

デザートはカリンの砂糖漬けが定番だった。

(ご馳走だ……!)

湯気の上がる料理に手をつけようとした時、後ろから思わぬ声がかかった。

「おい白豚ちゃん、そこ俺たちの場所なんだから座ってんじゃねーよぉ」

座った背後を通り過ぎるかと思っていた人影が俺の髪をつかみ、強引に立たせようとする。さらにもうひとりがテーブルを蹴飛ばし俺の食事をぶちまけた。スープやパン、ウサギ肉が床にばらまかれ、湯気が上がった。

見ると三人の男が、見下した表情で俺の前に立っていた。

剣呑な雰囲気が酒場に立ち込めるが、周りの者たちはだんまりを決め込んだようだった。

ここに予約席がないことぐらい、俺でも知っている。

俺はいずれにしても店内はだめだと自制し、落ちた肉を掴んで喰いながら外に出ていく。これをこのまま捨てるなど、店とウサギに失礼だ。

三人がそんな俺をせせら笑いながらついてきた。

やはり席へのこだわりではなく、俺個人に難癖をつけたかったようだ。

最初の印象ではおそらく三人とも近接攻撃タイプで一次転職できていない。以前の俺ならお話にならないレベルの相手だ。

外に出るなり、さっそく三人は俺を背後から蹴り倒した。

二人が俺を抑え、アルドというテーブルをひっくり返した男が俺に馬乗りになって殴り始めた。

アルドの攻撃は大した痛くもなかったが、能力値が下がっていて俺は離脱もできない。

『ザ・ディスティニー』では物理および魔法攻撃を受けた場合、まず敏捷度などに基づいた回避を行い、それに失敗した場合、レベル値などに基づく抵抗判定を行う。抵抗に成功した場合はダメージを半分にすることができる。抵抗に失敗した場合は物理・魔法防御力で減算した値をダメージとして受けることになる。

また現在の状態は相手が俺に一定距離よりも接近し、【接敵状態】と呼ばれる回避と物理防御、魔法詠唱にペナルティがかかる状態に入っている。修道僧《モンク》系職業はこの【接敵状態】で使えるアビリティが複数あると言われている。

「この豚野郎がぁぁ！」

五分以上経っているだろうか。アルドがすでに息を切らしながら、必死の形相で殴り続ける。俺はいちいち抵抗に成功するため、たいしたダメージが入らない。

くだらない芝居に付き合いながら、俺はこいつらにちょうどいいアイテムがないか、探していた。

そして見つけたのは、スズメバチの巣（五〇〇匹）。最近やっていたクエスト用のアイテムで、浮気相手の女の家に投げ込めと言う、過激な仕返し系クエストだった。

「……アルド、そろそろズラかろうぜ」

仲間の一人が俺の手を放置して立ち上がり、俺に唾を吐きかけた。周りが騒がしくなっていることに気付いたようだ。

その隙に空いた手でスズメバチの巣を取り出して振り、アルドの頭にぶつけた。

ごろんと地面を転がったハチの巣から、ブーン、と嫌な羽音を立てて、スズメバチが大量に現れる。

「うぉぉ!?」

アルドが目を見開くと、俺の上から落ちるように降りた。

刺される覚悟はしていたものの、持ち主には攻撃しないようでスズメバチは近くにいたアルドたちばかりを狙った。

「……ひぃぃ⁉　なに出しやがったこいつ⁉　いてっ」

「あ、いたぁ！　やめてぇ、やめてください！　助けてママぁ！」

手を振り回して蜂を追い払おうとするが全く効果がない。

刺されていちいち飛び上がっている三人。

スズメバチの巣が効果を失ったころには、三人は体中に赤い腫れを残し、肩で息をしながらうずくまっていた。

「こ、こいつ……！　殺す！」

第一位階HP回復薬《ポーション》を飲んだアルドは、まだ腫れた顔のまま、背中の両手剣《グレートソード》をスラリと抜いた。鈍く光る様子からD級武器だとわかる。

「お、おい！」

仲間の二人が仰天して離れる。

「おおぉ！」

アルドが叫びながら俺に切りかかる。俺は上半身を起こした姿勢のまま、左腕を犠牲にして頭頸部を守ろうとした。D級武器相手であっても、金属武器に対しては抵抗できる盾や鎧、小手など防具を装備していない場合、抵抗に大幅なマイナス判定となり、クリティカルヒットもでやすい状態となる。

HPが高くなければまずい状況だ。

シュッ、と血しぶきが舞う。

誰かの悲鳴が聞こえた。

骨は絶たれなかったが、前腕が骨まで露出し、左肩付近から右の腰まで袈裟切りにされた。

脂肪が異様に厚いためか内臓までは届かなかったが、傷口から血が湧き出て流れ出した。

周囲がざわつき始める。

「また殺す気かあいつ」

「おい、誰か神殿から乙女呼んでこい！」

急に周りが騒がしくなる。

俺はひとまず立ち上がり、体勢を整える。

（こんなやつに武器を抜いてはいけない）

俺の知っている限り、街中での斬り合いは制裁があるはずだ。

まあ、武器と言っても、今の俺は石斧しか使えないが……。

「……アルドさん、真昼間の街中じゃまずいぜ」

「うるせえ！　こいつは死刑だ！」

アルドは仲間をどかせて再び剣を振り下ろした。殺してもいい、と言わんばかりの全力の唐竹割りだった。

俺は右に避けようとしたが、失敗。抵抗も失敗し左の肩から前胸部までを斬り裂かれた。

だが致命傷と言うには程遠い。

「……そこまでだ！」

凛とした声が喧騒の中を突き抜けて響く。

アルドが驚いた様子で手を止め、声のしたほうを振り返る。

見ると鎧に身を包んだ女性が二人、馬に乗ったままこちらを見ていた。

「――彩葉だ」

「おお、彩葉だ」

「彩葉様だ」

「素敵……あれが噂の……」

いつの間にかできた人垣から羨望の眼差しとともに、嘆息が漏れた。

一人は名高い女性騎士のようだった。名を彩葉という。

胸元までの艶やかな漆黒の髪が赤みのさした白い肌を際立たせていた。長い睫毛の奥に隠れる黒い瞳は全てを受け止めるような深みを持っている。目鼻立ちの整った顔は繊細さを持ちながらも日本人らしい、控えめな優しさを湛えていた。

彩葉が身につけているのは、丸みを帯びた純白のフォルムに深い緑で縁取りされた軽鎧。

噂に聞く【遺物級】皇帝ユーグラスの軽鎧だろう。

背に見える円盾はシングレアの円盾だ。高純度ミスリルで作られたA級装備である。

ギルド『乙女の祈り』を率いてログアウト不能となった事態を真っ先に収集にあたった女性。

勇気を称え、彼女を「戦乙女」と呼ぶ者も多い。

盾職《タンカー》系職業の高貴なる治癒盾《ノーブルストライカー》を一躍人気職にしたプレイヤーでもある。

彩葉の隣にいるもう一人の女性剣士は頭部が完全に覆われる重兜《グレートヘルム》を被っており、十字に開かれた隙間から碧眼を覗かせている。

片手半剣《バスタードソード》と思われる剣を腰に差しており、白い重鎧《プレートメイル》を着込んでいた。Bクラス最強のミスリル銀製重鎧《プレートメイル》だろう。高純度ミスリル銀を用いたAクラスの鎧ほどではないが、白く輝く様は光を反射して美しい。

彩葉たちは優雅な動作で馬から降り立つ。それだけで観衆達から嘆息が漏れた。

「……これは一体どういうことなのだ？」

大量の血が撒き散らされたこの場を見て、彩葉の隣に立つ女性剣士が誰に言うでもなく問う。

彩葉達が駆けつけて、さらに野次馬が増えた冒険者ギルド前だが、女性剣士の質問には誰も答えなかった。

「『乙女の祈り』のノヴァスという。誰か状況を教えてくれないか？」

ノヴァスがよく通る声でもう一度訊ねた。

それに反応して俺のすぐ後ろから、何かぼそぼそという声が聞こえてくる。

「……対照的だよなぁ。ノヴァスさん。相変わらず怖い雰囲気」

「重兜《グレートヘルム》被れるように短く刈り上げてて、すっげー短気な上にどぎつい顔してるらしいぜ」

「うへぇ……どブスかよ」

「俺も聞いた。前に何を思ったかノヴァスさんの手を握った奴いたけど、平手打ち一発で、しばらく目が覚めなかったらしいぜ」

「そ、それやばくね……？」

「綺麗な足してるけど、間違うなよ。あれは女じゃねえ」

そんな話の間に、俺の正面にいたプレイヤーたちが意を決して彩葉たちの元へ駆け寄り、状況を説明し始めたようだ。

ノヴァスはそれを聞き、周りに指示を出す。

あたりを見れば、血が飛び散って凄惨な光景を呈していた。

ＨＰは問題ないが、受けた傷からはまだ出血が続いている。

人の見ていないところで売れない帰属のＨＰ回復薬《ポーション》でも使うかと考えていた時、ふと彩葉が俺を見ていることに気づいた。

その眼は深い悲しさを湛えていた。

ずっと見下すような視線ばかりを浴びていただけに、俺はそれを不思議に思った。

そこで男がひとり、俺の元に駆け寄ってきた。

男は俺を座らせて回復を始めた。

聞けば最近『乙女の祈り』の構成員となった中級者だそうだ。

続けてノヴァスが寄ってきて、俺を背にして立つ。

ふわりと柑橘系の香りがした。

「武器も持たぬ初心者をいたぶっている輩というのはお前か、アルド？」

ノヴァスが問い質した。

ノヴァスは彩葉と違い、盾を持たないスタイルのようだ。火力職《アタッカー》より一次転職した剣使い《ソードマスター》と思われる。

剣系武器にマスタリーを持っているため、人気の高い派生の職業である。

「冒険者のルールを教えていたら、こいつが蜂を……！」

瞼が腫れて目がつぶれているアルドが、必死に言い返す。

「蜂？　そんなアイテムなどない。ケンカは勝手にやればいいが、武器は抜くな」

言い切るノヴァス。

スズメバチの巣のクエストはひとけのない巨大蟻《アントオブアント》の王の森のそばで受注したクエストだ。知らなくても当然である。

デスゲーム化する前は、街中で武器を振りかざすと見回りの衛兵に切り捨てられた。

今はその衛兵がいないため、高ランクプレイヤーにより武器が没収される。

「ちっ。……うるせぇブス女だ」

アルドは剣をしまわない。

「……性根腐っているようだな。やめないようなら剣使い《ソードマスター》の私が相手をしてやろうか」

ノヴァスがC級武器、鋼鉄の片手半剣《バスタードソード》を抜いて足を肩幅に開き、正眼に構える。赤い膝上のフレアスカートがひらりと舞い、白いふくらはぎから太ももまでが露わになった。

ノヴァスは一次転職後の剣使い《ソードマスター》、アルドらがその転職前職業である火力職《アタッカー》であることから、明らか

にレベルが違うことがわかる。

ちなみに彩葉の高貴なる治癒盾《ノーブルストライカー》は盾職《タンカー》から一次転職した治癒盾《ストライカー》を経て、二次転職した最終職業である。

「……ちっ、行くぞ」

アルドは唾を吐くと、腫れた顔を撫でながら仲間を連れて去っていった。

さてと、と言いながらノヴァスが俺に振り返る。

「カジカとやら。いつまでも助けられるわけではない。悔しければ自分で強くなるのだな」

ノヴァスはキン、と言わせて剣を収め、兜の奥から高い声を響かせた。

兜の奥に、鋭い眼光が見える。

「……助けてくれて感謝している」

「……ところでお前、聞けば家畜の飼料を食べて生きているそうだな。そんな虚しい生き方はやめて、我がギルドの救済を受けよ」

それを聞いた周りから、忍び笑いが漏れる。

俺の印象では、ノヴァスはおそらくアビリティレベルが四から五程度と思われる。

レベルは装備からして四〇前後だろうか。

「気持ちだけ頂く。自分のことは自分でするさ」

俺は回復魔法《ヒール》をかけてくれていた男に礼を言い、立ち上がってノヴァスに背を向けた。

「お前はなぜ我々の救済を断る？　この世界のことを知らない初心者なのだろう？　路地で寝るより

よほど良い生活になるぞ」

ノヴァスが俺の背中に声をかけてきた。

「ご想像にまかせるさ」

こんなところで自分の事情を大っぴらにするつもりはなかった。

だが歩きだそうとしたその時、背中から別な声がかかった。

「彩葉さん、ノヴァスさん、聞いてくださいよ。こいつシルエラにセクハラしてた変態ゴミ男ですよ。ハハッ」

聞いたことのある、己に浸ったようなトーンの声。

振り向くと、ぺったりとした薄緑の長髪の男が、ニヤニヤしながら立っている。

リンデルだった。

「セクハラ……ぷぷ、あいつそういうの似合うな」

「豚族は性欲強そうだしな」

あたりからの嘲りも聞こえてくる。

「セクハラ？　リンデルこいつを知っているのか？」

ノヴァスが俺から半歩離れると、リンデルに聞き返した。

「初心者のシルエラを軟禁していたゴミ野郎なんです。実際、僕が助けたんだ。僕の懸命な努力の結果、シルの心は癒されつつある」

リンデルは肩をすくめて、全く困ったやつだよというアピールをする。

「……それぐらいにしておくんだな」

俺は感情をこめずに言った。

「シルエラ？　……そうか。それで救済を断って……」

ノヴァスがははん、という顔をしているであろう事は想像に難くない。

「そういうこと。シルは僕に夢中になっているから、今うちに来たら確かに気の毒かな。ハハッ」

目が隠れるほどの前髪を繰り返しかきあげるナルシスト。

「ただの見栄で乞食を続けているのか」

ノヴァスが俺を振り返り、呆れたように言う。

この際ノヴァスは置いておくとして、リンデルの言葉がなかなか笑わせてくれる。

（この男、小心ナルシストか）

こういう他人がいないと生きていけない奴は性質が悪い。

負の関係を強要し、恋人にはたいていDVがつきまとう。

ついて行ったシルエラが少々心配になってきた。

と、少し力が入ってしまったせいか、ふいに、閉じていたはずの傷口が次々とパックリ開き始めた。

「あれ？　見ろよ、こいつ全然傷が治ってない……どういうことだ!?」

そばにいた回復職《ヒーラー》の男が驚いて俺を指さす。

「ん？　回復魔法《ヒール》で回復しないわけがないだろう。どうしたのだ？」

ノヴァスが不思議そうに訊ねた。

誤解である。

実際は回復しているのだが、レベル八八の俺のＨＰは膨大で、一割も回復していないというだけだったのだ。実際、傷も表面がうっすらと癒合しただけだった。

「ゴミに回復魔法《ヒール》なんていらないよ。……ゴミはゴミ箱へ、さ。ハハッ僕うまいこと言っちゃったな」

リンデルが言うと、集まっていた野次馬たちが応えるように嘲笑う。

そんな声など聞こえないように、彩葉が首を傾げながら、こちらに歩いてくるのが見えた。

彩葉が目の前に来た時には、俺はひどく顔が紅潮していたに違いない。

「……彩葉様、俺、もうＭＰがなくなりそうなんですが、こいつ全然傷が閉じていなかったんです」

男はやや疲れた様子で言った。

ふんわりした甘い花のような香りが風に乗ってきた。

同時に周りにいたプレイヤーから、羨望とともに嫉妬が交わる言葉が聞こえてくる。

だが俺のそばに来た彩葉の様子がおかしい。

朱のさした清楚な顔が歪み、みるみる蒼白に変わっていったのだ。

舌打ちした。

「……《女帝》殺し!?」

叫んだ彩葉が機敏な動作で跳躍し、下がった。

(ばれたか)

はっきりと聞こえた。《女帝》殺しは俺の従える召喚獣の二つ名だ。

「この威圧感……あり得ないわ……。あれは人には決して従わない……でも」

彩葉が離れた所からこちらを凝視したまま、立ちすくんでいる。

「彩葉様？」

「彩葉様？　何が従わないのですか」

周りが彩葉の変化に戸惑うが、彩葉は意に介さず、無言で俺を見据えている。まるで俺の背後にいる存在を見抜くかのように。

「……あなたは、いったいどなたなのですか」

親しくもない連中に話すつもりはなかった。

答えない俺を見るや、彩葉は周りにも同じように問いかけた。

「お方だなんて……やだな彩葉さん。ただの汚い乞食ですよ。見ればわかるじゃないですか」

ハハっと気障《きざ》に笑いながら、リンデルが言う。

「乞食？　このお方が、ですか？」

彩葉が耳を疑っていた。信じられないようだった。

「街から出ないで、路地で寝ている有名な奴です。私も最近知りましたが」

ノヴァスも感情のこもらない口調で言葉を挟んだ。

それを聞いた野次馬たちがせせら笑っている。

「彩葉様。乞食の相手は私で十分です。私が――」

そう言ったノヴァスを遮って前に出ると、彩葉は先ほどの様子が嘘のように、俺に近づいてきた。

俺が正面から向き合った彩葉は、丁寧なお辞儀をして笑いかけた。

「……初めまして。『乙女の祈り』の彩葉と言います」

眼は逸らさなかった。

「お、おい！　彩葉様が乞食に話しかけてるぞ。俺もあんな風にされてぇ……」

「うわ、マジムカつくあいつ。俺の天使様の視線を受けやがって……冗談じゃねぇぞ」

周りの野次馬たちが急に喧《やかま》しくなっている。

「カジカさん。あなたほどのお方が、なぜそのような生活を？　有り余るほどの財を成しているはずでしょう」

彩葉の言葉で、周りがシーンと静まり返った。

「助けてくれてありがとう。世話になった。回復魔法《ヒール》はもう十分だから」

俺はそれを無視し、礼だけを言った。

さっきのアルドたちの件では世話になった。

一方、その応対を見た周りが色めき立った。

「あ、あんの野郎！　彩葉さんのお言葉を無視しやがって！」

「あいつ、闇討ちだな」

「いや今殺せ」

「腰痛さえなければ、こんな奴いますぐ……！」

批判の集まる中、歩き出したところで俺はぐいと肩を掴まれた。

「おい、お前、大丈夫なわけないだろ……彩葉様に回復魔法《ヒール》してもらっとけよ」

みれば回復魔法《ヒール》してくれていた男が俺を引きとめていた。

別に開いた傷口などどうでもいいのだが、今の俺はそんな力にすら抗えないのが情けない。

「そうですね。回復魔法《ヒール》は私がしてみましょう」

その様子を見たリンデルが、俺たちの横でフンっと鼻を鳴らした。

「彩葉さん、こんな乞食相手にどうしたんですか？　何度も言いますが、こいつはカジカっていう、何も持っていないただのセクハラ変態乞食ですよ。第一ですね――」

リンデルが片方の顔だけで笑い、彩葉に説法を始めようとする。

彩葉の介入でいったん落ち着きかけた俺の心が、再び殺気立ってくる。

だが彩葉はリンデルに向き直り、その口上を手で制した。

「リンデル。私の前でそういう物言いは許しません」

「なっ――」

リンデルが閉口させられる。

彩葉の表情は険しい。

初対面だが、噂に違わぬ力強さが窺える。

「――彩葉様。私から見ても、特別この男に、配慮されている気がします」

ノヴァスも不思議そうな顔で口を挟む。

彩葉がリンデルを見たまま、目を閉じて小さく溜息をついた。

「ノヴァス、わからないのですね」

「どういうことでしょう？」

彩葉がノヴァスを振り返る。

「この方が従えている、圧倒的な狂気の力。以前相対したことのある冥界の三ツ頭犬《ケルベロス》ですら生ぬるいのです……」

その言葉から、やはり彩葉には完全に気づかれていることがわかる。

「あの、連合で行って七回も全滅した冥界の三ツ頭犬《ケルベロス》ですか⁉　こんな乞食がそれを凌ぐ存在を従えている？　アハ、アハハハハ！　彩葉様には悪いけど、こいつからはそんなもの、欠片も感じないよ」

リンデルが自分の気に入らない雰囲気をぬぐいさるように一笑に付した。

だが人垣は冥界の三ツ頭犬《ケルベロス》の話でもちきりになっていく。

「なぁ、冥界の三ツ頭犬《ケルベロス》って、あれだよな。俺たちのサーバーじゃ打倒できずに諦めた……」

「ああ、レイドボスだよ。フューマントルコの活火山地帯にいる奴さ。ずっと前だけど第三サーバーの連合チームで倒して、精錬石と相当な財を得たらしいぜ」

冥界の三ツ頭犬《ケルベロス》はレイドボスの中で最も有名な存在と言ってよい。レイドボスは世界各地に配置され、レベル七〇以上が多いため、パーティを編成して挑むことが多い。攻略できれば上級精錬石、稀に世界の精錬石をドロップすることで知られる。

その中でも冥界の三ツ頭犬《ケルベロス》はレベル七〇と、レイドボスのレベルとしては最底辺で、範囲攻撃をするブレスも吐かず比較的与し易い相手だ。以前は週末になると必ずといっていいほど、討伐隊募集がかかっていた。

運営の掲示板で『第三サーバーにて冥界の三ツ頭犬《ケルベロス》攻略成功！』と掲示された時のことも、昨日のことのようによく覚えている。俺と詩織と言う友人は、その時すでに三回以上攻略済みだったから。見ればリンデルは面白くなさそうに舌を鳴らし、唾を吐いている。

「彩葉様、お言葉ですが、そんな高ランクモンスターは決してプレイヤーには従わないかと……」

ノヴァスが疑問を呈する。

ノヴァスの言うことはこの世界の常識である。

俺もあいつに出会うまでは、そう思っていた。

と、そこで回復職《ヒーラー》の男がそういえば……と口を挟んだ。

「そういえば……最近お会いしたミハルネさんが妙なことを言っていた。あの時は気にしていなかったんだが」

「なんだ？」

ノヴァスが振り返ってその男に問い返した。

「初期村に……「はっ、はっ、はっくしょん！」……いるぞ、と」

その時、誰かが盛大なくしゃみをして、男の言葉が聞き取れなかった。

それは周りの人たちも同じだったようだ。

「何？　今、何といったのだ」

ノヴァスがもう一度訊ね返す。回復職《ヒーラー》の男は咳払いをすると、同じ調子で繰り返した。

「――ミハルネさんは、『初期村に化け物を従えている奴が堂々と紛れ込んでいるぞ』と言ったんだ」

回復職《ヒーラー》の男が繰り返す。

彩葉が頷いた。

「恐らくこの方でしょう。ミハルネはそれが【四凶の罪獣】ではないかと言っていました。私も見たことはありませんが、壮絶な威圧感をこの方から感じています」

彩葉は静かに告げた。

あたりが一気に騒然となる。

【四凶の罪獣】。それはアルカナボス《女帝》を喰い殺したという四匹の魔物。

その強さは、今更述べるまでもない。

「お、おい、聞いたかよ」

「【四凶の罪獣】だと……？」

「ただの伝説じゃねぇ……のか？」

「い、彩葉様が嘘言う訳ないだろよ……！」

あたりは蜂の巣をつついたような状況になっている。

俺はあの顎の割れた顔を思い出していた。

おかげで事態がややこしい。

「し、【四凶の罪獣】……そんな化け物が……!?」

回復職《ヒーラー》の男が隣で、俺を見ながら目を見開いている。

「……彩葉様、いくらなんでも買いかぶりすぎでは？　こいつが今アルド達にやられていたのをご覧になったでしょう。そんなのを従える力があれば、こんなところで我々など必要なかったはず」

ノヴァスは目の前のこれが現実ではありませんか、と指をさした。

リンデルも自分の望む流れになってきたところで乗ってくる。

「彩葉様。ミハルネ様の言なら、従いたくなる気持ちもわかるけど、残念ながら【四凶の罪獣】など、断じて人には従わないよ」

また髪をかきあげて、リンデルが続ける。

「そもそもレイドボス以上のモンスターに忠誠を誓わせることなど、プレイヤーには不可能だよ。僕は調教師の友人がいるのでわかるけど、高レベルの彼でも、レベル六〇の劣種《レッサー》ワイバーンですらなかなか調教できずに日々喘いでいるんだよ」

リンデルが彩葉をなだめるように言った。

現況で、彩葉の味方は誰一人としていなかった。

それでも彩葉は表情を変えない。

欠片も疑わず、俺を何か特別な存在として見ているのが明らかだった。

「――こいつはただの変態だよ」

リンデルがこの話に飽きたのか、隣の男に向かってぼやいた。

「百歩譲ってそんなやばいのを飼っていたとしてもさ、そんなことができる奴が初期村から出られずに四苦八苦しているなんて、誰が見てもおかしいじゃない？」

リンデルがやれやれとばかりに、ふぅーっと溜息をついた。

「それより聞いてよ、あいつ。シルに野宿を強要してたんだ。しかも薪で囲んだだけの狭い犬小屋でくっつきながら寝かされてたらしい。マジキモくね？　死ねって感じだよね」

リンデルがこちらをちらりと見て、引きつるような、いやらしい笑みを浮かべた。

「デスゲーム化した直後の状況を、笑うもんじゃないぜ。震災直後の被災者の暮らしを嘲笑うようなものだ」

一瞬湧き始めた嘲笑が、消えた。

俺の言葉のほうに、観衆は理解を示したようだった。

「くっ……この野郎。面白い。じゃあそんなすごいのを飼っているのかどうか、僕が試してあげるよ。ハハッ」

リンデルが盾を構えた。

「リンデル、いい加減になさい」

彩葉が厳しい声でそれを咎める。

「アハハ、嫌だなぁ彩葉さん。盾だけですよ。さぁ、どっからでもかかって来いよ」

試してやると言っておきながら、待ち構えるリンデル。

盾職《タンカー》は、受け得意の職業である。

攻めにバリエーションは少なく、怖いのは【盾の衝撃《シールドスタン》】などのスタンくらいである。

「——馬鹿の一人芝居って奴か。一生そこで待ってろ」

俺は背を向けて立ち去ろうとする。

くだらなすぎて、付き合っていられない。

「て、てめぇ！　本気でぶち殺す！」

「いけない！　やめて！」

彩葉の澄んだ声が笛の音のように響いた。

勘で振り向いた俺に、リンデルが突っ込んできた。

そのまま俺の胸に蹴りを入れる。【転倒】を強制しようとする一撃だ。

だがレベル八八の俺は難なく抵抗に成功し、全く動じなかった。

リンデルがあれっ、という顔をしている隙に、俺はリンデルの横面を平手打ちしようとする。

だが動作は初心者並みに遅い。我ながら情けなく見ていると、突然ノヴァスが割り込み、俺の手を両手で受け止めた。

「理由はわからぬが彩葉様がやめろと言っている。これ以上事態をややこしくするな」

ややこしくしているのはお前だと思うのだが。

「そりゃっ、っと」

その隙をついて、リンデルが背にしていた盾を取り出し、俺に突き出した。

ゴン、という鈍い音がして、俺は目の前が真っ白になり、急に足腰が立たなくなって尻餅をついた。

【盾の衝撃《シールドスタン》】だった。

「リ、リンデル！　お前も何をしてるんだ！」

ノヴァスの慌てた声が耳に入った。

続けて、スタンしたままの俺の顔面をのっぺらな何かが強打した。

嫌な音とともに、歯が折れ、血が口に流れ込んでくる。

鼻が熱くなると同時に、後ろに倒れ込んで後頭部を地面に打った。

「だれかゴミ収集車呼んでよ。ハハッ」

頭を起こすと、蹴り倒した俺を見下ろしながら、リンデルが髪をかき上げてフッと笑った。

悪役を排除した正義のヒーローのような振る舞いだ。

「あいつ、姿的にもやられ役の典型だな」

「世紀末的に爆砕したらおもしろいのにな」

鼻血を噴き出した俺を見て、周りからあからさまな嘲笑が聞こえる。

背中に冷たい地面を感じる。

蹴られた鼻だけが熱い。

俺は自分の手を眺めた。異様に太くなった、繊細さを欠く指。

これではもう、糸も操れないこともわかる。

（そんなに死にたいのか）

心で怒りが熱く煮え滾っている。

俺は、地に倒れたまま、指輪を眺めた。

一〇個嵌めている指輪のうちの、左手の中指。

見れば、その指輪だけが小刻みに震えていた。

出せと言っているのだ。あの召喚獣が。

俺はこんな状況でもふっと笑った。

こいつを出した後の状況は凄惨すぎて、いつも想像できないのだ。

もちろん、出すつもりはないが。

とその時、俺の両手に、誰かの指が絡んできた。

そして次の瞬間、川辺でせせらぎを聴きながらゴロゴロしているような、穏やかな気持ちが心に広がってきた。

眼を開けると、倒れている俺の上に乗りかかるように、膝立ちになって俺を見る人がいた。

彩葉だった。

彩葉は先ほどの険しい表情ではなく、優しく微笑んでいた。

(なるほど……〈平静心《サニティ》〉か)

彩葉が俺の怒りを鎮めようとしているのだ。

その召喚獣を出さないように。

彩葉はそのまま俺の顔を覗き込み、絡ませていた手を離すと、ハンカチで鼻血を拭いてくれた。

黒髪が俺の顔元に落ちてきて、さらりと頬をくすぐった。

彩葉はそれを拾い、上品なしぐさで耳にかける。

天使のようだった。

その清純な笑顔を見て、それだけで心が癒された気がする。

彩葉は続けて袈裟切りにされた俺の腹部に手を当て、回復魔法《ヒール》を唱える。

温かい光が傷口を包んだかと思うと急速に傷が修復されていく。

彩葉は傷を見てやはり不思議そうにすると、五回同じ魔法を唱えて完全回復させてくれた。

「なんであんなやつに彩葉さん直々に手当してんだよ」

「マジむかつく、俺の天使様に回復魔法《ヒール》させやがって」

「俺の天使だよボケ」

「クソ、腰さえ……」

俺は上半身を起こした。

ただの豪勢な夕食のはずが、ひどく面倒なことになってしまった。

まあ、俺のせいではないのは確かだが。

「――ありがとう。もう大丈夫だ」

彩葉に礼を言って立ち上がろうとした。

「リンデルの、御無礼をお許しください」

彩葉は真剣な表情になると、誰にも聞こえないように小さく言った。

この人は恐らく、俺が召喚に手を出さないかずっと見張っていたのだろう。そして、俺が指輪を見た動きに気づいて動いた。両手を握ったのはそういう意図だろう。

「そいつは無理な相談だ。まぁ、あんたはいろいろありがとう」

彩葉にだけ聞こえるように礼を述べた後は、背を向けた。

「……カジカさん」

彩葉がすぐに俺を引き留めようとする。

「済まないが、もう放っておいてくれないか」

背を向けたまま、俺はそれだけを言い、観衆どもをかき分けて歩きだした。

「あっ……」

口をつぐんだ彩葉を、俺は無視した。

歩き出してひとりになると、リンデルの人を馬鹿にしたような声が耳に蘇った。

……ゲームに囚われて右も左もわからないシルエラを軟禁していた……あいつシルに野宿を強要してたんだぜ。しかも薪で囲んだだけの狭い犬小屋でくっつきながら寝かされてたらしい。マジキモくね？　死ねって感じだよ……。

力を取り戻したあかつきには、リンデルとはもう一度戦わねばならない。

俺はシルエラを軟禁していたわけではない。そのあたりをじっくり教えてやらねばならない。

ひとつ、気にかかっていた。

シルエラもそんなふうに思っていたのだろうかということだった。

それは少々意外だった。

シルエラの居場所を作り、帰りを待っていた俺は一人で踊っていたのだろうか。

そうは思いたくなかった。

背後からいくつもせせら笑いが聞こえてきた。

LOADING

その夜は何ともつかない気持ちを整理できず、早々に寝床で横になっていた。

何かの夢を見ている最中か、眠りが浅くなっていた時だった。

すぐそばで尖ったような強い殺気にさらされ、目が覚めた。

慌てて掛けていた毛皮を放り投げ、立ち上がると月の光を反射する銀色の武器が三つ、目に入った。

「ちっ、起きてやがったか。まあいい」

三人。姿形はぼんやりとしか掴めないが、つい最近、聞いたことのある声だった。

暗闇の中、ひらめいていたのは抜き身の剣。近接系職業のようだ。

死を直感した。

周りを見たが、酔っ払った人が通りかかっているものの、全く助けになりそうにない。

俺は三人に背を向け、鈍足で逃げ出した。

ここではまずい。

（一番近い街の入り口まで、ＨＰ回復薬《ポーション》を使いながら……）

落ち着くように言い聞かせ、転ばないようにだけ気をつけながら走る。

鈍足で進む俺の後ろから、笑い声とともに三つの金属武器が襲う。

俺の背中を熱いものが何度も乱雑に打ち付け、突き刺した。

皮膚が裂け、熱いものが流れだすのがわかる。

背部が次々と強烈な痛みを発し始める。肺をやられ、口に血が上がり、呼吸が乱れる。

俺は振り返りもせず第六位階HP回復薬《ポーション》を使い続け、なんとか街の入り口までたどり着いた。

「ギャハハハ！　もしかして、こいつまだ衛兵がいるとでも思ってたのかよ！」

男の一人が高笑いを始めた。

「クク、【パワークラッシュ】」

ひとりの男が吹き飛ばし攻撃を放つ。盾職系職業の初級技だ。

俺は側面からそれを受け、入り口から街の外へゴロゴロと転がった。

「おいおい、すぐ死んじまうだろうから、やりすぎんなよぉ！　ヒャハハハ」

俺は立ち上がり、三人に向き直った。

街から出たところはゆったりとした下り坂になっており、俺は三人を見上げる格好になっていた。

俺が望んでいた場所だ。

入り口の街灯に照らされ、立っている三人は、見ればやはりアルドたちだった。アルドだけ、蜂に刺された瞼がまだ少々腫れ残っていた。

「昼間はよくもやってくれたなあ？　俺がアレを許すと思ったか？」

「アルド様はレベル二二なんだぜ？　腰抜かすなよ、ククク」

「アルド様はキラーウルフを倒せるんだぜ？　お前にゃ想像すらできないだろうがな、ヒャハハハ！」

三人が狂ったように笑いながら俺に詰め寄ってくる。

「その割に、蜂には敵わなかったか」

「この豚野郎！　舐めた口きいてんじゃねぇ！」

額に筋の浮いたアルドが近づいてきて両手剣を振り下ろし、俺をさらに切り裂こうとした。

俺は倒れるように後ろに転がりそれを避けるが、三人はニヤニヤして俺に向かってゆっくりと詰め寄ってくる。

俺はじりじりと坂を下がっていった。

「将来有望なアルド様の剣の錆になれるんだ。無駄死じゃないぜ」

仲間の男が鉄製の長剣《ロングソード》を振りかぶりながら言った。

「——死にたいようだな。知らないぜ」

俺は感情を込めずに言った。

「おいおい、どっちがだよ」

「ヒャハハハ、余裕ぶっこいて馬鹿じゃねーのこいつ！」

「意味わかんなすぎて腹よじれるぜ！」

追い詰められているように見える俺の言葉は、全く伝わらなかった。

周りには俺たち以外に人はいなかった。

デスゲーム化しているのは知っている。殺せば復活《リスポーン》しないことも。

だがこのままでは……俺が終わる。

もう迷わなかった。

左手の中指に触れ、召喚獣の名を呼ぶ。

「洛花《らくばな》！」

指輪が待ちわびたかのように大きく呼応し、一瞬震えた。

続けて大気がズシンと大きく縦に揺れた。

「な、なんだぁ？」

膝をつきそうになるほどの大気の揺れに、アルドが間抜けな声を出し、あたりを見回す。

大気の揺れはどんどん大きくなり、まるで巨大な何かが空を歩いているようだった。

揺れが止んだ後、俺の眼の前に禍々しい気のようなものが集まり始めた。

そこに向かって左手を前にかざす。

渦巻いて現れた、黒い球体。

そこから、五メートルはあろうかという巨大な四足歩行の獣が俺の指輪から飛び出し、地に降り立った。

「うおぁ!?」

「な……なんだよこいつ……！」

卑俗な表情を貼り付けていた三人は仰け反り、文字通り、血相を変えて立ちすくんだ。

俺と三人の間に現れた獣が白い息を吐き、ブルルと唸った。

巨大な牛のような獣だった。

頭部に力強く生える二本の白い角。悟ったように見据える漆黒の瞳。全身を鋭い棘が覆い、その下には黒光りする隆々とした筋肉が静かに並んでいる。

背には取って付けたように異質な印象を受ける、茶色の羽毛に包まれた翼を折りたたんでいた。

窮奇《きゅうき》である。

『ザ・ディスティニー』に数あるお伽話にその存在が描かれており、アルカナボス《女帝》を屠ったとされる【四凶の罪獣】のひとつである。

お伽話では針鼠のような針で覆われた翼を持つ牛で知られ、【四凶の罪獣】のなかでは最強の饕餮《とうてつ》に勝るとも劣らないと言われる。

ミハルネや彩葉が俺の放つ禍々しい気配を感じて恐れたのは、間違いなくこの窮奇の洛花が発していたものだ。

俺が洛花と出会ったのは、《死神》のアルカナダンジョン地下四階である。

その強さは、もはや俺が語るまでもない。

〝やっと出していただけましたなあ……〟

ブルルと息を吐き、洛花は巨大な鼻面をしきりに俺の胸に押し当てようとする。

それを見た三人は戦慄の表情を浮かべ、言葉をなくしている。

〝我が主人がいいように嬲《なぶ》られる姿をただ黙って見ておれとは、まさに死の拷問。お約束が違いますなぁ〟

洛花はおそらく俺がこいつらやミハルネ達にやられるのを見ていたのだろう。

「済まなかったな。こんななりになってしまって俺も困ってるんだ」

〝……もちろん、好きに暴れて良いのでしょうな？〟

「……いや、殺すな。脅かすだけでいい」

頼もしく感じたが、良いわけがない。即座に訂正した。

〝承知〟

「洛花！　くどいが殺すなよ」

〝承知〟

洛花はブシューと大きく鼻息を吐いた後、まっすぐアルドたちに突っ込んでいく。

「ちょ！　ままままっ！」

下半身を小便で濡らしながら、言葉にならない言葉を吐くアルド。

速かった。

洛花は一トンはあるであろう巨体を風のように走らせ、闘牛のようにアルドに体当たりすると、角で上に放った。

人形のように吹き飛んだアルドは見上げるほど高く舞い、頭からぐしゃりと落ちた。

待ち構えていた洛花は落ちてきたアルドの上に前足を乗せ、乗りかかり噛み付く。

「あがががごめごめごめ……ぎゃ！」

アルドの、耳を押さえたくなるような悲鳴があたりに響き、突然嫌な音とともにそれが途切れた。

見ると洛花はアルドの頭部を引きちぎって咥えていた。

そしてこれ見よがしにそれを俺に見せた。こちらを見つめる漆黒の双眸が嬉々としている。

「洛花、違うだろ！」

だが洛花には届かない。

血を浴びた洛花はさらに俺の恨みを晴らすかのごとく、もう死んで動かなくなったアルドをバキバキ言わせながら残酷に引きちぎっている。

「ひぃぃぃぃ、な、なんだよこいつ！　き、聞いてねえぞ」

突然襲い始めた巨大な獣を前に、アルドの仲間二人が腰を抜かし、這うように街へ向かう。それに気付いた洛花がそちらに向かおうとする。

「やめろ洛花！　殺すな！」

〝承知〟

洛花は快く返事をしつつ、地を駆けた。電車並みのその巨体が二人を容赦無く轢き去る。

ひとりは半身がちぎれ、胸から下が宙を舞っていた。もう一人は蹄に頭部を潰され、繋がっていた下が血まみれになりながら痙攣《けいれん》している。

頭が痛くなってきた。

洛花の〝承知〟は全く意味が違うのだ。

『ちょっと黙ってて、今殺すから』でしかない。

洛花は屠《ほふ》ったのを確認すると、首を振って近くに動く存在がないのを確認し、こちらにやってきた。

〝意外に脆くて死なせてしまいましたなあ〟

洛花はとぼけたことを言いながら、血生臭い鼻面をまた俺に押し当ててくる。

「洛花、お前こそ約束が違うぞ」

俺は洛花がいつも撫でて欲しがる鼻の上を撫でずに言った。

〝はて、おいたの過ぎる者たち、当然の仕打ちでございましょう〟

「お前な……」

俺は苦笑した。

洛花は最初から殺すつもりだったようだ。

俺以外は全て殺す『全破壊』。

何回出してもまったくぶれない奴だ。

洛花との契約を厳密なものにできなかった俺のせいでもあるのだが……。

しかし、慌てていて考えていなかったが、洛花まで出す必要はなかったかもしれない。もう少し気性の穏やかなテルモビエにしておけば殺さずに済んだか。

〝それで、いつ私をネックレスに移してくださるので？〟

洛花が鼻息をかけながら、いつものように訊ねてくる。

召喚のネックレスに封じ込められた召喚獣は、俺が呼び出すのとは別で一日一回だけ、召喚獣の意志で出ることができるためである。

（……お前が勝手に出てくるなんて、生きた心地がしない）

だが俺はこれ以上のんびりしていられなかった。街の方が騒がしくなっていたからだ。

先ほどのアルドたちの叫び声に気付いたのかもしれない。

俺はすぐに洛花をしまい、街の外壁の方へ移動し隠れた。そのまま壁沿いにゆっくり進み、何も知らぬふりをして人集りに混ざる。

街の入り口には丑三つ時にもかかわらず、ものすごい人だかりができていた。アルドの壮絶な悲鳴が聞こえたのかもしれない。

「おい、誰か倒れてるぞ！」

『乙女の祈り』の者らしい男を先頭に数人が灯りを照らし駆け寄った。

「おい、手伝え！　三人倒れてる！」

街の中へ運び込まれた凄惨なアルドたちの亡骸が通り過ぎて行く。改めて見ると酷いものだった。

特にアルドは四肢が捻られ、無理矢理千切られたような姿をしていた。

「う、うぇぇっ」

それを見てか、俺の後ろから嘔吐する様子が聞こえた。

「な……なんだよこの傷……どうやったらこんな……！」

俺は静かにその場を去った。

囚われてから七ヶ月が経過していた。

この半年以上、俺の生活は少しも変わっていなかった。

日々薪割りをしても体重は二〇〇kgから一kgたりとも変動しなかった。

薪割りは全身を使って打ち続けるし、飼料と野草しか食べていないのに、痩せない理由が全くわからなかった。

俺は金に困り、毛皮とナイフを安物に買い換えた。足元を見られたが、これで二三金貨ほどを手元に置くことができた。

今の所持金は二五金貨と二四銀貨三〇銅貨ほどである。

変わらない俺とは対照的に、この世界はさらに大きな変化を遂げていた。

まずミッドシューベル公国の首都アップルフィールドに農業連合、衣服屋連合ができた。

農業連合ができた理由は土地の開拓ができないせいだったと言われている。

森林の木々は伐採して焼き払っても、翌日には苗が生え、一〇日もすると元どおりになっていた。

ゲーム内である事を思い知らされる不思議な摂理だが、それゆえNPCの土地をNPCごと買い上げて巨大な農地を管理し始めたそうだ。

衣服屋連合も同様にNPCの綿花や羊毛の仕入れ先を買い上げて効率化し、裁縫アビリティの高いプレイヤーたちで多くの衣類や布装備を生産し始めた。これにより果実や小麦、布装備や衣服の価格が下がり安定供給されるようになったそうだ。

また冷帯に属するサカキハヤテ皇国の首都、ピーチメルバで食の改革が起きた。

これは輸送手段が確保され、近くの氷山から氷、海から潤沢な塩を得やすくなったことが大きいそうだ。

食材の保存が容易になり、プレイヤーによる串焼き店やクレープ店も開店したと聞く。

これを聞きつけて多くのプレイヤーが『海の見える街ピーチメルバ』への移住を開始したといわれている。この一連の動きの裏にはサカキハヤテ皇国の軍師となっていたプレイヤー、司馬の存在があったとされている。

さらにプレイヤーたちの変革は続いた。

現在最大規模となったギルド『北斗』が各都市に高級宿屋をオープンしたのだ。宿屋では各地の食材を用いた豪華な食事のみでなく、エルフの里で得られる栗の木で作ったベッドに高級羽毛布団を用意して富裕層を魅惑した。

戦闘を好まない弱小プレイヤーたちを宿屋経営に使い、うまく雇用しているのも優れた手腕といえる。噂では『北斗』はさらに運送商社を立ち上げる準備をしているそうだ。

俺は直接目にしなくとも、このようなプレイヤーの偉業に大いに刺激を受けていた。

今の俺は相変わらず薪割りのみの貧乏生活。一日の稼ぎは三銀貨になったものの、一日二銀貨の貯金のみである。

「……ちょっと出てみるか」

俺は一大決心をし、街の外に出てみることにした。

戦闘ができれば、素材も得られるし、薬草集めができるからだ。

俺は武器屋に行き、八五銀貨でノングレードの青銅の戦斧《バトルアックス》を購入する。両手持ちでも使用でき、小回りもきく。防具はノングレードの冒険者のローブと冒険者の靴だけを一二銀貨、五銀貨で購入し着用した。在庫はローブ以外はサイズが合わなかったためだ。

高いHPはそのままなので、多少ダメージがあっても乗り切れると思っている。

なお、持っていたB級の純水晶の布鎧《ピュアクリスタルクロスアーマー》などは俺のもともとのサイズで作ってあるため現在は装備できない。衣服のサイズ設定は購入時の初回の一回のみで、リサイズは一〇分の一程度の費用がかかる。

装備の等級はノングレード、D、C、B、A、Sの順番で良くなっていく。グレードが上がるにつれ、装備ボーナスも優秀なものがつきやすくなる。S級の上に【遺物級】と【伝説級】、【也唯一《なりゆいいつ》】がある。【遺物級】以上はモンスタードロップでしか手に入らず、【也唯一】はその名の通り、全サーバーを通して一つしかなく、譲渡不可である。

ちなみに俺の持っているアルカナボス《死神》のドロップアイテム、アルマデルの仮面と経典は【也唯一】だ。

経典にアンデッド化の呪いを強制されるが、魔法完全防御率が八五%に固定されるアイテムである。

本来、経典による呪いは一生涯続くが、仮面が呪い制御アイテムとなっているのがミソだ。

仮面をつけている間なら、経典を使用しても、いつでもとり外せるのである。

仮面にはそれとは別に、姿隠し《ハイド》状態を看破できる能力も備わっている。このように素晴らしい効果を持つが、アンデッド化という状態に嫌悪感があったので、俺は一度も身に付けたことがなかった。


久しぶりに街の外に出ると、死を覚悟する緊張感もあったが、それよりも懐かしさが強かった。

青々とした空の下には、緑豊かな木々が両手をいっぱいに広げ、穏やかな光を葉に受けていた。

草木の香りが安心感をくれると、自然と笑顔になってきた。

いつから俺はこんな素晴らしい場所を恐れるようになったのだろう。

俺は獲物が出現する場所へ行き、一対一になりやすい所で待った。街から俺の足で一〇分程度の場所なので、街自体はすぐそこに見えている。

(やっぱりいいな、外は)

両手を広げて大きく息を吸い、久しぶりの外界を満喫した。

そんな俺を尻目に、すぐ近くを他のプレイヤーたちが嬉々とした様子で出かけて行く。

ここは入り口が近いだけに人通りが多いようだ。

まずは召喚獣なしでやってみることとする。

自分の実力で狩りが成立するか、把握することが一番の目的である。

まずくなれば召喚獣を出すしかないが、注意しなければならないことがある。

通常、仲間プレイヤーが自分を巻き込んで範囲攻撃をした場合、自分への攻撃を友軍攻撃《フレンドリィファイア》といい、ゲーム設定上、自分はダメージを受けないように設定されている。これはデスゲーム化した後も変わっていないそうだ。

しかし召喚獣の攻撃は意味が異なる。友軍攻撃《フレンドリィファイア》が抑制されず、味方や中立者にもダメージが及ぶ。今回では洛花の攻撃一般や、テルモビエの魔法範囲攻撃、ミローンの両手を振り回す攻撃などが当てはまる。つまりこれに通りすがりの他人が巻き込まれると、ダメージを与えてしまうということである。

巻き添えにすれば、初期プレイヤーなら間違いなく即死する。

（ここは街の出入り口に近すぎる……）

最初から出すのは避けねばならない。

彼らを使役して狩りをするには、人の来ない奥地に行くしかしかないだろう。まずここで一人で狩れれば、それも可能かもしれない。

「よし」

予想通り、あてもなくふらふらしている一匹の草ゴブリンを見つけた。装備を見ると、俺が日常使っているものより粗末な石斧を持ち、体には薄汚れた布が申し訳程度に巻かれている。

最も弱小で、プレイヤーが一番最初に戦うことになるモンスターだ。草色をしていることからその名で呼ばれ、経験値もドロップも期待できないが、今の俺にとっては注意すべき相手だ。

不意打ちは難しいのであっさりと姿を現す。草ゴブリンはぎょっとした様子で立ち止まりこちらを見た。

「久しぶりだな。勝負しようか」

草ゴブリンは牙をむき、「ギギギ……」と威嚇を始める。

俺は軽く素振りをして力の込め方、体さばきをイメージする。

タイミングを見計らって近づくが、足がついていかず、もつれた。

やはり【敏捷度補正】などのパッシブアビリティ無効が大きい。

仕方なく普通に近づいて、戦斧《バトルアックス》を振り被る。

そして草ゴブリンの目の前で薪割りのごとく、振り下ろす。

「うおぉりゃあ」

戦斧《バトルアックス》をみてすくんだようで、草ゴブリンはどこかのゴールキーパーのように一歩も動けていなかった。

拍子抜けだった。

草ゴブリンは抵抗もできず、一撃で肩から胸までを裂かれ、血を噴き出しながら倒れた。

俺はあっさりと草ゴブリンを狩ることに成功し、ドロップの八銅貨を手にする。

武器を戦斧《バトルアックス》に変えても、この近辺なら意外と戦闘はいけるのかもしれない。

「もう少し行ってみるか」

再び同じエリアで草ゴブリンを見つける。今回は囮《おとり》の初撃を草ゴブリンが躱したところで強撃を考えていたが、初撃であっさり草ゴブリンを屠ることができた。

また八銅貨を拾いながら少し自信がついてきて、次にウルフを狩ってみることにする。

いったん街の近くに戻り、方向を変えて森のほうへ歩き出す。

背後をとられないよう、森の辺縁をゆっくり回っていき、やがて二匹のウルフに出会う。

この世界のウルフは鹿ほどに大きく、餌をみると積極的に襲い掛かる習性がある。

皮と肉が得られるが、肉のほうは臭みが強く、肉質も悪い。

だが今の俺にとってはウルフの肉でさえ食べたい。それでいいから腹いっぱい食べたいと心底思っていた。

（こいつが狩れれば、俺は食事に困らなくなる）

エサを見つけたウルフは二匹とも正面から無策に突っ込んできた。

高レベルモンスターを単身で相手にしてきた俺にとって、その単純な思考につい油断してしまう。

（考えてみればレベル一〇以下の相手だもんな）

ウルフAが喉元を噛み付こうと飛び込んでくる。俺は眼を離さず、軌道を読んで重心移動し、躱そうとした。そこに油断など、決してなかった。

しかし今の俺は以前の俺とは格段に違った。

重心移動が間に合っていなかった。逃げ遅れた右の上腕付近に深く噛みつかれ、抵抗にも失敗し、牙が深く俺の腕を抉る。

（遅すぎたか……？）

ウルフAはまだ噛み付いたまま、離れない。俺は斧頭のところでウルフAの腹を突き上げると、ウルフAは飛び跳ねて距離をとった。

ウルフAは腹部が穿孔し血が流れているが、闘争心を失っていない。

俺は背後から跳びかかってきたウルフBに注意を向ける。

今度はもう少し、避けるタイミングを早くしてみた。

体重移動でかわし、すれちがいざまに胴に戦斧《バトルアックス》を叩きつける予定だった。しかしまたも回避が間に合っていない。ウルフBは俺の左肘のあたりに噛みつく。

鋭い痛みが走る。今回は抵抗に成功し、全く骨には届いていなかった。

「おおぉ」

俺はウルフBを先ほど同じように斧頭で突き上げ、怯んだ隙に両手で戦斧《バトルアックス》を振り下ろした。

戦斧《バトルアックス》はウルフBの背骨を音を立てて叩き割り、血をまき散らしながら屠った。

「やっと一匹……っておい。ドロップを拾う暇もないのか」

残り一匹とほっとしたのもつかの間、ウルフは三匹合流して四匹になっていた。

悪いことに、合流したウルフのうちの一匹はひと回り体格の大きいキラーウルフだった。

(こんな街の近くで?)

キラーウルフはウルフを統率し、狩りを行うリーダー的存在である。

通常、森の奥深くまで踏み込まないと出てこない敵である。こんな街の近くに出現するなど、俺は経験したことがなかった。レベル二〇前後のプレイヤーが狙う相手であり、初期プレイヤーでは太刀打ちするのは難しい。

キラーウルフの指示によるものか、ウルフたちは一か所に固まることなく、丁寧に回り込んでくる。

（難しくなったな）

ウルフも俊敏さが増している気がする。こんなに強敵だっただろうか。

俺が弱くなってそんな気がするだけだろうか。

冷静に考えれば、数が増えた時点でもうテルモビエや洛花を出すべきだったに違いない。

だがゴブリン二匹を簡単に狩れたのもあって、俺は少々甘く考えていた。

ウルフは全く怖気づくことなく、正面から一匹が襲い掛かる。

非常にシンプルな、突撃だ。

俺はまた、反射的に小さく、無駄なくよけようとしてしまう。しかし三度目の回避失敗。

ウルフCに左の肘の同じ場所を噛まれてしまう。

続けて襲ってくるウルフDにも右足関節を噛まれた。

「情けない」

俺は戦斧《バトルアックス》を片手で持ち、腕と足を振り回してウルフ二匹を引き離す。

牽制《けんせい》で斧を振ったが、空振りに終わった。

噛み傷から出血がみられるが、両方とも関節は曲げられる。

（関節？）

胸の奥で冷たいものがよぎった。

ここでいい加減気付いた。

俺の考えは相当甘かったことを、ここにきて知らされた。

ここから街まで一〇分程度。まだ奥の手はあるし、HPも余裕がある。

長年の勘は、退避すべきだと警笛を鳴らしている。

俺は第六位階HP回復薬《ポーション》をかけるとすぐ背を向け、街に向かってドスドスと走り出した。

その姿に本能が刺激されたのか、追ってくる気配を感じる。

そろそろかと思ったあたりで反転し、適当に戦斧《バトルアックス》を振り下ろす。戦斧《バトルアックス》は飛びかからんとしていたウルフDの首筋に運良くめりこみ、クリティカルヒットとなった。

ウルフDは血を撒き散らし、首がほぼ断裂した状態で倒れたまま、動かなくなった。

それを見たウルフAは距離をとったが、残りの二匹は勢いのまま飛び掛かってきた。ウルフCが右腕に、キラーウルフが横から首を狙って襲いかかり噛み付いてきた。

俺は戦斧《バトルアックス》を振り下ろした動作が大きすぎて、回避ができなかった。この硬直時間は回避及び抵抗判定に著しいマイナスを受けてしまう。

首元と右腕に衝撃を受け、熱くなる。首の方は抵抗失敗したようだ。

野獣らしい、生臭い息が鼻をついた。

鹿ほどもあるキラーウルフは俺の首元に噛みついたまま、倒そうと地を蹴って押してくる。

【接敵状態】へ持ち込む気だ。

勢いに負けじとは倒れないように踏ん張る。残るウルフ二匹が踏ん張るだけだった俺の右腕、左大腿に噛みついた。

（ぐっ）

神経を噛まれたのか、つい左足に走ったビリッとした痛みに俺は体勢を崩し、倒れてしまった。敵側のクリティカルヒットである。

(まずい)

獰猛な唸り声を上げて、ウルフたちが俺の上に群がる。

複数との【接敵状態】にされた。

その最中も、キラーウルフが俺の首元を何度も何度も噛みなおしている。

急に俺の顔に温かいものが降ってきた。

口にかかり、鉄の味が広がる。

首の動脈から吹き出している、俺の血だった。

時々噛まれた拍子に、息ができなくなる。

気管をやられつつあるようだ。

俺はふと、自分が死にかけていることに気づいた。

慌てて召喚の指輪を探ろうとするが、腕を噛まれたままで、右手が拘束されていた。

(これはまずい)

頭が真っ白になっていく。

HP回復薬《ポーション》?　いや、テルモビエを……!

その時だった。

首元に噛みついていたキラーウルフがぐにゃりとなった。

それだけではない。次々と俺に接敵していたウルフたちが剥がれ落ちていく。

あまりにあっさりと、戦闘は終了していた。

見上げると、逆光になっていてわからなかったが、鎧を身に纏った人が立っている。

俺を助けてくれたようだった。

「助かった。ありがとう――」

俺は上半身を起こし、その人に感謝の意を示そうとした時。

「――お前を助けるのは何度目かな」

聞いたことのある声。

重兜《グレートヘルム》をかぶり、重鎧《プレートメイル》を着込んだ女。

ノヴァスだった。

後ろにいたらしい二人の男が馬に乗ったままノヴァスに合流し、三人が血まみれで座り込んでいる俺を見降ろす形になる。

剣の血を拭きながら、ノヴァスが呆れたように溜息をついた。

一人の男が馬を下りて俺に駆け寄る。見たことがあった。以前俺を回復してくれた男だ。

「回復魔法《ヒール》してみるから、じっとしているんだ」

「助かる」

出血している首のところを押さえつつ言った。両腕は動かせるが灼熱感が少し引いて痛みを訴え始めていた。俺のＨＰはそれでも約二割残っていた。

「強くなったとはいえ、少々群れた程度のウルフに勝てないのは初心者プレイヤーといえども低レベルすぎるな。お前、【斬撃】とか【連撃】もないのか？　なぜこんな貧弱な奴を、彩葉様は……」

鉄の騎馬《アイアンホース》を引き寄せながらノヴァスが不思議そうに尋ねてくる。俺が戦斧《バトルアックス》を持っている事から近接系職業である火力職《アタッカー》の初心者だと思ったようだ。

俺はそれよりも、ノヴァスの言葉の別なところが気になった。

「敵が強くなったといったか？」

ノヴァスが兜の奥で溜息をついた。

「……まったく。お前はそんなことも知らないのか。デスゲーム化してからモンスターが知性を獲得して攻撃方法も変化してきている。武装するものや我々の言葉を話す者すらも出てきているのだ。この辺りではノンアクがいなくなったのも大きい。気をつけるんだな」

ノンアクとはノンアクティブのことで、接近するだけではこちらを攻撃してこない敵のことである。逆にアクティブとは一定距離をこえて接近すると、攻撃してくる敵のことで、圧倒的にアクティブのほうが凶悪である。

「そうだったのか」

確かに嫌な攻撃が多かった気がした。

「誘いを断って一人でいるからこのザマなのだ。太るだけ太ってこんな奴ら相手に死にかけるなど、全く見ていられないぞ。救済が嫌なら我がギルドに入れ。私が一から鍛え直してやる」

ノヴァスがキン、といわせながら剣を鞘にしまった。

「助けてもらって感謝している。繰り返しになるが、救済もギルドもいらない」

「……失恋したぐらいで強情だなお前は。死にかけていたのをもう忘れたのか」

「……」

俺は口には出さなかった。

「しかし、ここのところ飼料と野草しか食べていないだろう？　なぜそんな体型でいられるのだろうな」

ノヴァスが不思議そうに俺の生活を暴露した。

後ろから嘲笑が聞こえる。

「それにお前……」

まだ話すノヴァスを、回復職の男がうんざりしたようにそれを遮った。

「カジカ。やっぱりお前おかしいぜ。回復が効かない」

俺の傷はあらかたそのままで、首からの出血が止まった程度だった。

「前に彩葉様がこいつを回復した時、ＨＰが異常に多いか、回復効果が制限されているかどちらかでしょうと言ってたんだ。次に会うことがあったら呪いかもしれないから伝えてと言われていた。だけど、街から出られない奴に呪いなんて振りかかるわけないし」

激しく心臓が鼓動し始めるのを感じた。

「……ありがとう。血が止まっただけでもありがたい」

俺はこっそり帰属の第六位階ＨＰ回復薬《ポーション》を使用し、立ち上がった。

「ミリダ、呪い以前にモンスターとなど相対できないぞこいつは。だが困ったな。回復できないのならまた彩葉様を呼ぶべきか……」

ノヴァスが再び溜息をつき困り果てるが、後ろにいた大柄な男が大きな声で会話に割り込んだ。

「呼んでたらきりがねえ。こんなクズどうだっていいじゃねえか」

未だに馬上にいる男はあからさまに見下した目で俺を見ていた。それを耳にしたノヴァスが気づいたように振り返ったが、すぐ俺に向き直った。

「カジカ、一応紹介しておこう。ギルド『KAZU』から乙女の祈りの活動を手伝ってくださっているエブスさんだ」

ノヴァスがエブスを紹介した。

だが俺は挨拶をする必要をまったく感じなかった。

近くで見ると一八〇cm以上はある長身で、黒く髪をオールバックにまとめていた。

眼は人を侮蔑するのに慣れたような釣り上がった眼で、顎には短く切り揃えられた髭をこしらえていた。

右手でやすやすと保持しているのは背よりも大きい、青色に輝く両手斧《グレートアックス》だった。A級武器の不撓の斧である。

第一印象では、こいつはミハルネ、彩葉に次いで高レベルだと思う。恐らくは最終職業、狂戦士《バーサーカー》に至っていると思われた。

エブスの属するギルド『KAZU』はPKK《プレイヤーキラーキラー》を次々と返り討ちにする最凶と言われたPK《プレイヤーキラー》ギルド

だったが、デスゲーム化したのちは一転して『乙女の祈り』に協調し、初期プレイヤーの保護に乗り出しているという。

だが今目の前にいる男がそうだとはお世辞にも思えない。

「火力職《アタッカー》なのに【斬撃】がないだぁ？　おまけに斧の持ち方も知らぬと見えるな。餌や草ばかり食ってるからいいかげん人じゃなくなったってか？　ガハハ」

その不快な物言いに眉をひそめた。

(こんな奴が初心者救済を手伝っている？)

心底不思議に思った。

「……コイツは本当に困った奴なのだ。我らの保護下に入らないのは勝手なのだが、我々もいつも助けられるとは限らない。冷や冷やしながら巡回するこっちの気持ちにもなって欲しいものだ」

鬱憤《うっぷん》が溜まっていたのか、ノヴァスはタイミングよく来たバスのようにひょいと俺への批判に乗っかってきた。

ニンマリしたエブスは、片方の口角を釣り上げるようにして続けた。

「そもそもなぁ、俺たちに尽くしもしねえで……助けだけ求めてくるんじゃねえ！」

エブスは地中にサッカーボールがあるかのように地面を蹴り、俺に大量の土埃がふりかかる。

吸い込んでしまい、俺はゴホゴホと咳き込んだ。

俺が土埃で目を擦りながら見上げると、そこには薄笑いを浮かべて俺に斧を突きつけているエブスがいた。そして奴は言ったのだ。

「リンデルに寝取られた発情白豚。ガハハ」

俺は何を言われたのか、最初はわからなかった。

「は、発情……ぷっ、アハハハ」

それを聞いたノヴァスが吹き出し、兜の奥から甲高い声で笑うのが聞こえた。

そこでやっと、俺は何を笑われたのかを知った。

耳の奥がキーンと鳴り始め、体がわなわなと震えはじめた。

「ああ、苦しい」

ノヴァスが兜の奥で目尻を拭きながら息を整えていた。

言葉が、出なかった。

「……さて。こんな奴ほっといて行きましょうぜノヴァスさん。俺たちゃ急いでいたんでなかったですかい？」

「そ、そうだったな……」

ノヴァスはエブスの問いかけに頷きながら呼吸を整える。

震えが、止まらなかった。

こいつらはあろうことか、人の最も辛い過去を引っ張り出して笑い話にしたのだ。

リンデルに寝取られた発情白豚。

続けて起こるノヴァスの甲高い笑い声。

初対面のエブスが言うぐらいだ。

リンデルは食卓の話題のように、白豚がいかに寝取られたかを言いふらしていたということか。

地獄の底から聞こえるような不気味な唸り声がしていた。

それが、自分が発していたと気づかなかった。

「……カジカ?」

ノヴァスは、はっとしたようだった。

最後の一握りとなった俺の平常心が、ここにいてはいけないと告げていた。

こいつらを殺しかねないほどの怒りが、俺を支配しかけていたからだ。

俺は立ち上がると、この場を離れるべく歩きだした。

「あ、あの」

ノヴァスの似合わない呼びかけが聞こえる。

続けて俺の前に回り込んで立ち、笑いの余韻を慌てて拭き取ろうとするかのように話しかけてきた。

「……カジカよ、気を悪くしてしまったようだな。つい笑ってしまったのだ。謝ろう。この通りだ」

ノヴァスが重兜を外し、深々と頭を下げる。

さらさらとした外巻きのブロンドの髪が兜から流れ落ちた。

「おいおい!　短髪じゃねぇじゃねえか!　ノヴァスさんそんなに別品さんだったのかよ」

エブスが感嘆の声を上げたのが聞こえた。

「……許してもらえないか。お前を笑いに来たのではないのだ」

そんなエブスには目もくれず、ノヴァスは真っ直ぐに俺を見ていたようだった。

「……」

俺はノヴァスと言う、こちらを目で追いかけてくる景色を通り過ぎた。

直後、背後に黒っぽい気配を感じたかと思うと背中に熱い衝撃を受け、俺は地面に顔から倒れこんでいた。

土だらけになった顔をほろい、振り返ると、そこにはエブスがニヤけて立っていた。

「がはっ……」

咳に鮮血が混じり、急に息が苦しくなる。

この痛み方、背中を蹴られたときに肋骨が折れて、肺に刺さったか。

「美しいノヴァスさんの謝罪を無視するんじゃねえよ、コラ」

そう言って俺に近づくと、エブスは青銅の戦斧と、腰に付けていた石斧をぐいと奪い取った。

「……ほうほう、これが噂の乞食の斧ですかね」

エブスは黒ずんだ石斧を見て、狡猾な笑みを浮かべた。

「おいエブス、何を……」

ノヴァスの言葉が、唐突に途切れた。

「お前が落としたのはこの石の斧ですかー、それともこの青銅の斧ですかー！　ってな。どっちも欲しくねーっつーの」

俺が呆然とする中、エブスはその二つを森に向かって投げた。

石斧は背の高い木の上の方に引っかかったのが見えたが、戦斧《バトルアックス》の方は見失ってしまった。

「エ、エブス！」

驚愕したノヴァスとは反対に、ガッハッハと高笑いを続けるエブス。

耳鳴りで、音が聞こえなくなった。

「うおおお！」

血を吐き捨てながら、素手でエブスに殴りかかったが、不撓の斧で足を払われ、無様に転倒させられた。顔面を強打し、鼻血が再びだらりと流れ出す。

さらに倒れた俺の顔を尖った硬いものがガンガンと打つ。

視界に火花が散る。

その何度目かで、バキッと音がして、口の中に嫌な味が広がった。

歯が折れたのだ。

だが歯が折れようと、それは関係なく延々と繰り返された。

視界が揺れ続けている。

顔を両腕で守りながら見ると、エブスがニヤニヤしながら見下ろしていた。

奴は板金靴《プレートブーツ》で俺の顔面を何度も蹴りあげていたのだ。

「この街から出てけよ。まあ街の外歩けるほど強くねえか。じゃあ野たれ死ぬしかねえな。ガハハ！」

エブスが喜々として叫んだ。

「小汚ねぇ貧乏人が、俺達の街をうろうろすんな。友達《フレ》もいないんだろ？ 自殺して退場しろ。マジ目障りなんだよ。いや、俺が今殺してやろうか」

今度は俺の顔に、土まみれの靴底をぐりぐりと擦り付ける。

そんな中、誰かが駆け寄ってくる足音がした。

「エブス！　我々の活動を否定するようなことをしないでくれ！」

嫌な声がしたと思うと、靴の襲来がなくなった。

見上げると、そこにはブロンドの髪を揺らした重鎧《プレートアーマー》の背中があった。

ノヴァスだった。

そのノヴァスが振り返り、俺に向かって屈みこむのが見えた。

続けて、俺の顔のまわりが温かくなった。

目を開けると、なにかわからない赤い布地がすぐそばにある。

「やめろと言っている！」

今度は耳元で、ノヴァスの声が聞こえた。

「ちっ」

舌打ちする音とともに、頭全体に温かいものが覆い被さった。

頬をくすぐるように何かがサラサラと撫でている。

そこでやっと俺は気づいた。

ノヴァスの上半身が、俺の頭を抱きかかえるように包んでいて、俺の頭はノヴァスの膝の上に乗せられているのだった。

なんという屈辱。

俺はすぐさまその状態から抜けて、立ち上がった。

「——何のつもりだ」

声が怒気を帯びた。

だがノヴァスも立ち上がると、視線を俺から動かさない。

「……カジカよ、斧のことは本当に済まない。これで買い直して、余った分は何か栄養のあるものでも……」

手に金貨を乗せて、俺に差し出した。

「——笑わせてくれる」

「……お前がシルエラに渡した額と同じだぞ。渡さなかったと思って取っておけ」

差し出した手は俺の鼻血でひどく汚れている。

「この顔をよく覚えておけ。俺はあんたたちを許さない」

腫れ上がり、だらだらと血が流れ続ける唇で、そう言った。もちろん、受け取るはずがない。

蹴られ続けたせいで、俺の顔は何か所も折れ、ひどく腫れ上がっているのがよくわかる。

「……」

胸を衝かれたような顔をしたノヴァスがまだ何か言おうとしたが、すぐ口をつぐんだ。

「ノヴァスさん、そろそろ行きましょうや……ほら」

興が醒めたらしいエブスはノヴァスの腕を掴んで引っ張ろうとする。

「――わかったから私に触るな！」

ノヴァスはその手を乱暴に振り払う。

そして俺をもう一度見ると、持っていた金貨を懐にしまった。

「……困ったら、私に言うんだぞ」

そんなことを最後に言うと、ノヴァスが背を向け、馬に跨った。

その声はもう、嫌悪感しか抱かなかった。俺は二人に背を向ける。

俺の背後で、馬が走り去っていく。

空では日が隠れ、黒い暗雲がゆっくりと立ち込めてきた。

鳥たちの鳴き声が止み、ぽつり、ぽつりと雨が降り出した。

鼻血が落ち着いたのだろう。雨で立ち込めた草いきれのムッとする香りがしたが、またすぐ詰まってその香りもわからなくなった。

LOADING

いつもの寝床に戻った時には、雨脚は弱くなっていたものの、まだぱらぱらと降っていた。

夕食前の帰宅期で、俺の目の前を笠を被った者たちがひっきりなしに馬で駆けてゆく。泥が跳ね、馬の蹄が削った所に小さな水溜りが出来ていく。

木陰の寝床に座り目を閉じると、耳に突き刺さったままの言葉が、何度も何度も鼓膜を打った。

リンデルに寝取られた発情白豚。

続く甲高い笑い。

『乙女の祈り』の連中が俺のことを話している光景を想像すると、怒りで視界がぐわんぐわんと揺れた。

シルエラのことが思い出された。

寒くて仕方がなかったの。そしたらカジカさんがくっついて寝ようって。二人ともお金がなくて。

私、嫌だったけどそうするしかなくて……。

ノヴァスの笑い声がシルエラの声のように聞こえて、両手で耳を覆った。

ふと気付くと、雨で濡れて重かった服が、いつの間にか軽くなっていた。

しばらく降り続いた雨は止み、見上げるとあれだけかかっていた暗雲が流され、美しい星空が見えつつあった。

調理屋に行き、いつものように街中で摘んだ野草を煮て食べると、少し気持ちが落ち着いてきた。

……石斧は二銀貨かかるが買うしかない。薪割りは俺の唯一の稼ぎだ。俺にあの斧を取りに行けるはずもない。

怒りがふつふつと湧いてくる。

だがいつまでもそればかりではだめだ。俺には考えるべきことが他にあったはずだ。

俺はまだガンガンする頭と背中の痛みを我慢してじっと考えた。

さっきの一件で、気になったことがあった。

自分の直感がやけにそれが正しいのではと後押ししている。

回復職《ヒーラー》の男が言っていた言葉だ。

彩葉は俺を回復した時に違和感を感じたそうだ。

そして、ＨＰが異常に多いか、回復効果が制限されているかだと言っていたそうだ。後者なら呪いにかかっているのかもしれないので俺に伝えろとも言ったらしい。

答えは簡単だ。

俺は単にＨＰが高いだけなので呪いではない。

しかし俺は、彼女の言葉通り神殿に行くべきなのかもしれないと考えていた。

福笑いの袴のせいで顔が変わり、肥満体型になっている。しかも外すことができない。一kgすら変動しない。

これこそがもしかして呪いなのではないだろうか。

それなら全く体型に変化がないことも説明がつく。

『呪い』

長期ステータス異常の一つである。

モンスターやアイテム、トラップなどから呪いを受けると、上限ＨＰが減ったり、移動速度が制限されたりと様々なマイナス効果をもたらす。回復には解呪を依頼すればよいのだが、一番の問題は現実味を与えるためか、呪いは診断されるまでステータス画面には出現しないという特徴を持っていることだ。

そのため気づかず、何かいつもと違う、いわゆる病気のような症状をもたらす。

呪いは同時に一つまでしか受けず、解呪されるまで永久に効果を発揮しプレイヤーを悩ます。

この特徴も今の俺に合致している。

（神殿に相談してみるか……）

自分で言いながら虫唾が走ったが、もはや一つの感情に振り回されるほど、若くもない。自分にとって一番大事なことを為すだけだった。


神殿の周りには色とりどりの花が植えられ、いつの間にか植えられた白樺の木が大きく雰囲気を変えていた。入り口の所で五歳ぐらいになる子供が数人、キャッキャ言いながら走り回っている。

解呪を担当する司祭について門の所で尋ねると、今朝はもう朝の祈りを済ませ、神殿の奥の部屋にいるとのことだった。

神殿内は多くのプレイヤーがそこで獣の皮をひき、寝床を作って暮らしていた。それぞれが小さくスペースを区切って自分らの居場所を作っている。ざっと見て二〇〇人以上はいるだろうか。

幸か不幸か、見た顔の者はいなかった。

奥へ向かって歩いて行くと、その先で洗濯籠を持ったまま井戸端会議をしている中年女性たちが何かを熱心に話していた。その横を通り過ぎる時、知っている名前が聞こえ、俺はつい、いつもの癖で耳をそばだてた。

「また彩葉様に会いに来たらしいわ、あの拷問変態男。全くいやらしい。表向きは一応、初心者救済の『乙女の祈り』を激励、だなんて言ってるらしいけど」

「人気のある彩葉様を妻に娶って、その人望でピーチメルバをまた傘下に戻したいお考えなのよ。ほんと他力本願というか、呆れちゃうわ」

「それで今ちょっと出てらっしゃるのね?」

「ええ、『乙女の祈り』の方々が第一皇子をグリンガム王宮へお連れしているから、今日の昼の配給がちょっと遅くなるそうよ」

「それにしても彩葉様、ご多忙な方よねぇ。第一皇子のお相手をした後に、すぐアルカナボス討伐でリムバフェへ向かわれるのでしょう?」

「あら、そういえばもう第一皇子じゃなくて、とっくの昔に王だったわね。オホホ」

俺は首を傾げながら通り過ぎた。よくわからない話だった。

第一皇子? ピーチメルバを傘下に戻す?

〝海の見える街〟ピーチメルバはもともとサカキハヤテ皇国の首都である。傘下に戻すもなにもない。

まさか、それが独立するようなことがあったのだろうか。

サカキハヤテ皇国は大陸の北東にあり、周囲を山に囲まれ、唯一海に面している大国だ。首都は海沿いにある街ピーチメルバで、皇国全体の人口の半分以上がここに住んでいると言われる。領地の多くが冷帯に属するため、氷山が間近に存在している特徴がある。

ちなみにデスゲーム化してから、この国の軍師にプレイヤー出身の司馬という男が就いている。

サカキハヤテ皇国はデスゲーム化する少し前に王が崩御、すぐ第一皇子が即位したはずだ。ボンボンで、さらに拷問好きという異常性癖がある気味の悪い新王である。

（そのサカキハヤテ皇国の一行だろうか。彩葉に会いに来ている……）

何はともあれ、俺は『乙女の祈り』の構成員をタイミングよく排除してくれたその新王とやらに感謝していた。

その奥に司祭がいたので、俺は銀貨を払い呪い診断《ディテクトカース》してもらった。

結果から言うと、やはり俺は呪われていた。

俺は踊り出したいほどの高揚に駆られた。

全くつかみどころのなかった俺の不幸が、呪いのせいかもしれないことがわかったのだ。

呪い診断《ディテクトカース》は呪いの有無とそのレベルだけがわかるもので、呪いの形を知ることができない。そのため、呪いがあるといわれても、確実に福笑いの袴に由来していると断定することはできない。

だが俺はデスゲーム化する数日前に【不道徳】レベルの毒の呪いを神殿で解呪してもらっていた。

それゆえ、デスゲーム化に伴って呪いを受けた可能性が高いと考えている。

だが、呪いのレベルが信じられないほど高位だった。

【罪咎《ざいきゅう》】だったのだ。

この世界の呪いには六段階のレベルが存在する。

下から順番に【不道徳】、【非行】、【不浄】、【悪業】、【罪咎】、【悪逆無道《あくぎゃくむどう》】の六つだ。

そして解呪には大きく分けて三つの方法がある。

神殿司祭の解呪、回復職プレイヤーの解呪、アイテム「魂の宝珠」を使う、の三つだ。

神殿司祭の解呪は下位二つにあたる【不道徳】、【非行】のみだ。【罪咎】はできない。

回復職《ヒーラー》の解呪も期待できない。【罪咎】の解呪の魔法は第十位階に存在するからだ。そんな高位に到達している回復職《ヒーラー》は恐らくいまい。

俺は深い溜息をついた。

残る最後は魂の宝珠だが、これこそ手に入れる道順がわかるだけに、ずしりと胃のあたりが重くなった。

高価なのである。

【罪咎】の二つ下の【不浄】の呪いを解呪する宝珠でさえ、以前の相場では八〇金貨以上だった。

仮に【罪咎】レベルの魂の宝珠が二〇〇金貨だったとして、貯めるのにいったい何日かかるのだろうか。

俺の薪割りの儲けは、根を詰めてやって一日四銀貨である。

一〇〇金貨ためるとなると、単純計算で二五〇〇日。

二〇〇金貨は五〇〇〇日。もちろん生活費ゼロですべて貯蓄したとして、だ。

俺が今、アイテムボックスに在庫しているアイテムを売ったとしても、七〇~八〇金貨になるだろうか。帰属アイテムは売れないし、上級魔法糸は売れるにしても、せっかく知られていない俺の手の内をみすみす明かすことになる。

――この際カミュとしての手の内など、もうどうでもいいだろうか。

俺は頭を掻きむしりながら上半身を起こした。

……どうしても踏み切れなかった。

生死をかけた戦いにおいて、未知の武器を持っていることの価値は計り知れないし、それで手にした勝利も数多いからだ。

だとすると、今の持ち合わせも考えて、軽く見積もっても二〇〇〇日は必要そうだ。

五年以上この生活か……。

先が見えたにしても、あまりに遠い道のり。

焦点が合わなくなってきた。

「……いや、薪割りで貯め続けるしかない。俺にはもう、それしかないんだ」

▼

04

呪われた力

▲

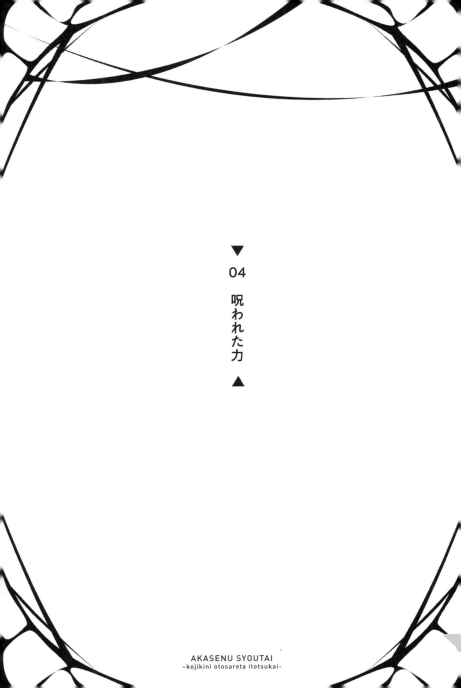

草原での屈辱から二日後の深夜だった。
地鳴りが背中に響き、目が覚めた。
(これは……馬か?)
最低でも五頭はいそうだ。立ち上がり、音の方を凝視する。
ふいに女性の悲鳴が聞こえてきた。目を凝らすが良く見えない。
続けて男たちの怒鳴り声。馬の嘶き。再び女性の悲鳴。
ただ事ではない。
(そういえば、今は彩葉さんがいないとか言っていたな)
女教皇の攻略で『乙女の祈り』も数人向かったのだろう。
街の警備が手薄な時を狙ったということだろうか。
そうしている間にも、音が近づいてくる。
馬車のようだ。
逃げたが、角を曲がっても背後の音が離れない。
「うほ、こいつはデカイやつだな。運べるかな」
「こいつもプレイヤーだ。捕まえろ!」
野太い男の声が聞こえた。
諦めて振り返ると、相手は四人。
認知障害の覆面をして武器を持ち、鎧下のみ着ている。

ざっとみて俺の眼にはレベル二〇ぐらいと映った。

プレイヤー狙いの奴隷狩りかもしれない。下調べもついているような言い方だった。プレイヤーはNPCよりも様々な能力値が高い分、奴隷としても非常に有用なのだろう。

せめてと思い、俺は近くに来た馬車に体当たりし破壊を試みるが、少々揺れるにとどまった。俺はそのまま背後から数人の蹴りを食らい、倒される。

倒れたまま剣を当てられ、動けない間に数人がかりで後手に縛られた。

その後は剣を当てられたまま、馬車に乗るよう誘導された。

「遅いんだよお前！　早く歩け！」

剣を当てている男が後ろから急かす。

俺は抵抗せず自分から乗ったが、後ろにいた男は違ったようだった。

「こんな事してただで済むと思ってるのか！」

男は叫びつつ、青銅の広刃の剣《ブロードソード》を抜いていた。

乞食らしい最低レベルの剣だし、構えも様になっていない。

結局、後ろの男は威勢よく騒いだだけで終わった。

背後から近付いた覆面男にあっさり首をはねられたからだ。

首から血が吹き出し、切り離された頭部がごろりと地面を転がった。

血生臭い空気があたりにムッと広がる。

「き、きゃあぁぁー！」

目の前で惨劇を見てしまった女性が甲高い悲鳴を上げる。

「やかましい。殺すぞ」

その女性は慌てて両手で口をおさえ、ひくひく言いながら馬車に乗りこんでいった。

馬車の中は乞食プレイヤーたちが所狭しと座っていた。

体臭と、馬車に染み付いた吐物のような臭いで鼻が曲がりそうだった。

LOADING

俺の後に三人追加された後、馬車は出発の準備を始めたようだった。

中には俺を含めて七人、捕らえられていた。

もちろんきちんと座れるわけもなく、縛られたまま立乗りのようになっている男もいる。女性が三人いた。

「下手なことはするなよ。見つけたら殺す」

覆面男がそう言い放ち、馬車の扉を閉めた。

外からお願いします、という声が聞こえたかと思うと突然、俺を強い眠気が襲った。

周りの捕らえられたプレイヤーたちも同じだったようで、力が抜けて周りに寄りかかり始める。

(魔法か)

〈眠りの闇雲《スリープクラウド》〉の魔法をかけられたようだ。

第三位階に属する初級魔法であるが、複数に効果を及ぼす、戦術上きわめて有効な魔法である。使用者の魔力に依存するため、高位の魔法使いも戦術として頻繁に用いるものだ。

俺は精神を集中、容易に魔法抵抗に成功したが、そのまま寝たふりをした。

魔法抵抗の成否は主として精神力に依存する。俺は重量ペナルティで精神力は影響されておらず、レベル八八の数値のままだった。

何人もの人が俺の腹に寄り掛かって寝たまま、馬車はしばらく走った。会話を聞いたところでは、魔法帝国リムバフェの首都ルミナレスカカオに連れていこうとしているようだ。

その後も定期的に〈眠りの闇雲《スリープクラウド》〉が飛んでくる。俺はその都度抵抗に成功する。

魔法帝国リムバフェは今いるグリンガム王国の北に位置し、その首都ルミナレスカカオは初期村チェリーガーデンからは歩いて二日ほど北上したところにある。馬車なら一日、早馬ならその半分もかからない。

リムバフェは奴隷制が公認されており、奴隷の人口が五％程度と非常に高い国だ。無法化したスラム街もあちこちに存在し、日常的に人狩りが横行している。

だから人狩りを受けた時、奴隷制に寛容なこの国か、獣人が多数住み、獣人奴隷売買の盛んなミッドシューベル公国に連れて行かれるのではないかと予想していた。

馬車が大きな石を踏み、がたんと縦揺れした。

（奴隷……か）

奴隷になると身分が一つ下がる。

ただそれだけだが、一般市民との間には天と地もの開きができる。

奴隷は資産を全て奪われ、奴隷の所有者の物になる。

自分より低能な者に仕えることになるだろう。

今後は魂の宝珠のために貯蓄していく事すら、許されない。

（……終わりか）

この半年間絶えず苦しみ、今後は一寸の望みすら絶たれる人生が約束された。これが地獄だったと言われれば、納得してしまいそうだった。

（いや、まだだ。何か手はないのか。俺に残された……）

俺はアイテムボックスを覗いた。

この状況を逃れられるものを必死で探した。

帰還系アイテムは一定の広さがないと使用できない。

だがこれが一番有望そうだ。チャンスは恐らく一回。

次に馬車から降りた瞬間を狙うか。一五秒稼ぐのは相当厳しいだろうが……。

ふと、奥のほうに禍々しい雰囲気を放つアルマデルの仮面が目に留まる。

【也唯一】で俺しか持っていないアルカナボス《死神》のドロップアイテム。

アンデッド化の呪いを強制されるが、魔法完全防御率が八五％に固定されるアイテムである。仮面をつけている間に経典を使用すればいつでも使用解除できる。仮面には姿隠し《ハイド》状態を看破できる能力も備わっている。

（アンデッド……全く興味が持てない）
この時俺は、アルマデルセットの呪いのレベルをなんとなく見ていた。
後で考えれば、この行為こそが、俺を勝者にしたきっかけだった。
ここで呪いのレベルを確認しなかったら、俺はたぶん終わっていた。
そこには【悪逆無道】と書いてあった。
ふん、と鼻で笑ってしまった。
【悪逆無道】は最上位の呪いである。
さすが【也唯一】と言うべきか。
これこそ万が一はずれなくなったら誰も解呪できない。
（誰が好き好んでこんなのを……）
急に音が聞こえなくなった。
続けて心臓がドクンドクンと跳ね始める。
「……」
何かが頭をよぎっていた。
それは、単なる不等式。
それの意味するところを理解した俺は背筋に寒気が走った。
ただの思い付きだ。うまくいくわけがないと最初は思った。
だがその思いつきが、やけに頭から離れない。

俺は集中してその思い付きの可能性をひとつずつ検証し始めた。

水面を波紋が広がるように頭が冴え渡り、慣れることのなかった馬車の中の異臭が気にならなくなった。

「まさか、な……」

つい口をついて言葉が出てしまう。

だが言葉とは裏腹に、俺の直感が今度はうまくいくと囁く。

音が戻ってきた。

「いや、ゲームルールが以前と同様に適応されているならば……」

苦難でボロボロになったはずの心が、力を得て立ち上がる。

様々な疑問要素をひとつずつ検証し終え、単なる思いつきがとうとう確証されたものに変わった。

「……可能性はある」

LOADING

夜更けに出発した馬車は発見を恐れてか、一時間くらいすると街道をはずれ、ガタガタと揺れる道を進んだ。

剣戟の音も何度もあったことから、モンスターとの戦闘もあったようだ。

やがて馬車が止まり、近くから馬車の中へ温かい光が差し込んできた。

男たちは野営結界を立てたようだった。

一人の男がこちらにやってきて、馬車の中についているふたつの燭台に蝋燭を乗せていった。

俺たちを観察するために、夜中ずっと明るくしておくつもりのようだ。

一方、野営結界の中では酒をやりだしたようで、酒宴の声がここまで聞こえてきた。

高レベルの野営結界は馬車をやすやすと含めることのできる広い保護結界を作りだすが、彼らの使ったものは最安のようで、俺たちを含めた馬車は結界の外に置いてあった。馬車の中の小さな窓から外を見ると、ひとりが見回りに出ているようだった。

(警戒はひとりか)

俺は深呼吸をして再びアイテムボックスを覗いた。

俺が考えていたのは、アルマデルセットを装備するというものだ。

これが俺を救ってくれる可能性を持っている。

『ザ・ディスティニー』では呪いは一つまでしか受難しない。

二つの呪いを身に受けた場合、もし強い呪いが勝つのなら【罪咎】の呪いから解放されて新たに【悪逆無道】の呪いを身に受けることになる。

この場合、アルマデルセットを手順通り外せば今の自分、つまりカジカに戻る。

さらにアルマデルセットに支配されている間ならば、【罪咎】の福笑いの袴は外せるかもしれない。

だが時間軸が優先される、いわゆる早い者勝ちのルールなら、アルマデルセットの呪いは発動せず【罪咎】の呪いが勝ち、付けても外しても何も起こらない。

これなら試してもデメリットはないはずだ。

ワゴンの中の奴隷候補たちは、皆眠っている。

大きく息を吐いて、俺は覚悟を決めた。

まず後ろ向きに蝋燭に近づき、かがみ込みながら両手を上に持ち上げ、手を縛っているロープに火を寄せた。火傷もしたし時間もかかったが、なんとか拘束を解除するのに成功した。

次にアルマデルの仮面をアイテムボックスから取り出し、装備する。これにより呪いを付与してくる経典をいつでも外せるようになる。

顔の上半分を隠すタイプの、銀色の仮面である。

（いよいよだ）

俺はばれないように大きく深呼吸をすると、アルマデルの経典を使用した。

具体的には経典を開き、契約のページのところに手を乗せるというものだ。その後は保持している必要などは特にない。ちなみに外すときは契約解除コマンドを口にしてから、仮面を外す手順だ。

「う、うおお……」

乗せた手が本に引き込まれるような錯覚を受けたのち、体がふわりと浮き上がる感じを受けた。

手足が先から急激に冷たくなり、肌が土気色に変わっていく。

続けて、体全体が小さくなっていくような違和感。

一〇秒とかからず変化は終了したようだった。

視界や聞こえは全く変わりない。

肌の色の変化が強かったが、ゾンビのように皮膚から出血していたりということはなかった。

ステータス画面を確認すると、体重は五八kgと、元の値に戻っていた。

パッシブアビリティが全て復活している。

俺は狭い馬車の中、拳を高く掲げていた。

(やっと……戻れた……戻れた戻れた戻れた!)

毒を持って毒を制す、が成功した瞬間だった。

LOADING

【悪逆無道】の呪いに支配されているうちに、福笑いの袴を脱いでみるが、残念ながらうまくいかなかった。

自分を縛っていたロープは緩くなっていたのでそのまま外した。

久しぶりの装備を身につけていくと、以前の体の軽さに気持ちが高揚していく。

その後、ずっと眠っている周りの連中を静かに起こし、彼らを自由にした。

「あ、あんた誰だ? さっきまでいなかったじゃないか」

近くにいた男が目を見開いている。

俺は口に指を当て、静かにしてくれと合図した。

「俺が外の連中を始末する。ここで静かに待っていてくれ」

「あんた、一人でいくつもりか？　見ただろ⁉　あいつら簡単に人を殺すんだぜ！　俺たちまで……」

「勝算はある。死にたくなければ馬車から出たりするな。敵はこいつらだけじゃない……ありゃ」

言いながら扉の鍵を確認する。

なんと、かけ忘れられていたようで、あっさりと開いた。

「……」

開いた口が塞がらない。

俺は拍子抜けしつつ、静かに馬車から降りた。

歩きがおぼつかない。

体格の変化に体の感覚がついていけていなかった。少し慣らしたかったが、そんな時間などある訳がない。

辺りは野営結界が淡い黄色の光を辺りに振りまいているのみで、まだ闇が覆っていた。

眠っていた俺のパッシブアビリティ【暗闇耐性】が発動し、昼間のように外を見渡す。さらに索敵範囲拡大を受けた【上位索敵】が効果を現し、敵がどのように配置しているか頭の中に流れ込んできた。

俺たちを襲った覆面男たちはすべて野営結界の中にいるようだ。感知できている人数は五人。覆面男は四人いたので、魔術師が一人とすれば、これで全員のようだ。

現在、俺たちを見張っている者などいなかった。

蝋燭を灯している意味もなんだったのだろう。酒が入ってずいぶん油断しているのか。

それでも俺は、落ち着かない息を整えた。

【死神の腕】を出現させ、震える手に拳を作って握りしめる。

この覆面男達を手にかける覚悟を決めた。

馬車に乗る時に殺された男がいたように、こいつらは俺たちを人とも思っていない。やらなければこちらに犠牲が出る。

俺は野営結界のすぐ外に、魔法耐性のあるアイアンゴーレムのミローンを召喚した。

背はおおよそ二メートル超で全身が鈍く光る鉄でできている。頭部は円柱状でくぼみの奥に赤く光る目があった。顎が前に突き出ている大きな受け口で、その姿に愛着が湧き、気にいっていた。重量はこう見えても洛花よりあるかもしれない。

ミローンの位置を固定し、目の前に出現した者を攻撃するよう指示を出す。

こいつは鈍重なのでこういう使い方が相性が良い。

ちなみにミローンも指示は受け付けるものの、俺以外のすべてを攻撃する「全破壊」型だ。

そうこうしている間に男がひとり、ミローンの金属音に気づいたのか、結界から出てきた。

「お……!?　おい！　皆起きろ！　ぐぇ」

ランタンを持って出てきた男は俺を見つけ、慌てて結界内に戻ろうとした。

俺はすぐにその男を糸で拘束しにいったが、それより早く男の背後からミローンの拳が降ってきた。

ランタンが音を立てて落ちる。

頭を叩き潰され、男はあっさり絶命していた。

頭部のなくなった男を、下からランタンが照らしている。

(おかしいな)

鈍重で知られるアイアンゴーレムに先に攻撃されてしまった。

(久しぶりで油断していたか)

目を向けると、野営結界の中が先ほどの声のせいで騒がしくなっていた。

「な、何者……ひぃぃー!」

次に出てきた男は俺に問いかけながら、頭部のない仲間を足元に見つけて悲鳴をあげた。

俺は糸を構え、放とうとする。

だが急に息が詰まって、目の前が真っ白になった。

そうしている間にも、ミローンが黙々と戦い、頭を潰して排除した。

(出遅れる……)

また同じだった。俺の攻撃がワンテンポ遅れる。

呪いが完全に解けていないのだろうか。

そうしている間に、俺の四肢が答えを示すようにがくがくと震えだした。

口が乾いて、キラーウルフに襲われる場面がフラッシュバックされ始める。

(恐れている?)

次に二人が同時に結界から飛び出してきて剣を振り上げ、俺に襲いかかってきた。

俺は体が硬直するのを感じたが、四本の腕が二人に向かって勝手に伸び、糸が放たれた。

無意識だった。

二人は何本もの糸で拘束され、足を止めた。

次の瞬間、目がうつろになり頭がかくんと落ちる。

続けて足が立たなくなり、二人ともその場に崩れ落ちた。

氷魔人シヴァの毛髪で拘束し【レベル差体温低下】に陥れたのだ。

二人が起き上がってきた後はどうしようかと思うと、息が詰まり、体がギクシャクして足も動かない。

そんな俺をつゆ知らず、ミローンが寄って来て作業的に頭を叩き潰していく。

俺は胸をなでおろしていたが、そこで唐突に強い眠気が襲った。

見ると野営結界のそばで男が魔法を詠唱している。

〈眠りの闇雲《スリープクラウド》〉。

魔法には恐ろしいイメージが全くなかった。カジカの時も精神力が元の値のままだったからだ。

俺は静かに息を吸いこみ、いつものように眉間に力を込め、打ち破りにかかる。

打ち破りはあっけなかった。

頭の中にかかっていた霧のようなものがすーっと晴れていき、鮮明になる。

男は打ち破られたと見るや、すぐに次の魔法詠唱に移る。

俺しか見えていないようだった。

そこへミローンが両拳を無言で振り下ろす。

ゴン、という鈍い音の後、魔術師がすとんと崩れ落ちた。

ミローン大活躍だ。

敵がいなくなると、俺は静かに息をついた。

同時に今の情けない自分に愕然とする。

（……落ちたものだ）

体の震えが止まっていなかった。

無意識に反応して放った糸が効果的だったから良かったものの、俺の動きは明らかに繊細さを欠いていた。

俺がさっき放った糸は氷魔人シヴァの毛髪。

■氷魔人シヴァの毛髪　レベル六〇
拘束確率　一五％　拘束　二秒／本　持続ダメージ　ＨＰの〇・五％／秒　攻撃力　四八
拘束時状態異常【レベル差体温低下】させ各種能力を低下させる。加算なし　累積あり

【レベル差体温低下】は、レベル差に比例して相手の体温を下げるものである。

体温低下は筋力や魔力などステータスすべてにペナルティを与える特殊な状態異常だ。下がった体温は状態回復魔法がなければ、復温に数時間はかかる。恒温動物の場合は【悪寒《シバリング》】や【低体温症】な

どの追加状態異常を与えることもある。

認めたくないが、今の俺は戦闘に冷たい恐怖が刷り込まれ、動けなくなっているようだ。

半年以上もの間、一方的に嬲《なぶ》られ続けている間に、自信を失い、恐怖に囚われてしまったのだろう。

(情けない……これが全サーバー統合PVP《対人戦》大会優勝者か)

立ち尽くす俺の背後から、突然、大声が響いた。

「スゲーぞあいつ！　倒しちまった！　俺たち助かったぞ！」

俺は冷や汗をかきながら振り返った。

ここは街ではない。


「静かに！」

鋭く叫んだが、全く聞こえていない。馬車の中の観客は盛り上がるばかりだった。

馬車に戻り扉を開けると、むわっとした熱気が漏れてきた。

「あんたマジでスゲーよ！　仮面のにいちゃん！　あれ魔法か？」

俺の心の中も知らずに、中にいた皆はキラキラした目でまっすぐ俺を見ていた。

俺は一歩退く。

「……なんでそんな盛り上がってるんだ？」

「これが盛り上がらずにいれるかよ！　ハハハ」

その男は旧来の友人のように俺と肩を組み、異様なテンションの高さで言った。

その後、馬車の中にいた者達は野営結界の中の食糧や酒を拝借し、盛り上がっていた。

俺だけ野営結界に入れないのを知ったのはこの時である。

そう。モンスターから守る結界なだけに。

説明も面倒だったため、俺は野営結界のすぐそばで火をおこし、見張りを兼ねてうとうとすることにした。ミローンが傍で突っ立っている。

それでも彼らは酒を持って俺のところに来ると、代わる代わるお酌してくれた。

口々にまっすぐ、ありがとうと言われると、情けない自分をわかっているだけに戸惑ってしまった。

(そりゃ、感謝もするよな)

今までとは違う。

デスゲーム化したゆえに、命は一つしかないのである。

夜が明け、東の空がゆっくりと明るくなってきた。

少し遅れて、ためらいがちな小鳥の鳴声が耳につくようになる。

すっかり酔っぱらって寝転がる仲間たちをワゴンに乗せると、馬車はゴトゴトと音を立て、来た道を戻り始めた。

LOADING

馬を御しながら俺は今までのこともあり、正体を隠すことに決めていた。

東日が強く、眩しく感じてきた頃に靄が晴れて、遠目にも街がはっきりと見えてきた。

俺はアルマデルセットによりカミュだった頃の力を取り戻した。

それが心底嬉しかったのは嘘ではない。今までにない解放感を味わった。

だが俺の心は別なことで一杯になっていた。

そう、自分が戦えなくなっていることだ。

アルドやリンデル、キラーウルフども、そしてエブスに凄惨に痛めつけられた記憶が俺を縛っているようだった。

ノヴァスが格上のプレイヤーに見えているのも事実だ。

実際さっきの覆面男達が俺に切りかかってきた時、無意識にでも糸を放てなかったら、俺はどうすればいいのかわからなかった。

カジカで暮らしていた時のツケのようなものだ。好きでカジカになったわけではないが……。

(俺は元に戻れるのだろうか)

戦っていくうちに戻れば良いが、しばらくは召喚獣の助けを借りて、万が一のことがないようにしたほうがいいだろう。

そんなことを考えながら馬車を進めていくと、遠くにチェリーガーデンの街並みが見え始めた。

何かいつもと雰囲気が違うことを見てとったのはその時だった。

馬に乗った者達が数人、うろうろしているのが見えるのだ。

人攫いに気づいたギルド『乙女の祈り』の者たちかもしれない。

もう少し進むとあちらもこの不審な馬車に気付いたようだった。

馬に乗った者たちが数人こちらに向かって駆け始め、砂埃が舞うのが見てとれた。

俺は静かに馬車を街道の路肩に停め、ひとり森に逃げ込んだ。頭上では小鳥たちが不満の声をもらしながらバサバサと飛び去っていく。

素早く手近にあった太い木に登って立ち、息を殺した。

すでに夜露で靴が濡れている。

しばらく待っていると馬に乗った者がひとり、森の際まで俺を追ってきたのが見えたが、それ以上深入りせず、馬車の方へ戻っていった。

もう少し登ると、木の上から、チェリーガーデンの街が一望できた。

俺は近くに『乙女の祈り』の連中がいることも忘れ、なんとなく見入ってしまい、そこに座った。

いつの間にか溜まっていた息を吐く。あの街を見ていると囚われてからの日々をいろいろ思い出した。

（本当に長かった）

感慨深かった。だがあの辛い日々はもう終わった。

新たに生まれた不安もあるものの、やるべきことは馬車に揺られながらもう考えてあった。これから新しい俺の人生が始まるのだ。皆に出遅れた分はこれから取り戻そう。

俺はこのまま初期村チェリーガーデンを立ち去ることにした。暮らしていた場所に行って、貧乏小屋を回収したい気もしたが、見つかればもっとややこしくなりそうで諦めた。

木を下り、森の中を歩き始めた俺は、鼻歌でも歌いたい気分だった。

葉のざわめきが耳に心地よい。視線の先には、木漏れ日がいくつも光の線を描いている。

時折その光の線を鳥たちが横切っていく。

と、そこで【上位索敵】に引っかかる者たちがいた。八匹のモンスターの集団のようだ。

続けてガサガサとこちらに近づいてくる草の音が遠くから聞こえてきた。

体に力が入っていくのがわかる。

身構えると、キラーウルフを六匹連れたアーマードジャッカルが二匹、近くの茂みから姿を現した。

良い獲物を見つけたと思ったのか、牙をむき、こちらを威嚇している。

アーマードジャッカルはレベル三五のモンスターでキラーウルフよりさらに格上のモンスターだ。

甲冑を着た、鹿ほども大きいジャッカルである。

この森はせいぜいレベル二五が上限だったはずだが、デスゲーム化してからすっかり様相が変わっているようだ。

奴らは以前経験した時と同じように俺を取り囲もうと静かに動き始めた。

(大丈夫だ。危険になったら洛花を呼べば良い。テルモビエもいる)

そう言い聞かせても、嫌な思い出が蘇り、恐怖で胸の下の方がこわばるのを感じた。

あのキラーウルフが六匹もいる。総勢八匹。以前はたった三匹で、ただのウルフでも苦労したのだ。

腰が引け、あとずさった。

勝てる気がしなかった。

だが前の戦闘と同じように無意識に、タイミングを逃さず、先制攻撃を放っている俺もいた。俺が放った糸は【レベル差体温低下】をもたらす氷魔人シヴァの毛髪だ。

糸は一番後ろにいたキラーウルフAに向けて飛んでいき、手で掴んだかのように絡みついて拘束した。キラーウルフAは急に襲われた見えない攻撃に跳び上がるが、すぐに血をまき散らしながら脱力してどさりと横倒しになり、動かなくなった。

敵が明らかに戸惑い始める。

「え？」

初手の強力さに、自分自身が一番驚いていた。

本当に、あれだけで動かなくなったのだろうか。

こんなに弱かったか。

以前、俺の心に死の恐怖を刻んだキラーウルフである。

生臭い息を吐きかけながら、首元にガリガリと喰らいついていた様子が今でもトラウマになって残っている。

奴らは俺が必死で振り回す斧を躱し、突いても突いても立ち上がり、襲いかかってきた。この程度の攻撃で倒れるはずがないのだ。

全身に鳥肌が立ち始めた。

「……」

俺は瞬きして、もう一度倒れたキラーウルフを見た。

やはり起き上がってくる気配はない。急激な体温低下に見舞われ、息すらしていない。

おかしい。

俺はなにか勘違いしている。

俺は自分の手を見た。

そこには幾度となく勝ち抜いてきた、糸を知り尽くした手があった。

(俺は……傀儡師だ……糸使いなんだ)

俺が、斧を使っていて弱いのは当たり前だ。

加えて移動速度が一〇%。筋力も敏捷度も魔力も一〇%。体重も二〇〇kg。パッシブアビリティもすべて無効。それらが全て重くのしかかっていた。

あまりに重過ぎた。絶望に囚われてしまうほど。

だが今、そのすべての害悪が解除されている。

胸の下のほうで、なにかがもぞり、と動いた。

「……そうか」

俺の顔に不敵な笑みが浮かんだ。

やっとわかった。

俺は刷り込まれた恐怖に目隠しされ、自分の力に対する信頼を失っていたのか。

簡単なことだった。

なぜ、あのキラーウルフがたった一撃で起き上がってこないのか。

——強すぎるのだ。本来の俺が。

カジカのころの俺を身近に感じるから、そっちを信じてしまうだけだ。

昔を信じればいい。

【剪断の手】と呼ばれた、アルカナボス《死神》を倒したあの頃を。

全サーバー統合PVP《対人戦》覇者の実力を。

俺は自分のうちに湧きあがってくる圧倒的な自信に震えた。

仲間を一匹失ったキラーウルフ達が唸り声すら忘れ、後ずさりを始めようとするが、アーマードジャッカルAが統率を取り直し、再び俺を囲んだ。

俺は自分を信じ、そのままキラーウルフたちが囲むに任せた。

「――来い。見せてやるよ」

恐怖など上書きしてやろう。全てを見極めて、その上で勝つ。

キラーウルフたちが頃合いを見て飛びかかってくる。俺はそれを以前の勘を信じて避けていく。

造作もなかった。

次々と飛びかかってくるアーマードジャッカルやキラーウルフの一挙一動が見えるのだ。

口を開け、唾液を引いた牙が近づいてくる。なかなか寄ってこない牙に、むしろ待つ格好になる。

第十一位階のパッシブアビリティ【認知加速】が効果を現しているのだ。

（遅すぎる）

やっとそばに来た牙をさらりと躱す。なんてことはない、ただそれの繰り返しだった。

背面からの攻撃も第十位階パッシブアビリティ【上位背面認知】で問題なく感じ取ることができる。

拍子抜けだった。

こんな子供でも躱せるような攻撃、いくら襲ってきてもかする気がしない。

溜息をつく暇すらあるほどだ。

どうやったらこんなのに咬まれるのか、不思議になってきた。

その後の俺は、動作を最小限にして、攻撃をすれすれの紙一重で躱し続けた。

自分が納得できるまで、そして恐怖が自分を縛らなくなるまで。

LOADING

一〇分もしただろうか。

キラーウルフ達があからさまに肩で息をし、口を閉じられないでいる。

俺はまるで生まれ変わったような、溢れる自信を得ていた。

「もう終わりか？」

回避は準備運動でしかなかった。

「じゃあいくぜ」

俺の両肩から天に向かって突き出るように、アルカナボスの腕が生える。

【死神の腕】だ。

このアビリティはアルカナボス《死神》をソロで討伐した『単独撃破ボーナス』である。

戦闘終了後、俺は《死神》の一部を奪うことを許された。視覚、筋力、精神力、HP、MPなど選択肢はあふれたが、俺はすぐに両腕を奪うことに決めた。

四本腕となった俺は糸を操り、アーマードジャッカルを先に狩ることにした。

アーマードジャッカルへ一〇本ずつ、糸を放つ。俺の放った氷魔人シヴァの毛髪は一五％の確率で拘束時に体温低下を付与する。

氷魔人シヴァは冷帯に属するサカキハヤテ皇国の東の山の奥で出会った、氷の上位精霊である。

詩織という友人とともに二人で狩りに行ったのだが、氷の魔法を連発され、文字通り何度も氷漬けにされた。

なんとか討伐を繰り返して糸を手に入れた時、レベル六〇以下の敵にしか使えないことを知って深く失望したものだ。

今、こんなに頼もしい糸に感じるとは思ってもみなかった。

拘束に成功した糸はそのまま絡みついて状態異常を付与し、拘束に成功しなかった糸は切り裂きを発揮して俺の手に戻る。この糸の攻撃力は四八で、B級装備の低純度ミスリルナイフと同程度の攻撃力である。

状態異常がなくとも、一〇本ずつの切り裂きだけで相当な火力を生みだすのは想像に難くない。

見えないものにいきなり絡めとられたアーマードジャッカルは、驚いたのか四本足を伸ばしてぴょーんと後ろに飛び跳ねる。

落ちてくる頃には血をまき散らし、自分で着地できず、どさりと落ちた。

なんとか二匹とも立ち上がるが、切り裂かれた部位からだらだらと血を流し、さらに体温低下による状態異常【悪寒《シバリング》】を生じて、小さく震えながら立っている。

体温低下はそれだけで各種ステータスを低下させるが、恒温動物の場合、体温は三四度を下回ると【悪寒《シバリング》】による行動障害、三二度を下回ると【低体温症】による行動不能、呼吸停止が追加され、さらに二八度を下回ると死亡となる。

俺は容赦なくもう一度糸を放ち、とどめをさした。

アーマードジャッカルが倒れたのを見るや、キラーウルフ六匹が犬のような鳴き声を上げて逃げ去っていく。

俺はまず三匹に六本ずつ糸を放ち、切り裂いた。【レベル差体温低下】が入った奴もそうでなかったのもいたが、血をまき散らし倒れ、結果は同じだった。

続けて手に戻ってきた糸を、逃げていく三匹へ放つ。

三匹はてんでんばらばらに逃げていったが、糸は二〇メートルを軽く超えた距離でも無慈悲に捉え、容赦なく切り裂いた。

遠くでキラーウルフたちが動かなくなるのが見えた。

このように糸の強さは拘束、状態異常だけではない。

圧倒的に優位なのはその間合いの広さにある。

パッシブアビリティ【最上級糸武器マスタリー】を得ている俺は、実に三五メートルまでの距離を正確に狙える攻撃範囲とすることができるのである。

（この程度か）

俺は二〇銀貨ほどになったドロップを拾い、再び歩き出した。

そのまま何度もエンカウントするモンスターを容易に排除しつつ、森の中を歩いた。

喉が渇いて腰を落ちつけた時、俺はやっと昨晩一睡もしていなかったことに気づいた。

気持ちが昂《たかぶ》っていたせいか、全く気付かなかった。

森の中でひらけた場所を探し、レベル一の野営結界を出してカジカに戻り、中で休んだ。

半日も経っていないが、カジカの状態が異様に懐かしく感じ、口元が緩んだ。

LOADING

三時間は休めただろうか。時刻は午後一時を回ったところだった。

俺は水袋の水を飲んで喉を潤し、昨晩盗んだ林檎をひとつ齧ると野営結界を出てふたたびアルマデルになった。

アルマデルの仮面は福笑いの袴を三段階も超える認知妨害効果を持っていた。

名前、HP、MPを見る神聖魔法〈測定《メジャー》〉妨害のほか、すべての装備品へ認知妨害をかけることができる。これはありがたかった。糸武器の種類も認知できないし、黒光りする召喚系アクセサリーもただのアクセサリーに見えるからだ。

森の中から白い石畳の街道が見えるところまで来た。

チェリーガーデンへ向けて、護衛に守られた荷馬車がゆっくりと通っていく。

少し待ってから【上位索敵】であたりに人や敵がいないのを確認したのち、そっと街道へ出た。

俺が行こうと思っていたのは以前拠点にしていた魔法帝国リムバフェの首都、ルミナレスカオだ。

ここからだと街道沿いに北へ向かうことになるが、早馬で三時間もかからないだろう。

街までは持っていた鉄の騎馬《アイアンホース》に乗って向かう予定だった。

レベル四五のクエストで貰う、甲冑を装備できる馬だ。

騎乗動物を得るには、騎獣スフィアというアイテムを封印したい相手にまたがった状態で使用するのが一般的だ。

相手の名前を聞いて召喚の指輪に捕獣したモンスターも一応一日一回なら出して乗ることができる。

騎獣スフィアは一五金貨で冒険者ギルドから購入できるので、ある程度金銭的に余裕があるプレイヤーは複数所持が基本である。

俺は騎獣スフィアから鉄の騎馬《アイアンホース》を出し、颯爽と跨がった。

が、振り落とされて落馬し、おまけに蹴りをもろに食らってしまった。

おかしいなと何度も跨ってみるが、結果は変わらなかった。

「アンデッド化はアウトか」

どうしても手なづけることができず、他の騎乗動物が手元になかった俺はあきらめて街まで歩かざるを得なかった。

いやあるにはあるが……あいつには跨りたくない。

LOADING

晴天の午後である。

からりとした秋風に吹かれていく木の葉が街道の上を流れていく。

ススキの穂の先に蜻蛉が止まり、風が優しくそれを揺らしている。

荷馬車がゴトゴトと音を立てて、歩いている俺の横を通り過ぎていく。

中からは楽しそうな笑い声がすれ違いざまに聞こえてきた。

すでに八台ほどすれ違っただろうか。

チェリーガーデンに物資を運ぶプレイヤーの馬車である。

いずれの馬車にもギルド『北斗』の旗が小さく掲げられていた。

この世界最大派閥と言ってよい『北斗』は高級ホテルを各都市にオープンさせたその横で、物流にも手を出し始めていたという。

晴れた日には空を見上げてみるとよい。

運が良ければ彼らの乗る美しい白馬「ペガサスクィーン」を見ることができる。

現在唯一と言ってよい、プレイヤーにもたらされた空飛ぶ騎獣である。

澄み切った秋空を見上げていると、視界の隅に豪華そうな馬車を囲んだ集団が来た道からやってくるのが小さく見えた。

俺は足を止めて目を凝らした。

重装備の騎兵が八人、馬車を囲んでいる。

徒歩の従者も含め、総勢で三〇名程度だろうか。まるで王族の行幸のようだ。

陽の光を受けて馬車の装飾が随所でキラキラと輝いている。

（まさか本当に王族か？）

だがその国の王族ならば旗を掲げ、わかりやすく行幸することが多い。遠くてはっきり見えないが、旗は掲げていないようだ。

馬車は衛兵よりも上級の騎兵を連れ添っている。

リン、リンと透き通った鈴の音が規則的に聞こえてくるようになった。

俺は路肩の草地に避けると、厄介事を避けるためだけに、片膝をついて馬車が通り過ぎるのを待った。

煌《きら》びやかな馬車は俺の前を通り過ぎた……かに見えた。

「止まれ」

美しい音を刻んでいた鈴が黙すると、中から中性的な声が聞こえてきた。

続けて、馬車から誰かが顔を出す気配を感じた。

「そこの男」

しばらく黙っていたが、どうも俺のことらしい。

神官帽子を被った、色白の人だった。

鳶色の瞳は、今まで見たことがないほどに澄み切っていた。

どれほど清らかな心を持てば、こんな風になるのか、わからない。

帽子からこぼれた前髪も、どうやら鳶色のようだった。

この人物の第一印象は、澄んだ目をしている不思議な男、というものだった。

「俺のことか？」

それを聞いて、近くにいた騎兵の男が剣の柄に手をかけた。

「口の利き方を改めろ！　このお方をどなたと心得る！」

凧型の盾《カイトシールド》を背にし、白髪をオールバックにした中年の男だった。

「そいつは抜かないほうがいい」

俺は片膝をついたまま、静かに右腕だけをおもむろに広げた。

そこには【死神の薙糸】が装備されている。いわば五本のB級の剣が乱舞するのと同じである。

NPCかプレイヤーかの判別は意外に難しい。外見ではわからないからだ。しかしこの男はこの男の鎧にはサカキハヤテ皇国の紋がある。皇国兵だとすれば、NPCだろう。

（NPCにしてはそれなりの腕前だな）

おそらくレベル五〇はあるだろうか。

しかし、俺にはかなわない。

「な、なんだと貴様……！」

騎兵の馬たちが俺の放つ殺気に短く嘶きながらずりり、と後退した。

それに気付いた男の顔から、余裕が消える。

「良いのだセイン。さて、そなた、名は何という？」

馬車の中の男はそれを全く気にしたふうもなく、俺に訊ねた。

俺はここで初めて、アルマデルの仮面による新規認知妨害で名前が？？？であることに気づいた。

「アルマデルだ」

カジカの時に行ったように、名前をアルマデルに上書きする。

「ではアルマデル。そなたは不思議な仮面をしているの」

（……不思議な？）

背中を一筋、すっと冷たいものが流れた。

俺は認知妨害をしているはずだが、この男は仮面の詳細が分かったということだろうか。

「さっさと答えよ、アルマデルとやら」

セインと呼ばれた男が急かす。

「答える必要がない」

「小僧……！　いい加減にせんと——」

馬車を囲んでいる騎兵たちが色めき立った。

「やめな！　別に気にしていない。……むしろいい加減にするのはお前達だの」

馬車の中から男が騒ぎ出した兵たちを一喝した。

その口調が途中で変わった気がした。

「は。申し訳ありません」

「それで、その仮面は何処で手に入れたのかの？」

男が会話を続ける。

「それもだ。答える必要がない」

「言いたくないならよいが……気になっての。お主の纏っているその空気、まるで死人だの。その仮面と何か関係があるのではないかの？」

俺は言葉を失っていた。

たまたまの冗談にしては、随分と当たる。

「——俺は認知妨害をしている。なぜあんたはそこまでわかる？」

俺は考えるのをやめて顔を上げると、真っ直ぐに訊ねた。

そこには澄んだ瞳で射貫くように見つめてくる顔があった。

「小僧！　新王に向かってなんだその言葉は！　叩き斬るぞ！」

セインが剣を抜かずに凄む。

だが俺は微動だにしない。

「よいと言っておる」

は、申し訳ありません、と再びセインが黙り込む。

「……それはもっともだの。私は王族での、【真なる目】を持っておる。そなたの仮面が【也唯一】と呼ばれる位の装備であることも、実はわかっておる。それで訊いていたんだの」

男は話し方に似合わず、くすりと柔らかく笑った。

「な、【也唯一】ですと……？」

セインが王を見て言葉を失った。

（【真なる目】とは、聞いたことがないな）

王族だけの特殊《スペシャル》アビリティだろうか。

閉口していると、男は女性のように高い声で笑った。

「……しかし死人の気配とは、キミとは話が合いそうだの。良ければ途中まででも乗っていくかの？

馬車の中は退屈での、丁度話し相手が欲しかったところだの」

男は目を細めてふっと笑い、馬車の扉を開けて俺を中に誘う。

大人の女性のような華やかな笑み。

つい引き込まれて、言葉を失っていた。

ほのかに甘い香りが馬車の中から広がってきた気がしたが、すぐに薄れた。

「王よ！　お戯《たわむ》れはどうかおやめください。何処の馬の骨かも知らぬこんな……」

セインに王と呼ばれた男が、わかりやすく頬を膨らませる。

頬の肌理《きめ》が細かい。女性が見たら、間違いなくこの肌に羨望の眼差しを向けるだろう。

「本当にセインは全く融通がきかなくて困るな。ではこれぐらいは良いだろう。持って行くがよい。

では旅の者、達者での」

王と呼ばれた男はあっさり折れ、代わりに俺に何かを投げてよこした。

俺はそれを空中でつかんだ。

刺繍の入ったハンカチだった。見ればサカキハヤテ皇国の紋が入っており、新王の名であるルモンド・ハル・ピセアス・クリスナオールと縫い込まれている。

ハンカチからは、かすかに先ほどと同じ香りがした。

「……くれるなら貰っておこう」

馬車は上品な鈴の音を残して、騎兵に囲まれ、厳かに通り過ぎていった。

俺は馬車が跳ね飛ばしていった小石をずっと眺めていた。

最近、サカキハヤテ皇国から彩葉を娶りに訪れているらしいという噂も手伝って、俺はこの馬車の中の人がその第一皇子だった新王なのではという気がしていた。

そして確かに馬車の中の男は新王、と呼ばれていたし、ハンカチも名を刻んだものだった。

新王の話を最初に耳にした時、彩葉に頼って国民の支持を得ようとは、異国でもやっていることは変わらないものだ、とある意味感心した。

だが話してみるとどうだろう、名ばかりのボンボンで拷問好きという無能な男のはずが、高位のプレイヤーすら凌ぐ印象を受けた。

それにあの男は言った。

死人の気配とは、キミとは話が合いそうだの、と。

(まさか……いや、深読みし過ぎかもしれん)

気になったが、今の俺にはもっと優先すべき事項がたくさんあった。

ひとまず忘れて、ルミナレスカカオへ向かおうと決めた。

俺は過ぎ去った鈴の鳴る馬車を無意識に目で追いかけながら、歩きだした。

馬車は相変わらず、仰々しい騎兵と従者に囲まれ、進んでいる。そして馬車が小さくなり、深く茂った森の横を通り過ぎようとした時だった。

急に思わぬことが起きた。

馬車の馬が二頭、後ろ足で立ち、大きく反り始めたのだ。

かと思うと、急に暴走しだし、馬車を横倒しにした。馬車から外れた馬は従者たちを蹴り倒して逃げていく。

俺は最初、馬がウルフにでも噛まれたのかと思った。

だが話はそんなに簡単ではなかった。

――続けて馬車へ矢が降り始めたからだ。

足が無意識に馬車へ向かっていた。

(行けば目立つことになる)

駆け出した俺を、背反する気持ちが引き止める。

助けるのは王族である。助けてしまったら、どんな晒され方をするか知れない。

俺はとある目的を達成するまで、目立つのは避けたかった。

(今はまずい……だが)

立ち止まっているだけで、手から汗が流れ落ちた。

馬車の中のあの人物が、どうしても気にかかっていた。

みすみす目の前で死なせるわけにはいかないというのもあったが、もうひとつ思い当たるところがあったのだ。

あの華やかな笑みが目に浮かんでくる。

俺の勘が正しければ、さっき俺が会話した人物は、恐らく王ではない。

俺は飛ぶように走りながら、使うことになるであろう糸を選別した。

馬車のほうに目を向けると、矢が止み、続けて森に潜んでいたらしい重装備の者たちが馬車に殺到し始めたところだった。

豪華に飾られていた馬車は片方の車輪が外れ、横倒しになっていた。

すぐそばに美しい音を鳴らしていた鈴が落ちており、無残に踏みつぶされている。

見れば、襲撃した賊は戦い慣れているようだった。

プレイヤーだろうか。数人の猛者がアビリティを使いながら、王族直下の兵士たちをなぎ倒している。

中でも坊主にした巨体の槍使いがひとり、無双の強さを発揮していた。

その槍使いに馬車側の従士がまとめてなぎ倒されていく。

圧倒的に劣勢だった。

俺の【上位索敵】では、賊はまだ一二人ほど残っている。対して、馬車護衛側は四人だ。

「騎兵はあと四人よ！　取り囲んでやっちゃいなさい！　さて、ここにいるのは本当に新王かしらん……？」

槍使いの横に立つ男が、指示を出す。この男が指揮をとっているようだ。

魔術師だろうか。フードを目深に被り、ローブに身を包んでいるが、野太い男の声でオネエ言葉を発している。

見れば九人の賊が三人の騎兵を取り囲み、戦っていた。

倒れた馬車のそばで剣使《ソードマスター》いらしい賊がセインと呼ばれていた白髪の騎士と向き合い剣を合わせている。

槍使いとオネエがその横でニヤニヤしながら突っ立っている状況だ。

「むう……」

セインが唸る。落馬でもしたのだろうか。今は馬もなく、額から流れている血が止まっていない。

「この老騎士殿はＮＰＣのくせに骨があるべ」

剣使《ソードマスター》いらしい長髪の賊が言いながら、剣を振るいセインを追い詰めている。今の物言い、やはりプレイヤーのようだ。

俺は槍使いとオネエの背後に回るように、静かに動いた。

剣を合わせつつも、こちらを向いていたセインが俺に気付き、期待のまなざしを送ってきた。

その時だった。

どこからか、透き通った歌声のようなものが聞こえてきたのだった。

耳を澄ますと、それは横倒しになった馬車の中からのようだった。

その直後、目を疑うようなことが起きた。

頭を矢が貫通している従士や、胸元が裂けて明らかに死亡している騎兵だった者が急に立ちあがり、馬車を守って剣を振るい始めたのだ。その数五人。いや五匹というべきか。

(死霊魔術《ネクロマンシー》か?)

死霊魔術《ネクロマンシー》は魔術師《マジシャン》系職業から召喚師《サモナー》を経て最終転職に至らないと到達できない、高位の魔法系統だ。

「あらあら、何かと思えば、最弱不死者《レッサーゾンビ》じゃない。まったく、情けないわねぇ! トロンゾ、やっちゃいなさい!」

しかし詠唱者の魔力はそれほど高くないようだった。

ローブのオネエが言った通り、アンデッド化した者たちは所詮、最弱不死者《レッサーゾンビ》でしかなかった。

次々と槍使いの振るう槍の餌食になっていく。

「下らん術を使うなあ! もっと面白いのはないのか!」

トロンゾと呼ばれた槍使いが血をまき散らしながら吼える。

セインがその隙にトロンゾに剣を振るおうとするが、剣使い《ソードマスター》が立ちはだかり、それを妨害する。

「オメエの相手はおいらだ。ひやひや」

死者を不死者《アンデッド》化させる魔法は死霊魔術《ネクロマンシー》の中にあることが知られている。

不死者《アンデッド》化は術者の力に左右され、高位の死霊魔術使い《ネクロマンサー》ならば強不死者《グレーターゾンビ》、更には嵐を起こす強不死者《ゾンビ・ザ・テンペスト》や規格外の強不死者《ゾンビ・ザ・アリフネス》という強力なゾンビを創ることができるという。

見ている間に最弱不死者《レッサーゾンビ》はあっさりと排除され、時間稼ぎにすらならなかったようだ。

「アハハ、こんな下品な芸を見せて、全く往生際が……あら」

オネエが高笑いするが、そこでセインの視線が俺に向かっていることに気付いたようだった。

「何？　な、なにこの男？」

視線を追いかけたオネエが、俺に気づいた。

「何だテメエは⁉」

俺の存在に全く気付いていなかったトロンゾは、血相を変えて振り返り、大きく叫ぶと槍を構えた。

「……そろそろやめるんだな。プレイヤーが山賊まがいの行為か」

俺は溜息をつくと、そのまますたすたと歩いて、剣使い《ソードマスター》とセインの間に割り込むようにして立った。

剣使い《ソードマスター》も呆然と俺を見ていた。

「なんだ？　こんなやついたべか……？」

「この三人は俺が引き受けよう。あんたは馬車を守ったほうがいいな」

俺はセインに向かってさらりと言った。

「な、何を言っておるのだ！　見ただろう。この剣の男も相当な手練れだぞ？　そこの槍使いなどそれ以上だ。小僧ひとりで戦うというのか⁉」

セインが信じられないと言った顔つきで反論するのを、剣使い《ソードマスター》が遮った。

「ひゃひゃひゃ！　オメエひとりでおいらたちを相手取るべか？　戦いじゃないべ？　笑いでも取りに来たんだべ？」

対してトロンゾはあっさり背後をとられていたことと、啖呵を切る俺に驚いたのか、気を緩ませることなく俺を見ていた。

「……王族の馬車を襲撃して何を為すつもりだ？」

俺はリーダーらしいオネエに向かって訊ねた。

「この人……見てやがったのね。お前たち、こいつも生かしておくな」

オネエは代わりに冷たい声で言った。

「トロンゾのおっさんはいらんべ。おいらが相手をするべ。で、そんだけ大啖呵切るオメエの武器《えもの》はなんだべ？」

剣使い《ソードマスター》の男が俺の前に立ち、鋼鉄製の広刃の剣《ブロードソード》を構える。名前はチョギルべと言うようだ。

「これだけのことをしているのだ。悪いが生かしては帰せないぜ」

俺は言いながら静かに糸を構えた。

だがそのきらりと光ったものを見て、トロンゾとチョギルべが口をぽかんと開けた。

「こいつもしかして……糸使いか？　ハハハハハ！　無駄に警戒しちまったじゃねえか！」

トロンゾが張っていた緊張の糸を切るように大笑いし始めた。

「ひゃひゃひゃ！　こんなところに化石みたいなやつがいるべ！」

「糸使い？　マジ？　あたい初めてみたわあ！」

オネエが被っていたフードをかきあげ、俺をじろじろと見た。見れば五〇代近いがりがりの痩せ細った男で、頭頂部が禿げ上がっている。

そんななか、俺の横でセインも溜息をつき、落胆の色を濃くした。

「小僧、援護はありがたいのだが……糸使いではな」

セインが吐き捨てるように言った。ＮＰＣでも糸使いの不評は知っているらしい。

「なんだよ、せっかく楽しめる奴かと思ったのに……格好つけて登場しただけかよ。とんだ拍子抜けだ」

トロンゾが頭上でミスリルスピアを持ちなおして言った。

先程までの怖気づいたような様子がまるで嘘のようだ。

「俺は糸使いじゃないぜ」

周りの見下げる空気にもかかわらず、飄々と構える。

「この状況で冗談は達が悪いぞ」

セインが失望を超えて、怒ったような眼をしている。

「試してみるがいい」

デスゲーム化してからか、いっそう糸使いは軽蔑されているようだ。

「ひゃ？　どうみても糸使いだべさ？　まさかオメエ、転職すらしてねぇ遠距離火力職《アウェイアタッカー》だか⁉　あひゃひゃひゃひゃ！」

チョギルベが奥歯まで見えるほど大笑いした。

「――逆だよ」

氷のように冷たく言い放った俺の言葉に続いたのは、天へ向かうように伸び出る【死神の腕】。

そして放たれる上位魔法糸。この糸の由来は魅惑の姫。名はサッキュバスクィーンの愛糸。

■サッキュバスクィーンの愛糸
拘束確率　二〇％　拘束　二・二秒／本　持続ダメージ　ＨＰの〇・五％／秒　攻撃力　四〇
拘束時状態異常【魅惑系混乱】一〇秒　加算あり

二〇本の糸が絡みつき、チョギルベを状態異常に陥れる。

拘束確率が比して高い糸である。【魅惑系混乱】とは女性に無効であるが、サッキュバスに抱かれたように甘美な陶酔に陥り、戦闘意欲を削ぐ。

今は拘束を発揮した糸が四本。チョギルベは抵抗できず、加算されて四〇秒もの【魅惑系混乱】が付与される。

切り刻まれながらも、口をぽかんと開け、恍惚の表情で棒立ちになるチョギルベ。

このように戦うことすら放棄してしまう者もいる。

チョギルベの露出していた右の上腕部に糸が集中し、切断された腕がぼとりと落ちたが、涎《よだれ》をたらすのみで気にした様子もない。

ちなみに体の部位切断は隠し抵抗値があるようだ。特に胴体や首の完全切断は抵抗値が高く設定されており、剪断確率の高い攻撃を仕掛けてもまれにしか成功しない。

（部分抵抗すらできずか。腕を落とす必要なかったな……弱すぎる）

俺は冷静にＰＶＰ《対人戦》の記憶を呼び覚まし、動きを確認していた。

近接火力職には、武器や腕の無力化が非常に有効である。

「よ、よよよ、四本腕の糸使い……？　そして【也唯一】……まさかこの男……!?」

隣にいるセインはあまりのことに口を大きく開け、ガシャリと盾を落とした。

「チョギ！　あんたどうしたのよ！」

オネエが駆け寄ってチョギルベの肩をゆするが、チョギルベは口角から涎を垂らし続けながら、ニヤニヤと宙を見つめている。

「ちょ、チョギルベ！　お、おい、てめぇ何をしやがった！」

状態異常とはわからないのか、トロンゾが喚いてミスリルスピアを俺に突き出してくる。

「喰らえ！　【連撃】」

槍が連続で突き出される。近接職《アタッカー》の第三位階にある攻撃アビリティである。

（――遅い）

【認知加速】の影響下では、すべてが問題なく目で追えた。

俺はすべてを躱し、糸をそのスピアに向かって放った。糸は違わず、ミスリルスピアに巻き付き、拘束する。

「うぇ!?」

トロンゾが眼を見開き、何が起きたのか理解できていない表情になる。

槍が自分では押すことも引くこともできなくなっているのだった。

俺の第九位階のアビリティ【武器拘束】である。成功した場合、一〇秒間相手よりも強い力で武器を操ることができる。

糸をぐいと引っ張る。

「おぁ⁉」

トロンゾがつんのめり、倒れそうになる。

そのまま引っ張ると、あっさりとミスリルスピアを取り上げることに成功した。

トロンゾが飴玉を取られた子供のような顔をしている。

「――燃え死ね！」

その横で、オネエが詠唱を終え、俺に魔法を放ってきた。

炎が生き物のようにのたうったかと思うと、一直線にこちらに向かって襲ってくる。

〈炎の矢《ファイアアロー》〉である。

魔術師《マジシャン》系職業が最初から覚えている攻撃魔法だが、最も頻用される魔法である。魔力やアビリティ覚醒によって攻撃力が増える割合が高いため、使い手によっては侮れない威力を持っている。

俺はすぐに悟って両腕を顔の前にクロスして精神を集中する。

だがいつものような衝撃すら、今回はなかった。

アルマデルの経典の効果、完全魔法防御が発動したようだ。

「嘘……霧散しちゃったわ……？　な、なんでよ？」

色白のオネエがそれを通り越して青白くなる。

右鼻の皺の下にある、汚らしく膿んだ吹き出物だけが赤かった。

俺は魔法職のオネエを先に排除することにした。

野放しにすると厄介と相場が決まっているからだ。

死神の薙糸を装備し直し、放った。一〇本の研ぎ澄まされた糸が後ろに立つオネエを襲う。

状態異常の追加はなかったが、それすら不要だった。

死神の薙糸は攻撃力が八〇で、トロンゾが使っていたミスリルスピア並の威力である。それが一〇本。

オネエはローブごとスッパリと体を切り裂かれる。

剃刀を押し当てて、ぐいと横に動かした時のような痛々しい切れ方だ。

糸武器はこのように布装備職業に非常に相性が良い。

ひとつあれば十分な致命傷と思われる傷が、全身にいくつもぱっくりと口を開いていく。

「ぐ、ぐぇぇ……なにこれぇ……」

胸元から噴水のように吹き出す血を見て呆然としながら、オネエはばたりと倒れた。

「な、なな、なんだその火力は……。お前、糸使いじゃねえのか……？」

トロンゾが予備の鋼鉄製の槍を取り出し構えているが、腰が引けているのがわかる。

「説明してやる理由がないな」

俺は惚けたままのチョギルベを倒した後、トロンゾに向き直った。

「うわっ……！」

トロンゾは尻餅をついて、震える手で槍を俺に向けている。

俺はもう一度トロンゾの槍を【武器拘束】して取り上げると、隣にいるセインをちらりと見た。

まだ棒立ちの白髪の騎士は、盾すら拾っていない。

「セイン。もう一度言おう。この三人は俺に任せろ。もうひとりしかいないがな」

「ま、まさか小僧……いや、あなた様は……勇――」

「話は後にしたらどうだ？　馬車を守るんじゃなかったのか？　それから盾、落ちたままだぜ」

「……は？　うお！　わ、わかり申した。救援感謝申し上げる！」

セインはやっと気づいたのか、慌てて盾を拾い、仲間の騎兵を助けに向かった。

「さて、と」

俺はトロンゾをサッキュバスクィーンの愛糸で惚けさせた後、持っていたロープで縛って無力化した。扱いはセイン達に任せることにする。

その後、戦闘は五分とかからず終了した。

騎兵はひとりやられて二名となっていたものの、セインと俺が加勢して九人いた賊をすべて排除した。

「ご無事でございますか!?　姫！」

セインが横倒しになったままの馬車の上に乗り、中を覗く。

「姫だと？　皇子ではないのか」

俺は芝居がかったように訊ねた。内心わかってはいた。セインは無事を確認したのか、安堵した表情を浮かべた後、俺に向かって頷いた。

「他言無用に願うが、新王は今、外出できない事態になっておりましてな。代わりに皇女が行幸しておるのです」

俺はえっ、という表情をしたが、実は予想していた通りだった。

そもそもあの時受け取ったハンカチや馬車の中の香りは、男性がつける香りではなかった。そして噂とは似ても似つかぬ、高貴な雰囲気。

サカキハヤテ皇国で名高く、高位の能力を持つ女性は二人いる。執政の女性サヴェンヌと第二皇女リフィテル。

これはただの直感だが、新王はすでにこの世にいないのかもしれない。

(新王の不在を周囲に知られるのはまずいということか)

健在を印象付けるために、他国まで来て彩葉に求婚を申し込む芝居を打ち、ああやって、通りすがりの民に名前入りのハンカチまで渡している。

逆に言えば、皇女を使ってそこまでしなければならないほど、サカキハヤテ皇国は追い詰められているのかもしれない。

そうこうしている間に、皇女が馬車から手を添えられ、出てこようとしている。

そろそろ潮時だと思った。

俺は気付かれないよう、逃げ道を探す。

俺は当面、カジカがアルマデルであること、そしてカミュであることを隠すつもりでいる。

俺にとって、何を差し置いても優先したい事柄だ。だから、その障害になりそうなことはすべて避けるつもりでいる。

どうしてそこまでするのか、不思議に思うかもしれない。

だが同じ目に合えばきっとわかると思う。

俺はカジカの時にいたぶられた連中に、ひそかに復讐を考えていたのだ。

ノヴァス、エブス、リンデル。この三人。

あれだけの目に遭わされ、すんなりと許せるほど俺は人間ができていなかった。アルマデルで地獄の苦しみを与え、散々いたぶった後にカジカになって、こう言うのだ。

「俺に殺される気分はどうだ？」と。

今鏡を見れば、俺はきっとひどく歪んだ笑いを浮かべているに違いない。

（……おいおい、今はそれどころじゃないだろう）

俺はつい荒くなりつつある呼吸を整えた。

考えているだけで業火のように燃え上がる復讐心をなだめ、あらためて逃げる方向を探した。

その時、チェリーガーデン側から荷馬車がこちらに向かってきているのが見えた。『北斗』の旗も見える。恐らく物資を渡してチェリーガーデンから戻ってきたものだろう。多少の事情は打ち明けなければならないだろうが、この王族たちを守ってくれるに違いない。『北斗』の馬車なら信用もできるし、護衛も乗っているはずだ。

俺は皆が皇女とやらの救出に夢中になっている間に、森へ飛び込み、その場を去った。

その数日後、馬車に乗っていた『北斗』の手練の冒険者が襲撃に遭っていたサカキハヤテ皇国の新王を救出し、国に送り届けたという噂を耳にした。俺はなんとなく、シルエラを薬草クエストに送り出したあの日のことを思い出していた。

LOADING

　サカキハヤテ皇国の一件から数日後、俺は魔法帝国リムバフェの首都ルミナレスカカオに移動し、カジカの姿で日々料亭や酒場を転々としていた。

「一五歳ぐらいの女の子が看板娘をしている店はないか」

　情報通らしい者を見かけると、銀貨を握らせてはそう言って訊ねて歩いていた。

　俺は今日も別の酒場に入り、銀貨を一枚置くとカウンターにどすんと座った。

　魔法帝国リムバフェはNPCの《女帝》により圧政が敷かれている国である。

　NPCに訊ねると、魔法帝国と言う名の由来は古代ダンジョンから様々な魔法の品の発掘が行われたからだと教えてくれる。特に首都ルミナレスカカオ付近には多くの古代ダンジョンが隠されているといわれ、アルカナボス《死神》のダンジョンもここに隠されていた。

（それにしても……盛況してないな）

　出てきたぬるいライ麦酒をがぶがぶと飲みながら、視線を外に向けると、ちょうど向いに閑散としている冒険者ギルドがあった。

　今はダンジョン攻略などせず、安全な定職について暮らそうとする者たちが増えている。聞けば以前は高ランクプレイヤーの聖地だったこの国も、ずいぶん人口が減っているそうだ。

ところで、俺はなぜカジカの姿に戻っているのか。それは先日の馬車の一件でセインたちにアルマデルの姿を見られていることもあり、万が一にも探されている場合を考慮してのことだった。

だが、カジカといっても俺はもう貧困ではない。

この街に来てすぐ、俺はトロンゾから奪い取ったB級武器の低純度ミスリルスピアと鋼鉄の槍を売り払った。状態が悪く痛んでいたため、四二金貨まで買い叩かれてしまったが、当面のよい軍資金になった。もちろんそんなつもりで奪い取ったわけではなかったのだが……。

金を手に入れた俺はすぐに目に付くものを買い漁った。保存食に衣服、身の回りの品々。アルマデル用の厚手の黒のフード付き外套も購入した。

残念ながらアルマデルになっても、カミュだったころの倉庫にはアクセスできなかった。しかしそれでも気にならないくらいの開放感があった。

相変わらず孤独な暮らしだったが、うんざりすることしかなかったこの世界に、俺は少しずつ好感を抱き始めていた。

宿屋に宿泊し、小さいが木の香りがする部屋で人らしく眠りにつく。一日三回も四回も湯気の上がる料理を口へとかきこみ、ライ麦酒を容赦なく胃に流し込む。

外を自由に歩き回り、狩りをしてクエストをこなす。

いろんな欲求を満たすことができて日々幸せだった。

こうなって見て初めて、俺がどれだけ不自由な生活を強いられてきていたか、俺以外のプレイヤーたちがどんなに恵まれた環境だったかを知った。

探している人物はなかなか見当たらなかったが、情報集めをしているうちにいろいろ副産物を得た。

まず先日、この街に蛇の集団が襲撃したことだった。これは街についてすぐ耳に飛び込んできた。

多くのプレイヤーや帝国騎士団が盾となり追い返したが、NPCを含む三〇人近い犠牲者が出たと言われている。俺の探している人物はこんなことでやられはしないと思ったが、会えていないだけに不安が募った。

また以前から噂で耳にしていたが、サカキハヤテ皇国の首都ピーチメルバが独立を宣言し、プレイヤーの司馬が王となっていた。

デスゲーム化してから塩の儲けや最近の食文化の発展を主導したのもあり、その地域の住民は司馬しか考えられないと王に推したそうだ。名前はそのままで、〝海の見える国〟ピーチメルバ王国。プレイヤー王のため、いろいろ事情をわかってくれる国になりそうだと、多くのプレイヤーが移住を開始しているという。

サカキハヤテ皇国は、軍師だった司馬が抜けたことですっかり骨抜きになったと噂されている。

世間では、新王となっている皇子は国の行政そっちのけで、彩葉を娶りに初期村へ足繁く通ってきているという噂が広がっていた。

LOADING

そんなある日、「ポニーテールが似合う若い子が看板娘をしている」という話を耳にしたので夕方からその店へ行ってみた。

俺がこの街にきて探し始めてから二週間が経っていた。

その店は『運命の白樺亭』といった。

宿屋と料亭が一緒になっている店で、主人と女将のほか、バイトの女性を二人雇って営業している店だった。水牛料理が評判だそうだ。

木扉がギギギィと古めかしい音を立てる。

店に入ると急に快活な声が飛んできて、目を丸くした。

「あ、いらっしゃいなー！　お好きな席にどうぞ。ライ麦酒でよろしいですか！」

でかく不細工な男にお構いなく、女性はニコリと笑う。

頭に白い布地を巻き、茶色がかった後ろ髪はポニーテールにしている。形の良い耳がすらりとしたうなじとともに魅惑的な曲線を描いている。思春期を過ぎたばかりのあどけない顔は、化粧をしているわけでもないのに透き通って朱がさしていた。

色褪せた茶色のワンピースに白の胸当て付きエプロンをつけていて、お尻が衣服の下で存在感がある。背は平均的だが、なで肩で水泳でもやっていたかのような肩幅があった。

「ああ、頼む。それからずいぶんと腹も減っていてね、肉料理と適当に何皿かくれないか」

「はい！　わかりました！　お待ちになってくださいね」

その元気いっぱいの笑顔に何度癒されたことか。

そう。俺はこの少女を知っているのだ。

ここに来て親友に会えた感動に、自然に笑みがこぼれた。

名を詩織という。

レベル六九の短剣系最終職業、死の追跡者《デスストーカー》だが、彼女のゲームプレイは趣向を異にしていた。

冒険者はもちろんだが、普段は酒場で働き、暮夜は怪盗として暗躍しているのだ。

ルミナレスカカオで圧政を敷いている地主や奴隷の売買などで裏金を儲ける家に忍び込み、住民に還元するという石川五右衛門を地で行く女性だった。

俺の一番大切な友人だったと言っていいし、詩織もそう思っていてくれたのではと思う。どれぐらい深い仲だったかと言われれば、それは互いがどう考えるか言い当てられるぐらい。見つめ合えば分かり合えるぐらい、だった。

普通なら恋人の関係なのだと思う。

だがとある理由で、俺はこの人を恋愛対象として見ないことに決めていた。

デスゲーム化してからどうしていたのかは知らないが、以前と同様に暮らしているところを見ると、相変わらずなのかもしれない。料亭でのバイトは彼女にとって情報収集を意味するからだ。

(詩織でもさすがに俺だとはわからないか……)

無理もない。自分は見る影もない存在に変わってしまっているのだから。

(詩織、見ない間になんか変わったな。ふっくらしたというか大人っぽくなったというか……)

詩織は明らかに変わっていた。

純潔とか清楚とか、そういったもので固めたような人なのは変わらないようだが、身体の肉付きが良くなって、女性らしいスタイルが目立つようになっていた。

まぁ、お尻はもともと大きめなんだが……。

そうしている間に詩織が料理を運んできた。

「はーい！　おまたせですよ！　水牛のリブロースステーキです。熱いうちに召し上がってくださいね」

「ありがとうお嬢さん」

実はリブロースは、俺が一番好きな肉部位だった。

脂肪とのバランスが自分好みで、思いもかけぬ幸運に頬が緩んだ。

料理から湯気が上がっている。からからに乾いていた口に、唾液が上がってくる。

フォークで突き刺し、夢中で口に運ぶ。

「うまい……」

やわらかい肉から、肉汁があふれる。そしてこの食欲をそそる香りは……。

（ローズマリーか）

ドイツあたりで肉料理のスパイスとして用いられていると聞いたことがある。たしか抗菌作用もあって腐敗防止に好ましいんだったな。俺はどんどん口の中に放り込んで頬張った。

詩織はさらに卵料理にサラダ、ライ麦パン、最後にサービスです、と言いながら大盛りのシチューを器に盛って両手で重そうにしながら運んで来てくれた。俺の言葉を覚えていたのだろう。

詩織は初対面でもこういう配慮を自然にできる女性だった。

空腹を満たし、腹をさすって満足していると、詩織の楽しそうな笑い声が聞こえてきた。眺めていると、詩織は人気者だった。

ずいぶん忙しそうにしているのは、客が詩織を狙って呼び止めるからだ。

もう一人のバイトの女性は苦虫を噛み潰したような顔をして暇そうに爪垢を落としている。

そして詩織が厨房に引っ込んでしまうと、客が詩織を探してソワソワしだす。店には単独客が多く、中にはあからさまに詩織の尻に手を伸ばす輩もいた。

会ってみると、キラキラ輝いて見える詩織。

なんだか住んでいる世界がまるで違う気がした。

そろそろ詩織に声をかけようと待つが、今度は詩織がなかなか厨房から出てこない。

なんとなく窓の外をぼんやりと眺めていると、頬に浮かんでいた笑みがどこかへ行ってしまった。

違和感を感じたのだ。

(気のせいだろうか)

俺は辺りを見渡し、違和感の正体を探した。一見見ただけでは、少々風が強い程度でいつもと変りなく見えた。

秋風にざわめく木々。

それを見て、俺はふと、音が足りないことに気づいた。そう、夕方にはいつもうるさいくらいに聞こえる小鳥たちの鳴き声が、今日はないのだった。

嫌な予感がして見ていると、ぽつり、ぽつりと人が窓の前を通っていく。その表情は一様に歪んでいる。

そして気づいた。西側に向かう人が一人もいない。

「何か、起きてるぞ」

無意識に口走っていた。ライ麦酒を掴んだまま、立ち上がっていた。

その直後、外から悲鳴のようなものも聞こえ始めた。

厨房から出てきた詩織も、湯気の上がる料理を持ったまま足を止め、厳しい顔をしている。

「なんだ?」

隣のテーブルにいた男が立ち上がる。不安そうに外を眺めている。その時、入り口の木扉が壊れるかというほど、乱暴に開けられた。

「おい、西から蛇の大群が来たぞ!」

「みんな逃げて! 蛇女もいるわ!」

それだけを言って二人の冒険者風の男女が走っていった。

すぐそばでガシャン、という皿の落ちる音が響いた。俺のそばのテーブルが倒され、そこにあった料理が一斉にぶちまけられたのだ。

「じょ、冗談じゃねえ!」

ぶちまけた男は料金も払わず店の外に出て行った。

蛇がこのあたりの街を襲う話は聞いていたが、また同じようなことが起きたのだろうか。

「ツケでいいからすぐ逃げてくれ!」

店主らしい男が厨房から出てきて叫ぶと、陽気に酔っ払っていた男たちも血相を変えて出て行った。

残ったのは、俺一人。

「――あなた、逃げないの？」

詩織が一人残った俺の背中に問いかける。

一応、逃げているのだが。

「俺ひとりなら何とかなるんだ。気にしないでくれ」

俺はいつものように歩いて、外に向かう。

「お客さん、一緒にここの地下へ行きましょう。そこは食糧庫で固い扉があるからなんとかなると思う。前も大丈夫だったわ」

そう言って詩織が俺の手を取り、無理やり引っ張ろうとする。

詩織の手は、温かかった。その温かさが、心にまで沁み込んできた。

「相変わらずだな」

「え？」

「いや、ありがとう。そうさせてもらおうかな」

そして詩織のほっそりとした手を握り返し、立ち上がった。

何重にも殻を作って防衛していた心がやっと力を緩めた気がした。

この人となら話してもいいのだと気付いた時、表現しようもないほど胸が熱くなった。

歩き出した俺の鈍足ぶりに詩織は驚いたようだったが、面倒なそぶりも見せず、むしろ歩きやすいようにテーブルをよけてくれたりした。

地下へ降りる木の梯子は使い古されていて壊す自信があったので、二メートル近い高さをドスンと飛び降りた。

もちろんダメージを受けたが、永久的なものではなかった。

着地した俺を見て、詩織は無邪気にあははと笑っていた。

同じ笑われるのでも、どうして詩織のは全く嫌味に感じないのだろうか。

下で待っていると、詩織が片手に燭台を持ちながら、トントントン、と梯子を降りてくる。

茶色のワンピースから白い素足が太ももの裏まで覗かせている。

「ここです」

詩織は重い扉をうっすらと開けると、すでに中に人がいた。店主らしいひととその妻らしい人、子供二人。一人、離れて立っている中年の女性。

「詩織ちゃん！　よかった」

店主の妻が裏返った声を上げ、駆け寄ってくる。

詩織がそれに笑顔で返していた、その時だった。

「詩織！」

俺はつい、叫んでいた。

階段の上から粘液のようなものがぼたり、ぼたりと降ってきたのだ。

「閉めましょう！」

「閉めるぞ！　急げ！」

俺と詩織の声が重なった。

二人がかりで重い扉を閉めにかかる。閉じていく扉の隙間に、粘液を垂らしながら降りてくる蛸足が見えた。

「おおお！」

重い扉が恨めしい。

俺は力を振り絞って、敵が来る前になんとか扉を閉めきった。閂をして大きく安堵の溜息をつく。

その直後、扉に体当たりをするような大きな鈍い音が数回したが、すぐに何事もなかったように静かになった。

「あぁーあぶなかったぁ」

詩織が怖かった、と言わんばかりに眉を寄せて言ったが、俺よりは余裕がありそうだ。

汗を拭いて周りを見る。

俺と詩織を合わせると七人がこの食糧庫に入ったことになる。

「あの蛸足は、もしかしてスキュラかな」

俺は詩織の背中に訊ねた。

詩織は驚いたようにこちらを見たが、厳しい眼をして頷いた。

「……そうじゃないといいけれど」

スキュラはモンスターレベルが七〇で上半身の女性が古代語魔法を使い、下半身の六匹の大蛇が別々に物理攻撃を仕掛けてくる。さらに一〇本ものタコのような長い足があり、拘束攻撃を追加で仕掛けてくることがある非常に厄介な相手だ。

一般にモンスターと同レベルのプレイヤーが三人集まれば対等な戦いになると言われているが、スキュラは例外で六人で戦っても全滅することすらあるレイドボスレベルのモンスターである。

扉の外は先ほどドンドンと鈍い音がしたきり、静かになっていた。いや、静かすぎるというのが適切か。

さっきから扉の外側で部分的に虫やネズミが走る音すらしない。

俺と、たぶん【索敵】を持つ詩織にもそれがわかっていたと思う。

「大丈夫よ。あたし実はカミュ様と友達なの。連絡しておいたから彼がきっと助けに来てくれるよ」

詩織はみんなに聞こえるように明るい声で言った。

プレイヤー同士ではアイテム『以心伝心の石』を使って囁きを入れることができる。

「え!? アルカナボス一人で倒した人でしょ!? 僕知ってるよ。詩織姉ちゃん本当に友達なの?」

一〇歳ぐらいに見える男の子がつい大きな声で反応する。

「そうなの。彼なら、どんな化け物でも一発よ」

もちろん俺にそんな連絡など来ていない。

「【剪断の手】の英雄か。ワシも噂には聞いているが、実在だったのかね」

老いて生え際が後退した店主も話に参加してくる。

「ええ。よく一緒に狩りをしていましたから」

詩織は大きく頷いた。

「でも詩織姉ちゃんって、どうしてカミュと知り合いなの？　……もしかして恋人同士なの？」

腕を組みながら、ませた様子で詩織に訊ねた。

「ぶっ」

「ぶっ」

詩織と同時につい俺も吹き出してしまい、俺はゴホンゴホンと、とっさに咳き込んだ人に変化した。

ここで赤の他人のはずの俺が笑ったとしたら、かなり感じ悪い。

「……うーん、そうだったら良かったんだけどね」

意味深だった。

花のような詩織に言われると勘違いしたくなる。

「なんだ、お姉ちゃんの片想いか……」

「あ、こらー」

詩織に追いかけられ、逃げ回る男の子を見て、おびえていた皆も笑った。

「……ねえ、こんな湿っぽいところ嫌よ。旦那のところへ戻りたいわ」

詩織が通りすがりに連れてきた女性は不満そうに言った。

年は四〇代の中頃ぐらいで小太りの女性だった。耳に真っ赤なピアスをし、黒髪を男性のように短く刈り込んでいる。ワニ皮でできたジャケットに黒い革のズボンを穿いていた。

「今はまずいわ。強い敵が扉のそばに隠れているの。誰かが助けに来てくれるか、少なくとも三日はここでしのいだほうが無難だわ」

「三日!?　冗談じゃないわ！　勝手に連れてきといて何よそれェ！」

女性が近くにあった樽を蹴飛ばし、癇癪を起こす。聞くとその女性はこの宿屋の入り口で旦那と待ち合わせをしていたという。

「旦那は帝国剣士長よ。強いんだからこの辺の蛇なんてもうやっつけて私をきっと探してるのよ。さっさと出してちょうだい」

「詩織、ここには食料はあるが水の予備がほとんどないんだ。一日持つかどうかだぞ」

店主の男が厳しい表情で言う。

「ああ、あたしも少し持ってます。それでしのいであと二日だけ待ってみましょう」

俺も水なら五リットル持ち歩いている。

「水なら俺も……」

「だからなんで二日も待つのよ！」

俺の言葉を容赦なく遮り、短髪の女性は声までイライラした調子で叫んだ。こんな大きな声で話されては、敵にここにいますと言っているようなものだ。

さすがの詩織も整った眉をひそめて、複雑そうにしていた。

食糧庫に避難してから三時間ほどが経過し、今は二〇時になろうとしている。

食糧庫は寒さをしのぐことができるものの、風通しが悪く、日も当たらなかった。部屋の隅には厚い蜘蛛の巣ができていて黴臭いし、地面は暗く湿っている。

それでも乞食プレイに慣れた俺は苦にならなかった。

今の俺は詩織とともに手近な布地や木箱を使い、簡素な寝床を作っているところだった。

「ありがとう。後は布を掛ければいい感じね」

「あれを使って枕にしてみたらどうかな」

俺は奥で埃を被っている小麦の入った麻袋を指差し、詩織に言った。

「……あたしもそう思ってたんです。運ぶの手伝ってもらっても良いですか？」

詩織はニコリと笑い、目を合わせてくれた。

二人で息を合わせて運び、人数分の枕を配置する。

「燭台って……」

詩織がきょろきょろと、灯りの位置を考えている。

「ここにしたいんだろ？」

俺はつい、いつもやっていたように詩織の考えを先取りした。

燭台を持ち、詩織が寝るだろう場所の枕元の左手に置いた。詩織は左利きなのだ。

詩織は固まっていた。

「う、うん……どうしてわかるの？　カジカさんってまるで……」

「まるで？」

詩織は一瞬、切なそうな顔をしたが、髪を両手でかきあげて取り繕った。

「う、ううん、いいの。あたしの古い友達に似ている気がして。もういるはずないのに……」

詩織は俯いた。

「亡くしたのか」

詩織は頭を振ってすぐさま否定した。

「半年ぐらい前から、ずっと連絡がつかないだけよ」

死ぬわけがないという言い方だった。

詩織はデスゲーム化、という言葉を使わなかった。

俺をＮＰＣと思っているのかもしれない。

「大切な人だったんだね」

詩織は思いつめたような表情をして頷き、静かに言った。

「カジカさんが今したように、あたしの考えていることがいつもわかるぐらい、親しい人だったの。だから……。思い出さないように、していたのだけれど」

詩織の声が潤んだ。

「あの人がこの世界に入っていないなんて信じられない。まして死ぬ訳ないと思うのだけれど……半年以上も全く音沙汰がなくって……」

詩織は紅潮した顔を髪で隠しながら、夢ばかり見るの、馬鹿だよねと言った。泣いたり照れたりすると、顔を髪で隠すのは詩織の癖だった。つられて俺もじわりときた。

「……その人はきっと詩織さんを探しているよ」

俺の言葉に、詩織は肩を揺らすのを止めた。

自嘲したようだった。

「ふふ。ありがとう。でもね、あたしのことを忘れて、どこかで誰かと幸せに過ごしているのでもいいの。生きてさえいてくれれば。また逢えれば、それだけで……」

最後まで言えずに詩織は手で口を覆った。胸の奥が錐《きり》で刺されたように、つきん、と痛くなった。

(なんてこと言うんだよ、詩織……)

あんなに楽しそうに仕事をしていたからわからなかったが、ここで初めて、詩織も俺と会えない半年をひとりで過ごしていたことを知らされた。

詩織はその間に、俺が自分の前に現れない理由をいろいろ考えたのだろう。

当たり前だ。

いつもの状態で俺がこのゲームに囚われていたら、倉庫から以心伝心の石を取り出して真っ先に詩織に連絡を取り、探して会いに行くと思う。

それがないということは、俺がこのゲームにINしていないということ。

もしくは、俺が詩織をきれいさっぱり忘れた生活をしている、ということだ。

八方ふさがりだったとはいえ、俺の無為が詩織を深く傷つけていた。

それでも、詩織は俺を探し続けてくれていた。

いたたまれなくなり、打ち明けようと口を開きかけた、その時だった。

「し、詩織さん！　扉が……！」

切羽詰まった声が耳をついた。

振り返ると、店主の妻が扉を指さしている。

「え?!　まさか」

詩織が入り口に向かって跳躍する。俺もどたどたと走りながらついていく。

見ると扉が大きく開けられたままになっていた。

ちょうどその時。

「ぎゃあああ……!!」

扉のそばから壮絶な悲鳴があたりに響いた。先にたどり着いた詩織の表情が険しい。

小さな血の川がいくつも詩織の足元に流れてきていた。

その先を追いかけたとたん、俺は眼を奪われた。

早く出して、と騒いでいたあの女性が、大蛇に噛まれながら絞められていた。女性の顔は血の気を失い、眼をカッと見開いている。

体長五メートルはある、紫と黒のまだらを持った吸血大蛇《ブラッディパイソン》だった。

吸血大蛇《ブラッディパイソン》は見ている間に絞め殺した女性を丸呑みにしていく。

店主の妻が背後で言葉にならない悲鳴を上げた。

「いるな」

「ええ。いて欲しくはなかったけれど」

俺と詩織が以前のように頷き合う。

よしんば扉を閉めようと考えていたが、吸血大蛇《ブラッディパイソン》とは別の敵が扉の傍で妨害していた。

若い女性だった。

女性の薄汚れたスカートの下からは、牙を向いた六匹の大蛇と一〇本の蛸足が少女を囲むようにうねっている。

知らずに見れば蛇に囲まれて死を目前にした女性に見える。その女性が悲壮な表情を浮かべれば、つい助けに入る男もいるかもしれない。

そう。紛うことなき、スキュラだった。

「ずっと待ってたの？　しつこい女は嫌われるわよ？」

詩織が言いながら、後方に野営結界を展開する。

展開までに数分かかるが、開いてしまえばいかなるモンスターでも数時間侵入することはできない結界だ。入ることができれば、あとは効果時間内にくるか来ないかわからない助けを待つ形になる。

俺も同じことを考えていた。

この数分を乗り越えられれば、もっとも確実なモンスター遮断方法だ。

スキュラは、裂けんばかりに口角を釣り上げて、不気味な笑みを浮かべた。

そのまま魔法詠唱に入る。

野営結界完成までの数分をなんとか稼ごうと詩織は弓を構え、前に出て吸血大蛇《ブラッディバイソン》を威嚇する。

スキュラが詠唱を完成させ、初撃の魔法を放ってきた。灰色の霧が辺りを覆う。だが知っているものより密度が濃い。恐らく第六位階あたりにあるとされる、より高位の〈眠りの闇雲《スリープクラウド》〉だ。

詩織と俺以外が眠りに落ちる。眠らなかったのを見て、スキュラの下半身の大蛇たちが前に出ている詩織に襲いかかるが、詩織は次々と軽やかな身のこなしで避ける。一人で捌くつもりだ。

「人を守るのは得意じゃないんだけど……」

詩織はつぶやき、距離をとりながら矢を射続ける。矢はスキュラの蛸足で防がれるが、突き刺さりダメージを与えているものもあった。詩織が敵のヘイトを稼ぎ、スキュラたちが詩織を最初のターゲットにする。

モンスターと戦う時には常にヘイトを意識しなくてはならない。

ヘイトとは敵対心のことで、モンスターはヘイトの一番高い相手を襲うよう設定されている。ヘイトには直接ダメージを与えて生じるダメージヘイトと間接的に生じるものがある。間接的な例としては複数存在するモンスターの一匹を攻撃すると、周りにいたモンスターが気付いて怒り、ヘイトを上昇させて襲ってくる。これをリンクしたといい、生じたヘイトをリンクヘイトという。この例が示す通り、ダメージヘイトは間接的にリンクヘイトを伴う。

リンクヘイトの上昇値は距離に反比例し、モンスターごとに違う。

ダメージを与えた後は水面に広がる波紋のようにリンクヘイトが広がるとイメージすればいい。

この理論を直感的に理解できないとパーティプレイは難しい。今を例にすると、スキュラは矢のダメージヘイトで詩織に狙いを定め、吸血大蛇《ブラッディパイソン》はリンクヘイトで詩織をターゲットしたということになる。

「確かに、守りながらは大変だよな」

俺は召喚の指輪からアイアンゴーレムのミローンをスキュラの目の前に呼び出す。橙色の灯りに照らされながら、受け口のゴーレムが音を立てて姿を現した。

二メートルはあるので天井に少々つっかえているが、今は目的に合っていた。

ミローンはレベル四五とスキュラに比べて圧倒的に弱いが、魔法耐性がある。

俺は時間稼ぎとともに、スキュラの範囲魔法を制限する物理的な壁が欲しかった。

まあ、ミローンは守るということをしてくれない奴なので、指示はスキュラ討伐で出すしかないのだが。

「あなた、プレイヤーなの!?」

詩織は驚きながらも、アイアンゴーレムが味方であることを知り、一歩下がる。

俺はそれに軽く手を上げて答えると、ミローンに指示を出す。

「ミローン！　スキュラを好きなだけ叩け。殺して構わない」

ターゲットを設定すると、ミローンはのしのしと歩いていく。

「ミローン……？」

それを聞いた詩織が、瞬きをする。

「……アイアンゴーレムはみんなミローンという名なのかしら」

詩織は聞こえないぐらいの声でそう言うと、だぶついていた給仕のスカートの裾を破り捨て、膝上ぐらいのものにした。

すらりと伸びた白い素足が露わになる。

その足を小さく開いて弓を構えると、細く繊細な指先が矢を掴み、すっと後ろに引いていく。

矢を放とうとする詩織の姿は気高く、まるで絵のように美しかった。

そんな姿に、つい見とれていた時だった。

ふいに、空気を割くような鋭い音が聞こえた気がした。

カジカの状態の俺にはその飛来音のようなものしか聞こえなかったが、見れば詩織の矢はまだ放たれていない。

だが次の瞬間、詩織は軽く上半身を反った。

飛来した何かは詩織の持っていた弓をかすめ、少し方向を変えて奥の壁に突き刺さった。

刺さったところから緑色の液体がだらりと垂れる。毒矢だった。

「見て……！」

はっとなった詩織が矢の向かって来た方を指を差す。

詩織の指さす方向。それは開いていた重たい鉄の扉の隙間だった。

口が裂けるほど笑った女の顔があった。

女は隙間に立ったまま、こちらを見ている。

人のように見えたが、俺はそいつが味方でないことを直感した。

女は弓を手にしたまま、ずりずりと体を前後に揺らしながら中に入ってきた。

下半身が人魚《マーメイド》のように美しい鱗に覆われ、その先は一匹の大蛇の尾のようになっている。

「ら、ラミアー……！　そ、そんな」

信じられない現実。

ラミアーは目を瞠った詩織を見て狂気に囚われた笑みを浮かべた。

「スキュラでさえ、勝てるかわからないのに……！」

ラミアーはスキュラほどではないが、一般モンスターより知能が高いモンスターである。モンスターレベルは五五で古代語魔法を使えるほか、口笛を吹いて相手を魅惑することがあるという。この世界ではまれに人間の男に興味を示し、宝石をくれたり、交尾を迫る例もあるといわれている。

「地合いが悪すぎるな」

状況は一気に背水の陣に陥っている。

アイアンゴーレムが丸太のような両腕を振り回し、スキュラたちの気をひいているがそう長くはもたないだろう。

「くっ、あの人が居てくれれば……」

詩織は小さく歯噛みしていた。

いつも表情を変えないあの詩織が焦っている。

「あの人ってもしかして、さっき言ってた……？」

それを聞いた俺はわざとらしく詩織に訊ねた。

詩織はこちらを見ずに頷く。

「そう。【剪断の手】と呼ばれる傀儡師カミュ。四本腕の比類なき万能火力《オールラウンドアタッカー》。そしてあたしの大切な人」

褒め過ぎだ。そんな大それた存在じゃない。

「そうか。俺も一応、糸は使えるんだ」

巨体の鈍くさい男が言う世迷言のような言葉を、詩織はニコリと笑って信じてくれたようだった。

「本当？　助かるわ。それじゃあ申し訳ないけれど……」

詩織は大きく息を吐いて、続けた。

「あたしがもたなかったら、後の時間稼ぎはお願いしていいかな」

詩織が弓をしまって、燃えるような紅蓮の短剣を手に持った。

懐かしさが胸にこみ上げてくる。

【遺物級】紅蓮の枢機卿《カーディナルレッド》。

一緒にレイドボスを狩って手に入れた短剣だった。しかしそれはとりもなおさず、詩織が捨て身覚悟で接近戦を挑むということを意味していた。

俺は詩織を丸太のような手で遮って前に出た。

「――俺が先に出るよ」

「え？　ちょ、ちょっと待って！　そんな自殺行為よ」

予想外だったのか、詩織が困惑した表情を浮かべながら、慌てた。俺が五秒と持たず喰い殺される未来でも見えているのか。

「まあ任せてみて。大した腕前じゃないけどな」

俺は冒険者のローブを振り、自信満々に言った。

俺は恐怖など微塵も感じなかった。むしろ、久しぶりに高レベルモンスターと戦えることに愉悦を感じ、気持ちが昂《たかぶ》ってくる。

だが詩織からは戯言をぬかす素人にしか見えなかったのかもしれない。

「ね、ねえダメよ！　スキュラにラミアーまでいるのよ？　糸が使えるっていっても、あの人とは違うし……」

詩織はなんとか俺を下がらせようとする。

「あの人？」

「うん。そもそもあの人は四本腕で……特殊な糸も使って……だから」

詩織は必死に俺を止める。それでも俺はずいっと詩織の前に出て背を向け、スキュラたちに向き合う。

「――詩織」

「え？」

「もしかして、こんなのか？」

俺は経典と契約し、装備を変えてゆく。呪いの上塗りによって重量ペナルティの制約《ギアス》が解除され始める。一〇をゆうに超えるパッシブアビリティが静かに起動し始め、眠っていた能力が目覚める。

「えっ……？」

言葉を失った詩織。

俺の肩から生えた異形の双腕が天井に向かって突き出ると、着ていたローブを一気に剥ぎ取り、詩織の前にばさりと落とした。

「え⁉」

詩織が驚愕した声を発する。

「──奇遇だな。俺も四本腕なんだ」

俺はその腕で氷魔人シヴァの毛髪を放って吸血大蛇《ブラッディパイソン》を【レベル差体温低下】に陥れる。一撃で吸血大蛇《ブラッディパイソン》はズタズタに引き裂かれ、その形のまま横倒しになって動かなくなった。

「なっ……え⁉」

俺は続けてラミアーに糸を放とうとするが、ラミアーの魔法がわずかに速かった。つららロケットと表現するのがふさわしい、その形をした凶悪な氷結塊が俺を襲う。古代語魔法〈鋭い氷柱弾《アイシーニードル》〉だ。〈鋭い氷柱弾《アイシーニードル》〉は物理攻撃扱いで回避可能だが、接触すると物理ダメージのほかに取り巻く氷結粒子により凍結ダメージを与え、さらに移動速度が一〇％低下する。

俺と詩織は同じ方向へ跳躍し、その魔法を回避した。

俺がお返しに放った糸はスポアロードの菌糸。

■スポアロードの菌糸
拘束確率　二五％　拘束　二・二秒／本　持続ダメージ　HPの〇・五％／秒　攻撃力　五五
拘束時　一本につきHP三〇〇を一五秒間で吸収しキノコが成長　加算あり
成長中は【掻痒】併発

この糸は攻撃力もそこそこ高いため、全体的なバランスが良い。

【剪断の手】と呼ばれた俺が現在、最も頼っている糸である。

放った糸はラミアーを包み込むように襲い、深い創を刻む。

さらに拘束が成立した四本からは、様々な形をしたおぞましいキノコが、見る間に成長を始めた。

このキノコはHPを吸い取って大きくなり、成長中は耐え難い【掻痒】を与え、魔法詠唱成立にペナルティを負わせる。

ラミアーは甲高い叫び声をあげながら床に転がり、皮膚を掻きむしっている。さらにHPを吸われ、動きを鈍くして干からびていく。致命傷を与えたようだ。

「まさか、まさか……！」

詩織が眼を見開いていた。

「詩織、ラミアーにとどめを頼む」

「……わ、わかったわ！」

その時、金属のたわむ嫌な音がした。

続けて俺の右手で、指輪が一つ砕け散る。

振り返ると、想像通りの光景が展開されていた。

（……ミローン、すまん）

ミローンはスキュラの蛸足にがんじがらめにされ、胴体を力づくで曲げられ、鯖折りにされていた。今は地面に倒れ、受け口の下顎をだらりと下げて、動かなくなっている。

見せつけるように亡骸となったミローンの上に乗ると、スキュラが口が裂けるほどに笑った。

「笑っている暇なんてないぜ」

俺はそんなスキュラにスポアロードの菌糸を放つ。

糸は三本が拘束に成功し、スキュラからぞわぞわとするような勢いでキノコが生え始めた。【掻痒】を付与し、魔法詠唱にペナルティも与えたが、拘束自体に抵抗されたようで、【掻痒】効果時間が半分の七・五秒になり、キノコのHP吸収は合計四五〇にとどまる。

「キィアァァァァ！」

スキュラは怒って黒板を引っ掻いたような金切り声を上げた。

スキュラは怒りの形相のまま、続けて蛸足を俺に向けて放つ。まっすぐ伸びてくる単調な攻撃を、俺は横に躱《かわ》した。

「あ、やっ……ん！」

予想もしないことに、俺の後ろから悲鳴が聞こえた。

蛸足は俺の背後にいた詩織の足首を掴み、束縛していたのだ。

詩織は持っていた紅蓮の枢機卿《カーディナルレッド》を突き刺すが、蛸足は拘束を解かない。

もがく詩織をずりずりと引っ張っていく。

裾がまくれ上がり、白い素足が太ももの上半分まで露わになる。

「いやっ」

(【接敵状態】だ)

ミローンの末路を見ればわかる通り、スキュラの【接敵状態】は大蛇と蛸足の攻撃を一斉に受けることになり、圧倒的に不利だ。

「させるわけがない」

俺はすぐさま、その蛸足めがけて糸を放った。

糸は何重にも蛸足に絡みつき、切り裂き、拘束する。五本が拘束に成功したので、巻きつけていれば一一秒自由を奪うことができる。

拘束された蛸足の主であるスキュラは行動制限のため詩織を掴み続けることはできず、ポトリと落とした。

スポアロードの菌糸は再び【掻痒】とキノコによるHP減少攻撃を追加するが、状態異常攻撃には再度抵抗され、効果が半分に限定される。

(……また抵抗されたか)

「オォォ！」

スキュラが女性とは思えない低い声で、怒りの叫びをあげた。地に落とされた詩織は受け身をとってその場を離れる。

ここで視界が急にぱあぁっと明るくなった。

野営結界が完成したのだった。

気付いた詩織が逃げこみ、安堵したのか結界内で膝をついたのが見えた。

中にいる料亭の店主たちは移動することなく〈眠りの闇雲《スリープクラウド》〉にかかったため、幸い結界の中でまだ寝ているようだ。

野営のための結界は六時間から長いもので一二時間作用する。詩織の展開したものはレベル四なので、一〇時間作用する高レベル結界だ。通常、形成された結界は出入りできるが、繰り返すと結界が減弱し、予定された時間より早く結界が解除されてしまう。無駄な出入りは禁物だ。

「あ、あなたも早く！」

詩織が誘う。それを聞いた俺は小さく笑う。

「ああ、俺はいいんだ」

気持ちは嬉しいが、今の俺は入ることができない。

俺は先ほど新たな侵入者を許した入り口のドアを閉めたあと、残ったスキュラに向き直った。

【掻痒】から回復したスキュラは俺を睨んでいたが、突然不気味に笑った。

口元が小さく動いており、魔法詠唱を完成させていたようだ。

スキュラが両手を上に掲げ、頭上に三〇cmはある火の玉を召喚した。

第七位階の古代語魔法〈火球《ファイアボール》〉だ。

着弾した場所を中心に半径五メートルの範囲攻撃が生じる範囲魔法で、覚醒に上級精錬石を要するため、プレイヤーではまだ操れる者が少ない。

「キャッキャッキャ！」

スキュラは奇声を上げながら俺に向かって〈火球《ファイアボール》〉を放ってきた。

俺は再び両腕をクロスし、精神を集中させて対抗魔法を念じた。次の瞬間、猛烈な熱気とともに、のけぞるほどの強い衝撃を感じた。

完全抵抗は出来なかった。

部分抵抗には成功したものの、皮膚が焼けただれ、直撃した俺の腕は白く変色していた。俺の着ているB級装備、純水晶布鎧《ピュアクリスタルクロスアーマー》も所々黒く焼け焦げて耐久度が低下している。HPの三割を一気に持っていかれた。

俺はすぐさま第五位階のHP回復薬《ポーション》を使おうとしたが、すんでの所で気付いてやめた。

今の俺はアンデッドだったのだ。

『ザ・ディスティニー』では、回復魔法や回復薬によるアンデッドへのダメージ発生はないものの、無効となる。

（そういえば俺には戦闘中の回復手段がなかったな）

背筋を冷たいものが走ったが、負ける気はしなかった。

スキュラは無駄な動きをした俺を見逃さず、下半身の大蛇をすべて俺に仕向けた。だが先程のキノコ攻撃のせいか、当初よりはるかに動きは遅い。

「【防御の蜘蛛糸《ディフェンスネット》】」

俺の眼の前に、白い蜘蛛の巣が一瞬で展開される。

大蛇がその柔らかい網に捕らわれ、どうにもできずに暴れている。

第八位階アビリティで、一定範囲の物理攻撃を三秒間無効化、再使用三秒という糸系職業の防御を一気に強化するものだ。

「キィアアァ！」

スキュラは自分の攻撃が通じない事態に怒り狂い、叫ぶ。

生じた隙は十分だった。

俺は一八番のアビリティを放つ。

「【死の十字架《デッドリィクロス》】」

様々に交差した二〇本の糸がスキュラに襲いかかり、剪断が始まる。

「ギャァァァ……」

断末魔の悲鳴が狭い食糧庫に響き渡った。

床を血が染め始め、室内が一気に血生臭くなっていく。

大蛇の頭が二つ落ち、蛸足が六本切断されていた。

上半身にも深い傷を負い、スキュラはこの一撃で倒れた。

ラミアーを確認すると、詩織の矢が何本も刺さり、キノコを生やしたまま息絶えていた。

「ふぅ……終わったか」

久しぶりの命のやり取りに、ずいぶんと汗をかいた気がする。

だがおかげで、勘が戻ってきた気がした。

「カミュ！」

一息ついた俺の背後から、詩織の澄んだ声がした。

見ると詩織が野営結界から出て駆けてくる。

だが俺の目の前まで来ると、急に照れた様子で立ち止まった。

俯いて髪で隠しているが、そのあどけない顔を赤くしているのがわかる。

「カミュ……」

「詩織。ごめんな。いろいろあって初期村から出られなくてさ。やっとこの街に辿り着いて……」

「……」

詩織は俯いたまま、無言で俺の胸に頭を預けた。

そしてそのまま肩を震わせ始めた。ふんわりと石鹸のいい香りがした。

くっついてみて初めて気づいたが、詩織は背が少しだけ伸びていた。

どぎまぎしながらも、その震える肩に手を添えて今までの事を掻い摘んで話した。

詩織は小さく頷きながら、無言で耳を傾けていた。

聞けば詩織は俺と過ごしていたこの街を離れず、俺が行きそうな場所を探していたそうだ。

「……お店ですぐ言ってくれたらよかったのに」

口を尖らせているのが見なくてもわかる。

「済まなかったね。リブロース、最高だったよ」

詩織がくすっ、と笑う。

「……馬鹿」

すぐそばで聞く少女の笑い声は、懐かしかった。

LOADING

詩織が着替えたいと言うので、二人で冒険者ギルドに行き、シャワーを浴びた。

戻った詩織は白地にボーダーの入ったバスクシャツに、足首までの緑のマキシスカートを穿いていた。

その後は被害のない店を探して入り、乾杯した後にお互いのことを話し始めた。

暗く空気の淀んだ日陰からやっと日向の上に出たように、俺は幸せを感じていた。

わかり合っている人と飲み、語らうことがこんなに素晴らしいことなのだと再認識した。

夜も更けてきて、帰ろうかと店を出たときは疲れと酔いで朦朧とし、足元がおぼつかなくなっていた。

詩織も頬をほんのり染めて笑い上戸になっていたから、酔っていたのだと思う。

飲んでよかったかは別として。

外に出ると、ひんやりとした夜気が肌をさすった。

夜風が吹くたび、早く帰ればいいのに、と言われている気がした。

空を見上げると、満月をすぎた月が微笑むように、俺たちをじっと見ている。

俺たちは被害のなかった建物の石壁を背にし、無言で並んで立っていた。

そうしている間に時はどんどんと過ぎ、俺はすっかり酔いから醒めてしまっていた。

隣には、髪をもてあそびながら石壁に背を預けている詩織がいた。

お互いが考えていることは、恥ずかしくなるぐらいわかっていたと思う。

俺たちは、とあるジレンマで動けずにいた。

今まで俺たちは、異性でありながらも唯一無二の親友として、いろんなことを分かり合っていた。

それができたのは、俺たちの間にはどちらからともなくひいた線があり、その一線は越えない、という暗黙のルールがあったからだと思う。

俺がそんなことをしているのはもちろん、詩織の年齢を意識してのことである。

何から何まで素晴らしいこの少女は、残念ながらリアルも一四歳の中学生なのである。

詩織は年頃なのだから、俺のように四捨五入したら三〇になるような男ではなく、同年代の異性と恋に落ちて、青春らしいことをしてほしいと思っていた。

若々しいがたどたどしく真っ直ぐな恋愛を、同年代で楽しんでもらいたいと心底思っていた。

それに俺自身の問題もないわけではない。

どんなに素敵な中学生であっても、大人は恋愛対象としてはいけない。

ある一線を越えてしまえば、未成年略取というれっきとした犯罪である。

そんな理由もあって、俺は詩織をそういう目では見ないように努めてきた。詩織のためにも自分のためにも、恋人は別で作らなければならないと考えていた。

これはもちろん、デスゲーム化する前までの話である。

今の俺は高額課金アイテムで若返って一八歳の姿だし、住む世界も変わっているのだが、この考えを改めようとは思っていなかった。

中身は隠しようもない、二六歳なのだから。

ただ今日はやっと会えた感激もあって、もう少し一緒に居たかった。

ドラマチックに再会した日なだけに、一晩一緒に居たらそんなことが吹っ飛んでしまって、一線を越えてしまう気もしていた。

その脆さがわかっていたから、二人とも身動きがとれなかった。

そんなことをしているうちに、背中の冷たかった石壁がすっかり温かくなるくらい、時間が経ってしまっていた。

「……会えなかった寂しさに、惑わされているのかもしれないね」

詩織が聞こえないほどの声で、ぽつりと言った。

やはり同じことを考えていた。

「俺も同じこと、考えていたよ」

俺もいっときの気持ちで、今までの詩織との関係を壊したくない。

「ふふふ。じゃあそろそろ帰ろっかな」

詩織がこちらを見て微笑んだ。

「送っていくよ。夜も遅いし。どっちかな」

「大丈夫よ。今日は本当にありがとう。明日から楽しみが増えたわ」

次に会う約束をして手を振ると、詩織は背を向けて歩いていった。

詩織はいつもと違って、一度も振り向かなかった。


翌朝、俺は昨日のドロップアイテムを売りに歩いた。

スキュラが落とした宝石が五金貨で売れ、ラミアーが持っていた「カガラの弓」は一五金貨で売れた。ラミアーたちのドロップは八〇銀貨だったので、昨晩の戦いで二〇金貨と八〇銀貨を手に入れることができた。

昨日のドロップを詩織は断固として受け取らなかったので、五金貨ほどを世話になった詩織の店に寄付し、後は懐に入れた。今までに比べれば、信じられない儲けだ。

アルマデルになれば、こうやって元通りに狩りをすることができる。金貨もすぐ溜まり、解呪のための魂の宝珠も買えるようになるだろう。

（魂の宝珠か……）

考えてみて気付いた。

それほど興味がなくなっていた自分に。
もちろん、すでに力を取り戻したということもある。
しかしそれ以上に、今の俺はカジカの姿がむしろ必要だった。
俺の重要な目的のために。

▼

05

果たせぬ約束

▲

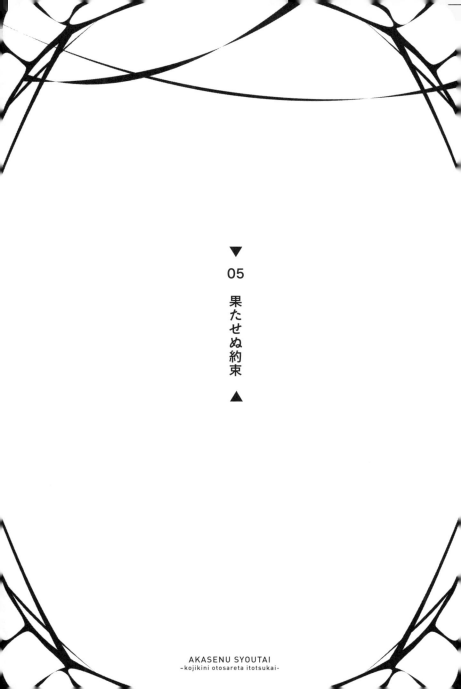

あの蛇の襲来から四週間が経ち、俺や詩織のいるルミナレスカカオは本来の姿を取り戻しつつあった。

最近の俺はこの周辺で狩りをして金貨を稼ぎ、夜はほぼ毎日のように詩織と雑談をする日々を送っていた。

今の稼ぎは以前と全く桁違いで、一日一〇~二〇金貨となっているので、生活にもゆとりができた。

資金を得た俺が買い替えたものも含め、ここで装備を改めて確認する。

■頭部【也唯一】アルマデルの仮面
姿隠し看破《ハイド》
銀色　禍々しい装飾あり　顔の上半分を隠すタイプ
■小手　S級　糸使いセファルの小手
糸用リング五個付属
■体幹　A級　祝福《ブレスド》ガイアローブ（買い替え）
魔力＋一一％
■靴　B級　アルダンテの靴
移動速度＋五％
■マント1　B級　風切りのマント
矢回避＋二〇％

■マント2　C級　サラマンダーのマント
保温効果　中
■アクセサリー
召喚の指輪　一〇
召喚のイヤリング　二
召喚のネックレス　一

体幹装備を買い替え、ローブにして魔力の値を上げてみたところ、なんと状態異常攻撃が入りやすくなった。

状態異常攻撃がスキュラに何度も抵抗されたのが気になっていて、いろいろ試していたところだった。

魔力依存だとわかった俺はさっそく上級のローブに買い替えた。それがA級、祝福《ブレスド》ガイアローブである。同級でも一番魔力上昇値が高いものだ。

そして忘れないうちに、亡骸草という、アンデッドを回復させる回復薬《ポーション》を調合できるアイテムをいくつか買っておいた。

夜気がきりりと肌を刺している。

見上げると、冬の乾いた空によく似合う三日月が出ていた。

俺はいつものように狩りを終えてカジカになり、詩織の店に向かっていた。

街の中では上着を羽織った者たちが酒の香りを纏いながら、小走りに俺の横を通り過ぎていく。

「ほら、そんな悪い子にしていると、死者がお布団剥ぎにくるわよ」

「なんだよーそんなの来るわけないよーアハハ」

そんな折、通りすがりに母親が一〇歳くらいの子供をたしなめる声が聞こえた。

(来るわけないか……脅かしも通じない年代だな)

俺は小さく笑いながら、冷たくなった両手で首元を押さえた。

寒さに急かされながら店にたどり着くと、いつものように古めかしい音を立てる木扉を開けた。

「——おかえりなさい」

店に入ると、仕事を終えた詩織がいつもの席に座っていて、うっすらと幼さの残る笑顔で迎えてくれた。

濡れた髪を左耳の下で一本に縛って、緩やかに胸元へ流している。着ているのはエンジェルスリープの薄赤いブラウスに、下は白のショートパンツ。素足ではなく黒のストッキングを穿いているようだった。

テーブルに着くと、ほのかな石鹸の香りがした。

「た、ただいま……」

詩織の信者が集まる店だけに、視線が皮下組織まで刺さる。

席に着くと、いつものようにライ麦酒で乾杯した。

詩織は蜂蜜酒《ミード》を選んでいた。疲れているときに口にする酒だ。

「今日は団体さんが入っているから同じ料理ならすぐ出せるよ。それでもいい？」

「ああ、何でもいいよ。お腹すいたな」

今日は多めに注文するね、と微笑みながら詩織がオーダーする。

「……ところでもう知ってるのかしら。今朝、サカキハヤテ皇国から人探しの依頼が各国に入ったそうよ」

詩織は両肘をついて手を顎の下に組んでいる。

どうして女の子の濡れた髪は、色っぽく映るのだろう。

「へ、へぇ、いよいよ潰れかけて英雄探しでも始めるのかな」

「あながちハズレとも言い難いわね。白い装備と仮面を身につけた黒髪の男の捜索、ですって。心当たりない？」

「ぶー」

ライ麦酒を吹き出していた。

直視できなかったのが幸いしたか、爆風は詩織をかすめた程度で済んだ。

店員に雑巾をもらい、慌てて自分で拭く。

「……もう。やっぱりカミュのことなのね。その話聞いてなかったから、違う人かとも思ったのだけど」

詩織が困った顔をしながら拭くのを手伝ってくれる。

「――弱ったな。名前は？」

アルマデルの名前が出されているとしたら、相当行動範囲が制限される。

「幸い、伏せられているわね……どういう意図で探しているのかわからないけれど。有力な情報提供者三名に計二〇〇金貨だって」

「お、おいおいそこまでするのかよ……」

俺は大きく溜息をついて椅子の背もたれによしかかると、椅子がギシィと悲鳴を上げた。

だが名前が伏せられているのならまだ安心だ。幸いアルマデルの仮面には認知妨害効果があるので、装備品から俺を追うことはできない。

「ねぇ。どうして皇国がカミュを探しているの？」

詩織がその無垢な顔を近づけ、訊ねてくる。

ふわりと石鹸の香りが流れてくる。

「ああ、隠していたわけじゃないんだが……」

俺は額をぽりぽりと掻きながら、馬車の襲撃に遭っていた時のことを説明した。

「……で、その時に第二皇女らしい人や、セインと言う名の直属の護衛に姿を見られた。忘れてくれると思ってたんだが」

馬車から覗いていた、あの鳶色の髪と瞳をした不思議な人が目に浮かんだ。

「それは無理。命の恩人を忘れるわけないわ」

詩織が子供を叱るような顔をしている。

「そうかな」

「そういうものよ。……今はチェリーガーデンのほうで目撃情報があったらしくて皇国の連中が大勢入りこんでいるそうよ」

詩織がグラスに小さな唇を寄せながら言う。

それを聞いて、初めてアルマデルになったあの日、奴隷にされかけた連中を助けて「仮面のあんちゃん」と呼ばれていたことを思い出した。

「……興味がないさ。しばらくはここに居たいしな。当面人前でアルマデルになるのは避けるようにするよ」

「そうね。七五日では済まない気がするけれど」

詩織の悪戯っぽい目に見つめられ、俺は照れながらも肩を落とした。

「お待たせしました！」

先日地下倉庫で一緒になっていた店主の妻がライ麦酒と、詩織の蜂蜜酒も持って来てくれた。

ドン、と置かれた拍子に、なみなみと注がれたライ麦酒が揺れて零れそうになる。

「うぉあ」

俺は慌ててジョッキに口を付けて液面を下げる。

店主の妻がそれを見て小さく笑うと、忙しそうに去っていった。

「さっきも言ったけど、今日は団体さんが入ってるのよ。近々またアルカナボスに挑むみたいね」

詩織が小声でそっと告げてくる。

アルカナボスとは、二二のアルカナにちなんだ、この世界最強と言っていい敵である。それぞれがアルカナダンジョンと呼ばれるダンジョンの最奥で、宝物とともにプレイヤーを待ちかまえている。

ちなみにアルカナボスは各サーバー共通の敵である。例えば俺が倒した《死神》は、他サーバーからも消え、もう討伐することができない。

「このあたりだったのかい?」

「うん。ここから北に行ったところ。鍵となるタンカーがやられたりして、五回とも攻略失敗してるわ」

集団によるパーティプレイは全く戦い方が異なる。

例えばタンカーのヘイトを乱す高火力はパーティプレイでは好まれないこともある。

「最近耳にした感じでは、地下四階までは攻略できたみたいだったな」

アルカナダンジョン地下四階の最後に単体の中ボスが控えており、下手なレイドボスの上をいく強さである。

たいていは攻略法を見つけるまで、相当な難関となり、死者も続出しやすい。

「デスゲーム化してからはみんな腰が引けた戦いになっているって噂。当たり前だろうけどね」

それはそうだ。命懸けの戦に挑むのはもう流行っていない。

俺がため息まじりにそれを口にしようとした時だった。

あいつらが、現れた。

店内に別な空気が流れ込んだように雰囲気が変わり、どっと歓声が上がった。

「ん？」

見ると二人の女性が入り口に立っており、その後ろに一人、巨大な大斧《グレートアックス》を担いだ男が立っている。

三人は席を探しているようだった。

唐突に息が詰まり、胸が早鐘を打った。

同時に呼び覚まされる、体の芯を貫く怒り。

あの顔を、忘れるはずがない。

俺とは裏腹に、あたりは先客が口笛を吹いて三人を歓迎していた。

見ているうちに、二人の女性だけが酒場にいた男たちに取り囲まれた。

「すごい人気ね……誰が来たのかしら？」

詩織が目を逸らさずに俺に訊ねた。

人だかりの中、見えたのは胸元までの漆黒のストレートの髪を湛えた女性と、ブロンドのたっぷりとした髪が肩のところでゆるりとカールしている女性。

二人とも困惑した表情を浮かべながらも、頬を緩めていた。

男たちが歓喜の表情で我先にと自分の席に案内しようとしている。

二人は苦笑いをしつつ、そのうち男性グループのひとつに吸収され、大斧の男もついて入った。

そのテーブルを周りにいた男達が詰め寄せて囲み、異様な盛り上がりを見せ始めた。

そのおかげで、あちらからも俺達は見えなくなっている。

「ど、どうしたの？」

詩織が俺に気付き、青ざめた表情で言った。

俺が豹変した表情でテーブルを睨んでいたからだろう。

（なぜ、ここにいる？　いや、探しに行く手間が省けたというものか）

俺の顔に浮かんだのは、不敵な笑みというものだろう。

詩織が立ち上がって背伸びをし、その女性たちを確認する。

「あれは……彩葉さんじゃないかしら？　『乙女の祈り』の……」

「あぁ、そうだな……」

答えてはいたが、生返事だった。

胸の奥底に押しやっていたどろりとしたものが鎌首をもたげ、俺を突き動かそうとしている。

俺はアイテムボックスを開いて、アルマデルの仮面を掴んでいた。左手では、中指の指輪が小刻みに震えている。

料亭には　三〇人以上の男女。

先日助けた店主と、子供を寝かしつけたのだろう、バイトの詩織と交代したその妻が笑顔で料理を運んでいる。

ドクンドクンと次第に強く脈打ち始める胸を、ぐっと押さえた。

(ダメだ、早まるな)

滾る怒りの沼に沈んでいく俺を、小さいながらも残った平常心が引っ張り上げた。

ここで暴れるわけにはいかない。

大切な詩織もいる。この料亭もそうだ。

夜遅くまで働いて二人の子供を養っているかけがえのない場所である。

それに以前俺を助けてくれた、彩葉さんもいる。

「……詩織」

さっきまでと違う俺の低い声に、詩織が眼を見開いて俺を見た。

俺は詩織と話して、いったん冷静になろうと考えた。

「聞いて欲しいことがある」

「うん? 彩葉さんたちのこと?」

「まあな」

俺は、大きく息を吐いた。

すべて詩織に打ち明けることに決めた。

「あんまり面白い話じゃないんだが……」

俺は最初から脚色なく話した。

俺がこんな姿になってから、助けようとした女性がいたこと。自分がその女性に恋心を抱いてしまったこと。だがほかの男に恋をして離れていってしまったこと。

話していくうちに、気持ちがどんどん静まっていくのがありありとわかった。

言えないぐらい辛いことほど、さらけ出してしまうほうが救われる。そのことを今、改めて知った。

時折詩織に促されつつ、俺は続けた。

リンデルにひどく蔑まれ、怒ったが強引にねじ伏せられたこと。土まみれになりながらエブスとノヴァスに嘲笑われたこと。

「『リンデルに寝取られた発情白豚』って言われて……笑われたんだ。ノヴァスっていう女性もそれを聞いて高笑いしていた。そのあとエブスに武器と、薪割りに使っていた石斧も奪われた」

「……ひどい」

すべて話すことができた俺は胸が軽くなり、梅雨明けの青空のように澄み切っていた。

一方、受け止めた詩織はこらえきれずに泣いていた。

「だ、大丈夫か」

俺は白いハンカチを取り出して詩織に渡した。

「ねぇ、あんまりだわ……石斧がなきゃ稼げないってわかるだろうに」

詩織の声はもう、潤んでいた。

「カミュがそうなっちゃうのも至極当然だと思う。誰でも触ってほしくない過去は必ずある。それを引っ張りだして皆であざ笑うなんて」

「……失礼だとは自分でも思うんだ。助けてもらった人に対して、こんな気持ちになるなんて」

「ねぇ、カミュ。そのままでいいのよ。嫌いなままで。もしどうしても気になるなら、こちらも二回命を助けてあげればいいじゃない。カミュにはもうその力がある。それであいこにしましょうよ」

「……そうだな」

一四歳の女神は涙を拭きながら、ふわりと微笑んだ。

俺はいつのまにか笑えるようになっていた。

世の女性が必ずしも自分の敵ではない、とわかったことが大きいのだ。

それだけ、詩織が俺を救ってくれたところは大きかった。

「詩織、ありがとう。聞いてもらえて救われたよ」

「……うん」

詩織が落ち着くのをしばらく待つことにした。

すっきりした俺は明かりを得たかのように周りが見えるようになった。

彩葉とノヴァスが飲まされている。

二人は以前見た出で立ちとは異なり、キルティングされた白の鎧下に彩葉は足首までの緑のマーメイドスカート、ノヴァスはひざ上の黒のプリーツスカートを穿いている。

二人とも女性に人気のヘルラビットの毛皮を纏っていたようだが、今は膝掛けにしている。

怒りで全く気付かなかったが、二人を囲んでいる男たちはギルド『北斗』の集まりだったようだ。

彩葉の隣に座っている蒼い鎧の男を俺は知っていた。

ミハルネだった。

第一サーバー最大ギルド『北斗』のリーダー。

囚われたその日に俺を高レベルプレイヤーだと見抜いた男だ。

ほかにギルド『ＫＡＺＵ』の連中数人もこの席にいた。最凶といわれた極悪ＰＫギルドだったが、今は一転して『乙女の祈り』に協力をしている者たちである。

ノヴァスは見知らぬ男に飲まされながら、暑かろうと数人がかりで上に着ていた鎧下のボタンを外され、脱がされている。肩を出した黒のノースリーブだけになっていて、白い素肌が周りの眼をひいている。セクハラ浸食に本人は気づいていないようだ。

彩葉は別なテーブルに座っていて数人の男に囲まれているものの、今はミハルネと見つめ合いながら笑い合っているように見えた。それを見た俺は、胸にもやもやとした嫌なものが浮かんだが、その一方でお似合いだとも思った。

視線を戻すと、詩織がやっと落ち着いてきたようだった。

俺は詩織に告げた。

「それでだ、今話したノヴァスとエブスっていうのが、そこにいる」

「えっ……？」

詩織が目を見開くと、もう一度彩葉たちを振り返った。

詩織がこんなあからさまな行動をとるのも珍しい。

「俺もここで暴れたくないんだが、理性を失ったら強引でもいい、止めてくれ。少なくとも、ここでアルマデルになろうとしたら、絶対止めてほしい」

俺の復讐はノヴァスとエブスで終わりではないのだ。もう一人、地獄に落としてやりたい奴がいる。

それまでは……。

「わ、わかったわ」

「じゃあ出るぜ」

「うん」

支払いを終え、俺達はそっと店を出ようとした。

彩葉やミハルネに気づかれないように、洛花の指輪もアイテムボックスにしまった。

だが立ち上がった俺の巨体は目に止まったらしい。

カジカ用にも顔を隠すものをなにか買っておくべきだった。

「か、カジカさん？」

「お、お前！　生きていたのか！」

彩葉とノヴァスの声が聞こえた。そして、エブスが整えた顎髭をさすりながら俺に気づいたのが、視界の隅に見えた。

真っ先に動いたのは、なぜかノヴァスだった。

しかし立ち上がろうとしたノヴァスの左手を、隣に座っていた男がぐいと掴んで抱き寄せようとする。

「おや、僕と言う男がありながら……ハハハハ」

男は随分と顔を赤くしてご機嫌のようだ。

だが次の瞬間、パーンと乾いた音がした。

ノヴァスがその男を平手打ちしたのだった。打たれた男は頬をおさえ、口を開けたまま、ぽかんとしている。

何が起きたか、理解している最中のようだ。

ノヴァスはその男に冷たく背を向けると、俺に向かって真っ直ぐ歩いてくる。

足で椅子をひっかけ、玉つくように揺れたテーブルから空いていた皿が落ちた。

明らかに割れたとわかる陶器の悲鳴が響いたが、ノヴァスは俺から眼を離さない。

「なんだあのでかいの?」

「おい……あいつ初期村で乞食していた白豚じゃねぇ?」

「なんでノヴァスさんがそっち行くんだよ」

口説いていた男どもが、俺を憤怒の形相で睨んでいる。

ノヴァスはそんなことも露知らず、俺の眼の前まで歩いて来ると、ふっと柔らかな目をした。

「——弱いから死んだかと思っていたぞ」

だがそれも一瞬で、今は眉をよせ、少し怒ったような顔をしている。

横で詩織が表情を強張らせた。

鼻で笑ってしまった。

こいつはこれが挨拶のつもりなのだろうか。

弱いだの、ちょっと見なかったぐらいで死んだだの、本当失礼な奴だと思う。

そして、その声を聞くだけで、手が震えてくるのがわかった。

あれだけ忍耐を心掛けたにもかかわらず、早速ぶん殴ってやろうか、と本気で考えてしまう。

「だがちょうどよかった。お前に話したいことが……え？」

話し始めたノヴァスを、俺はまるで機械人形のように無視した。

詩織を先に通して外に出ると、無言で木扉を閉めていく。

硬直しているノヴァスが閉まっていく木扉の隙間から見えた。

「押さえてて」

詩織が小さく囁く。

俺は言われるがまま、木扉を開かないよう押さえ込む。

すぐさま詩織が暗殺者《アサシン》のアビリティで木扉の鍵穴に細工した。小さな金属を挟むことで一五秒間扉が開かなくなる【一時施錠《テンポラリーロック》】だ。その直後に、ドンドンと木扉を叩く荒い音がした。

騒がしくなった店を背に、俺たちは歩き出した。

夜風が強い。

俺はマントと買い直したスノータイガーの毛皮を羽織り直した。

見ると詩織も手に持っていたヘルラビットの毛皮に袖を通している。

俺たちは早足で雑踏に紛れたが、体格が体格なだけに俺だけ上に突き出ていた。

二人で苦笑していると、案の定、背後から女性の声がする。

「カジカ！　ずっと探していたんだ！　待ってくれないか」

ノヴァスだ。

振り向くと行き交っていた人たちが足を止め、大声を張り上げたノヴァスに注目している。

その甲高い声。

はらわたが煮えくり返るような怒りが蘇《よみがえ》ってくる。

リンデルに寝取られた発情白豚。

こいつが真っ赤な顔をして、息ができないほど笑っていたのが昨日のように目に浮かぶ。

唇が勝手に震えはじめた。

「カジカ、聞いてくれ!」

ノヴァスが逆行する人に逆らいながら、こちらに駆け寄ってくる。

人をかき分けるとか、そんな生易しい感じではなかった。

無茶苦茶にぶつかり、人の持っている物を落としながらも、なりふり構わず向かってくる。

罵声を浴びながらも見てる間にあっさりと俺に接近したノヴァスは、正面に立って両手を大きく横に広げ、とうせんぼした。

寒さのせいで、ノヴァスの吐息が白く煌めいていた。

黒のノースリーブからすらりと出た、脇から二の腕のラインが女性らしい魅力を放つ。

慌てて出てきたのか、ノヴァスは何も羽織っていなかった。

怒りを覚えていたのに、俺はつい、眼を奪われた。

それでも、俺は浮かんでいた気持ちを強引にねじ伏せた。

こんな奴の魅力など、反吐が出る。

「――友達か何かのつもりか？」

俺は駆け寄ってきたノヴァスに向き合いもせず、冷たく吐き捨てた。

「え……？　た、ただ、お前に謝りたかったのだ。それに渡したいものも……」

ノヴァスは瞬きし、声に勢いをなくして戸惑った。

「お前になど興味がない」

俺のあられもない答えに、ノヴァスは目を丸くした。

周りは、面白い痴話喧嘩だとでも思ったのだろう。この寒い中、俺たちを囲んで人垣ができはじめた。

「か、カジカ……？　怒っているのだな？」

信じられないほど、ノヴァスは蒼い顔をして狼狽していた。

顔を見ないようにして通り過ぎようとすると、右腕をぐいと掴まれた。

「カジカ。ずっと後悔していたんだ。お前のこと、笑ったりして本当に済まなかった」

「――俺はお前を殺したいくらいに憎い。お前の謝罪など聞いたところで、変わらないほどにな」

自分で言っていて、手が震えてきた。

しかし、それを聞いたノヴァスは、むしろ凛と立った。

「……カジカ。私は逃げもしない。好きなようにするがいい」

ノヴァスは俺の右手をそっと両手で掴み、自分の頬《ほお》に添えた。

あまりに冷たくて、雪に触れたのかと思った。

「私が悪かった。本当に、済まなかった。さあ……やるがいい。どうなっても恨まないと約束しよう」

ノヴァスは静かに微笑んだ。

「……お、おい、ノヴァスさんが白豚野郎にあんなことさせてるぜ！」

「あの触らせない女が自分から……どういうことだよおい」

まわりがざわめく。

俺自身もどうしたらいいかわからなくなっていた。

ノヴァスが、無防備に目の前に立っている。

魔法にかかったようだった。

どうしてだろう、何をしたわけでもないのに。

無防備な姿を晒されると、不思議とあれほどの怒りが何処かへ行ってしまった。まるで、ケンカをしていた相手が唐突に泣きだしてしまった時のように。

「いつも人を傷つけてから気付くのだ。でもこれほどに後悔したことはなかった。どうか、許してほしい」

だがノヴァスはそれ以上続けることができなかった。

詩織が俺の手を握っていたノヴァスの両手を、ぴしゃりと払ったからだ。

「――お止めになってくださらない？　それ」

俺の横で詩織の、イラっとした声が聞こえた。

いつの間にか巨大になっている人だかりから、おおぉ、という声が上がる。

意外な増援に驚いたノヴァスの碧眼が、俺と詩織を何度も往復する。

「き、貴殿は誰だ?」

不意打ちを受けた詩織にも、ノヴァスは真摯に応対した。

「あなたがどんな人かは、この人から聞いたわ。……女として最低ね」

「……どいてくれないか。私はカジカと話したい」

「どくわけがないわね」

詩織が言い返し、ノヴァスの視線に割り込む。

目の前に入りこんできた詩織から、甘い香りが漂ってくる。

「お、おい、誰だあの美少女?」

「俺知ってる。詩織ちゃんだ。そこの、『運命の白樺亭』の看板娘やってる」

「俺、超ファンなんだけど……なんであの子が白豚なんかかばってんの?」

ノヴァスだけではない。詩織も有名人のようで、野次馬の目を引いている。

人垣は増える一方だった。

「ただ過去のことを謝りたいだけなのだ。貴殿がなぜ邪魔をする? カジカ!」

ノヴァスは視線をずらし、詩織の肩越しに俺を見て話そうとするが、詩織がすぃっと身体をずらし、わざと自分の頭でそれを遮る。

「……ひとつ、あなたに感謝しているわ。ウルフに襲われていた時、この人を助けてくれてありがとう。そもそも必要なかったでしょうけれど」

詩織がノヴァスの顔を小さく指差す。

「なに？　どういう意味だ？」

ノヴァスは詩織の言葉に驚いて訊き返した。

「……そのままの意味よ」

険悪になってきた女同士のやり取りに、野次馬が盛り上がる。

「それは断じて違うぞ。この男がウルフに襲われていた時、私は最初から戦えるのかどうか見ていたのだ。ぎりぎりまで待って、助けに入った時は死ぬ寸前だったのだぞ？　それがどうして私の助けなく、助かるというのだ？」

ノヴァスが当たり前の疑問を吐露する。

「ウルフ相手に死ぬ寸前？　ぷっ。ダメ俺もう限界」

「ククク、しょうがねえだろ、豚族なんだから」

あたりに初期村にいた時のような、聞き慣れた嘲笑が広がった。

それを聞いて気付いた。

俺の見た目は何も変わっていないのだと。

周りの連中はまだ俺がこの街で乞食でもしているのだろうと、見下した目で俺を見ている。

「悔しい……」

突然、詩織が聞こえないぐらいの声で呟いた。

そして詩織の初々しい頬に、すっと涙が流れたのが見えた。

「あたし、ずっと悔やんでた。ここに留まり続けて、この人を探しに行かなかったことを。どうしてそんな困り果てた場面で、最初から見ていたのが、あたしじゃなかったんだろう……」

詩織はノヴァスの問いには答えず、俺のほうへ振り向くと、伏し目になって涙をぽろぽろと零《こぼ》した。

「ありがとう詩織。もうひとりじゃないってだけで嬉しいよ」

俺はそっと詩織の頭を撫でた。それを見たノヴァスが困惑したようだったが、すぐに口を開いた。

「……まあそんなことを聞きに来たのではないから、別にいいのだ。カジカ。どこかで話をさせてくれ」

ノヴァスは唇を紫にしながら、それでも一寸すら諦める様子を見せなかった。

見れば四肢が震えている。それでもその眼はずっと、俺から逸れることがなかった。

俺ですら、その様子にいい加減いたたまれなくなった時だった。

あの男が野次馬を押しのけてやってきた。

いつもは思い出すだけで怒り狂うほどの激情が巻き起こるのだが、今日はこいつを目の前にしても不思議と落ち着いている。

詩織がいてくれるからだろうか。

「おぅおぅ、白豚ちゃん！　俺のこと覚えているかよ!?　ガハハハハ」

男が重鎧《プレートメイル》を鳴らしながら、尊大な態度で俺の方に歩いてきた。

右手には巨大な斧を担いでいる。

その通り道にいた野次馬の数人がぶつかり、突き倒されている。

「うわ、エブスだ……」

俺の近くにいた野次馬が青い顔をして、大斧を担ぐ男を指さす。

「エブスだ！　ギルド『ＫＡＺＵ』副団長の狂戦士《バーサーカー》、エブスだぞ！」

別な野次馬が、裏返った声で叫んだ。

「ま、マジかよ……!?」

「おい、あいつはやべえって……早く下がれ！　早く！」

それを耳にした野次馬たちが震えた声を発すると、一斉に後ずさり、その男から離れる。

エブスは、海が割れるように出来上がった道をまっすぐ闊歩してきた。

その侮蔑するのに慣れた、吊り上がった目で俺を見下す顔。

相変わらず、笑わせてくれる。

狂戦士《バーサーカー》は火力職《アタッカー》から武器使い《ウエポンディーラー》を経て二次転職した斧を武器とする最終職業である。

「ああ、お前確か『ＫＡＺＵ』の三下だろ？　名前は……存在感薄くて忘れたよ」

詩織を後ろに庇いながら、意外に冷静に、俺はやり返していた。

それを耳にしたノヴァスやまわりの野次馬が言葉を失う。

「……おい、てめぇ……」

あたりを見渡すと、エブスのほかに料亭の中にいた者たち、彩葉、ミハルネたちも出てきて俺たちを見ていた。さっきまで気付かなかったが、彼らはA級やS級などのハイランク装備を身に付けた者が多かった。

程よく酔っ払った者たちもぞろぞろと人垣に加わり、取っ組み合いを期待するような雰囲気が広がり始める。

「ククク、天下の『KAZU』メンバーに舐めた口きくとどうなるか、わかってねぇようだな」

エブスが威圧するつもりなのか、俺の眼の前に立つと、頭の上で大斧をぶんぶん回しながら言う。

振り回す大斧によって巻き起こる音と風で驚いたのか、近くに止まって休んでいた小鳥たちが慌ててばさばさと飛び立っていく。

ミハルネや彩葉が困惑した表情を浮かべる中、多くの野次馬たちが歓声を上げている。

「おおぉぉ！　あの不撓の斧を片手で振り回してるぜ……！」

「さすが『KAZU』メンバー！　スゲーよエブスさん！」

歓声とおののく悲鳴が混ざる中、大した風も来ない冬の扇風機に、俺は肩をすくめた。

「――面白い猿芸《さるげい》だ」

俺は硬貨袋から銀貨を一枚取り出し、エブスの足元に投げた。

シーン、と静まり返った。

巻き起こっていた風が止む。

エブスの顔が、みるみる真っ赤になって引き攣っていく。

「……おい、白豚野郎、お前、冒険者のローブとか着てるくせに、随分調子に乗っているじゃねえか。

ここは初心者を守る初期村じゃねえ。殺してやっても、いいんだぜ」

エブスが地の底から湧きあがるような声で俺に言った。

「私闘による殺しは許さんぞ、エブス」

それを聞き咎めた男がひとり、俺たちに近づいてくる。

見れば「シーザー」の蒼穹重鎧《プレートメイル》に輝く双剣。

ミハルネだった。その隣に彩葉もいる。

「やっぱりまた会ったな」

ミハルネは二つに割れた顎を突きだして、ニヤッと笑う。

俺は例によって肩をすくめて応じる。それをみたミハルネがまた笑った。

「……あいわかったぜ。じゃあ、ただの身の程知らずを叩きのめすぐらいにしといてやるか」

エブスは仕方ないとばかりにミハルネに従う。

「別に殺し合いでもいいぜ。お前には借りがある。外域決闘場《テンポラリコロシアム》で正式にやろうじゃないか。ただしお前が死んでもいいならな」

俺は平然としながら、予定していた方向へ話を流す。

「お、おい！」

ミハルネが目を丸くする。

「か、カジカ！」

ノヴァスも突拍子もない俺の言葉に口をパクパクさせている。

「ガハハハハ、聞いたかミハルネ！　お前が証人だ。こいつ自分から殺し合いでいいって言ったぜ。もうお咎めなしでいいんだよな？」

「ば、馬鹿なことを言うな！　カジカ、お前自分で何を言ったかわかっているのか！」

ノヴァスが、俺のそばで大声を上げる。

「ウルフにも勝てないのに、殺し合いだなんて死にに行くようなものだろう！　そもそもデスゲーム化したのになんでプレイヤー同士の殺し合いをしなければならないのだ?!　今からでも遅くはない。早く謝るんだ。私からも言ってやるから」

ノヴァスは俺の両肩を掴んで見上げながら、必死で説得しようとする。

いつもの俺なら、こんなノヴァスを乱暴に振り払うだろうが、できなかった。その様子に俺は柄にもなく、温かみのようなものを感じたからだ。

だから、かわりにノヴァスの目を見返して言った。

「――こいつは逃げていい相手だと思うか？」

ノヴァスははっと気づいたように眼を見開いた。

「ノヴァス。お前ならわかるだろう」

ノヴァスが口をつぐむ。

俺の言葉の重みが理解できたのだろう。ノヴァスはあの時、現場にいたのだから。

「カジカ、わかっているのか？　外域決闘場《テンポラリコロシアム》はあんたの指の奴は使えないんだぞ。それにそんな紙装備じゃ、あいつの攻撃はひとたまりもないぜ」

別なところからも俺に声がかかる。ミハルネが暗に召喚に頼れないことを伝えているのだった。

外域決闘場《テンポラリコロシアム》とは各チームのリーダーが入場する人数を設定して、一定時間、チーム同士で決闘し、キル数を競い合う仮想空間のことである。

決闘のためルールが厳密で、運営配布の各種ドーピングアイテムや、平等配布の原則に沿っていないアイテムの使用を禁じている。召喚系アクセサリーはその最たるもので、呼び出せなくなるのは知っていた。だが【也唯一】アイテムが使えないということはない。

ちなみに、デスゲーム化する前までは、死んでもステージ内でランダムに復活《リスポーン》し、何度も戦い続けることができた。

「エブス、五日後の正午。この街の外域決闘場《テンポラリコロシアム》への転移ゲート前で待っているぞ。それでいいな？」

「てめぇ、よくそこまでほざけるなあ？　面白いじゃねえか……絶対ぶっ殺してやる」

エブスが怒りに顔を歪め、斧を持つ手が震えていた。

「二人とも待て！　せめて戦う時間は一番短い一五分にしてくれ。そしてエブス、約束してくれ。もし引き分けて終了したら、もう二度とカジカに手を出さないと」

ノヴァスがエブスの前に立って言う。

（余計なことを……）

俺は溜息をついたが、止めるのも面倒なので言わせておいた。

「ガハハハ！　いいぜいいぜ。ノヴァスさんがなんでそんなに入れ込むのか知らねえが、一五分が終わったら、この失礼な奴のことはきれいさっぱり忘れてやるよ」

エブスはノヴァスの言をすんなりと受け入れた。

「俺からもひとつ。外域決闘場《テンポラリコロシアム》に入るまでは、お互いに手出しは禁止。破られた場合、決闘は中止にさせてもらう。当たり前のことだが、いいな？」

ミハルネだった。

「わかったぜ。それまでは『KAZU』の連中すらこいつにゃ近づけねえよ。しかし、なんだなんだ、因縁つけられた決闘を受けてやるだけなのに、俺がすっかり悪役じゃねえか。おい、お前ら！　別の店で飲み直すぞ！」

エブスがそう言いながら、仲間を数人連れて去って行った。

いなくなったのを見届けてから、ミハルネがやけに大きい溜息をつく。

「『KAZU』が『乙女の祈り』に協力するようになってから、明らかにほかのギルドからの初心者PKが減った。それもあってエブスたちに俺や彩葉さんは頭が上がらないのさ。だからといって、『KAZU』はすべてまっとうな連中だというわけじゃない。残念ながらあんな奴が大多数だ。今回の件、止められなくて済まなかった」

ミハルネが謝りつつ、『KAZU』と『乙女の祈り』の関係を教えてくれた。

それで溜飲が降りた。

どうしてエブスみたいな奴が彩葉とともに行動しているのか、謎だったのだ。

「――俺が吹っ掛けた喧嘩だよ。気にしないでくれ。ところで、今日はずいぶんスターが勢揃いのようだな」

俺があたりを見回しながら言った。ミハルネ、彩葉はもちろんだが、S級以上と思われる装備を身にまとったプレイヤーが多数いたためだ。

「アルカナダンジョン攻略の顔合わせ会なんだ。　二週間後に挑む予定でな」

「そういうことか」

それであんなに人が集まっていたのか。ということは彩葉やミハルネ、ノヴァス、エブスも参加するということか。

「まあ、そんな話よりあんたのことだ。繰り返すようだが、あんたそんな装備で、本当に大丈夫なのか？　エブスは、そこらにいるただのチンピラとは訳が違う。『ＫＡＺＵ』在籍歴も長くて、サブリーダーになっているような奴だ。いわば、ずっとＰＫばかりやってきた猛者だ。知らないかもしれないが、『ＫＡＺＵ』はＰＫＫを返り討ちにすることで有名なギルドなんだぞ」

ミハルネが俺をみて厳しい顔をしている。

「俺にとっては命より大切なことなのさ」

「あんたは嫌いじゃない。できれば死なせたくない。なんとかならないのか？」

ミハルネが人を落ち着かせるような笑みを浮かべる。

「死ぬと決まったわけじゃないぜ」

「……まあそうなんだけどな。決闘までにはその装備何とかしろよ。それからあんた、あの指輪、なくしたのか」――

洛花のことだろう。

「まあ、そんなところだ」

「そりゃよかった。安眠できると言うわけだ」

俺とミハルネが話している間に、彩葉がノヴァスに何か言っていたようだったが、よく聞こえなかった。

彩葉が背を向けて去っていく。

ふと見ると、ノヴァスがまだ隣にいた。

凍えて血色が悪くなっているが、先程までとは違い、何かを決意したような表情をしていた。

「カジカ、私とも約束してもらおう。四日後の正午。決闘前日、エブスと待ち合わせた場所と同じだ。来てくれるなら、代わりにその後はお前の前から姿を消そう。もう付きまとわないと約束もする。それでどうだ？」

「一方的なこと言うな」

俺は鼻を鳴らした。

「私に憂さ晴らしをしたいお前にとっても、悪くない話だと思うぞ」

ノヴァスが揺るがない瞳で、俺を見ている。

それを聞いた詩織がまた目つきを鋭くするのがわかった。

「……いいだろう」

この女には複雑な気持ちを抱いていたが、もう付きまとわないというのは魅力的に聞こえた。

ノヴァスは頷くと、それだけを言って去っていった。

皆が立ち去った後、俺は大きく息を吐き、すぐ隣にいる詩織に振り返る。

この姿では身長差は三〇cm以上ある。

「ありがとう、詩織」

「うん」

友が傍に居てくれることがこんなに心強いことなのだと、身をもって知った。

しかし、一方の詩織には笑顔がない。

「……あたし、やっぱり悔しい。あたしの知らないカミュを、ノヴァスさんが知ってて、あたしに教えるなんて」

珍しく詩織が顔を紅潮させていた。

「音信不通だった俺が悪いんだ。詩織のせいじゃないよ」

「あの人、また誘っていったと思うと悔しくて仕方ない。はぁ……あたし、昔に戻っちゃったわ。逢えない間は、生きていてくれればいいなんて思っていたのに」

詩織が俯いて顔を髪で隠す。

「嬉しいだけだから」

俺はそんな詩織の肩を撫でた。

毛皮で覆われた小さな肩は、驚くほどに柔らかい。

「でも、なんかストーカーみたいでやになっちゃう」

俯いたまま、あたし〝死の追跡者《デスストーカー》〟だし……と続ける。

「そう言う所は嫌いじゃない。それじゃだめかい？」

両肩に手を乗せて笑いかけると、詩織はこちらを見て、やっと微笑んでくれた。

目尻に光るものを乗せた、柔らかい笑顔だった。

「ノヴァスみたいなやつが、俺を好きなわけないだろ」

「……うん」

「しかもごめんな。こんな福笑い顔で」

「いいの。あたし全然気にならないよ」

ふふ、とアカジューの髪を揺らして、花が咲いたように笑う詩織。

「……ねぇカミュ。前みたいに困らせるつもりはないの。でも……」

実は以前、酔った時に詩織のほうから二人の暗黙の線に歩み寄ったことがある。

その時は断った。

本当は無理じゃないかもしれないと思う俺もいたが、それは視野が狭く詩織ばかりを見てしまう俺がおかしいのだ。

断ったかわりに、考えることが同じになってしまうほどに、分かり合えた。

「わかってる。約束のことだろ。詩織には誰も敵わないよ。ノヴァスはカジカの姿の俺しか、知らないんだぜ」

手を握って伝えた言葉に、詩織が周りの空気まで浄化してしまうほどの笑顔を見せた。

「うん。あたしが一番ならいい。離れていても……」

詩織が俺の手を控えめに握り返す。

「ああ。一番俺のことを知っているのは、いつでも詩織さ」

▼

06

決闘の刻

▲

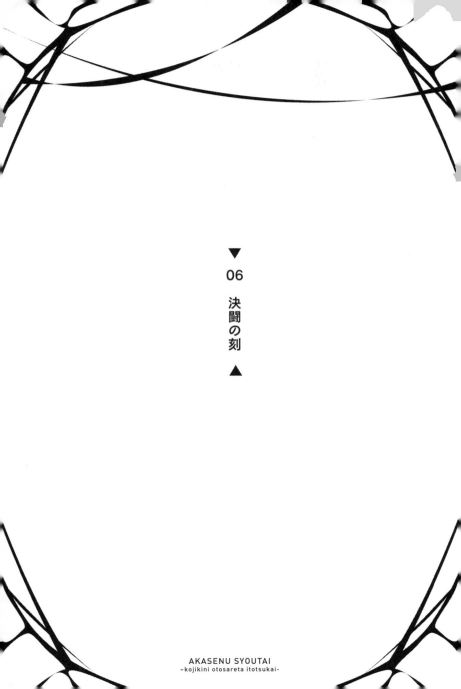

現実世界の建物でいう四階ぐらいはゆうにあるだろうか、街の隅にある古めかしい石造りの塔の上に、外域決闘場《テンポラリコロシアム》へのゲートが置かれている。

今日はエブスとの決闘前日。ある人物と約束していた日である。

久しぶりに入った塔の中は陽を通さず、まるで別世界のように冷えていた。

俺は蝋燭の灯りだけを頼りに、壁沿いの螺旋階段を慎重に上り、塔の屋上部分に向かっている。そして俺の少し前には、赤いスカートの裾をふくらはぎの上で揺らめかせながら、軽快に登っていく女性。

「先に、行っていいぜ」

無言で背を向けているその女性に、息を切らしながら声をかけた。

女性は登るたびに上下していたブロンドの髪を片手で押さえながら振り向く。

そして返事をしないかわりに、憮然としながら俺を睨んだだけだった。

そう。ノヴァスである。

そもそも、今日は最初から嫌な予感がしていた。

早めに入ってノヴァスに見つからないうちに階段を登ってしまおうとしたのだが、ちょうど入り口でノヴァスに会ってしまった。

会った時は信じられないほど優しげな表情を浮かべていたノヴァス。

しかたなく一緒に登ることにしたのだが、登り始めると予想通り、あまりの鈍足ぶりにノヴァスの顔色が変わっていった。

そして今の状況に至っている。

相変わらず、ノヴァスがわざわざ俺を外域決闘場《テンポラリコロシアム》に連れていこうとする意図が分からない。

それでも先日必死で俺に謝罪したノヴァス。

その様子を見て、俺はノヴァスという人を誤解していたかもしれないと思った。

エブスに決闘を申し込んだ時もそうだ。あんな、俺を庇うようなことを言い出すとは思わなかった。

(意外に思いやりのある人なのかもしれない)

そういう人は、嫌いじゃなかった。

俺がノヴァスを今まで憎らしく思っていたのは、エブスの言った『リンデルに寝取られた発情白豚』という言葉をエブスと一緒に笑ったことだった。

逆に言えば、それだけのことである。

ノヴァスは今までに何度も弱かった俺を助けてくれている。

あんな性格だから助けられてもイライラするのが玉に瑕《きず》なのだが、この人の悪いところばかりを見ていたのは確かだ。

俺たちはやっと石の塔の屋上に辿り着き、ゲートの前に立った。

俺は例によって息が切れ、会話するどころではない。

「……決闘以前の問題だろう」

ノヴァスは炭火がパチパチ言うように不満を漏らしながら、ゲートに触れて設定画面を出す。

俺もそれに習うと、視界に設定画面がポップアップした。

「お前、ところで決闘場は入ったことがあるのか？」

「あるような、ないような」

「馬鹿かお前は！　自分で死に場所決めておいて、入ったことないのか！」

炭火が音を立ててはじけた。

急に頭痛がしてくる。

「昔に遊びで多少入ったことあるぐらいだ」

素っ気なく言った俺と、まだ睨んでいるノヴァス。

「いいか、ステージは『無人の村』を選べ。お前の図体でも隠れられる場所がいくつもある」

決闘場のステージは三種類から選ぶことができる。

岩山ステージ、無人の村ステージ、ゾーン9ステージがあり、もっとも隠れやすいのは今ノヴァスが言った、がらんどうの家々が立ち並ぶ無人の村ステージである。

「制限時間は一番短い一五分。ＨＰバーは可視にして、観戦許可にしろ」

ステージ以外の設定項目はパーティ人数、制限時間、相手ＨＰバーの可視／不可視、観戦許可／禁止がある。ＨＰバーを可視にすると、俺の頭の上にＨＰバーが出現する。高いＨＰが相手にばれてしまうかもしれないので明日は避けるつもりだ。

また、観戦を許可すると俺がここを選んだ意味がないので、これも禁止にさせてもらう予定だ。明日はノヴァス達が離れた場所にある水晶球を通して観戦するつもりなのだろう。

「さあ、一緒に入るぞ。作戦を教えてやる」

ノヴァスが俺の手を掴み、強引にゲートに侵入していく。

「そんなこと頼んでないぞ」

「うるさい。いいから来い」

俺は引っ張られつつも設定された項目を最後にいじりながら、侵入した。

温かい水の中を抜けるような感触の中、数秒のうちに俺たちは人の気配がまったくない村に降り立った。

平坦な地形に背の低い建物が立ち並び、周辺は開けている。

村の通り沿いに植えられた痩せた木々は、高い梢にのみ冠のように葉をつけており、日が差せば建物に細い影を落とすのだろう。

建物の扉はすべて開け放たれており、寂しさを漂わせている。建物の陰では白い鈴をつけているように咲く草花が柔らかい風に揺れていた。

温かさからして、季節は夏だろうか。見上げると空は灰色の分厚い雲が覆い、太陽がどこにあるかわからない。

ところで、俺はこんな奴とふたりきりになってしまったがいいのだろうか。

中に入ってからも、設定した条件を確認できる。

制限時間六〇分。最後に俺がいじったので、ＨＰバーは不可視になっている。観戦は禁止のままだ。

「お前、設定変えたのだな」

「ＨＰバーが見える意味はないはずだ」

ノヴァスが小さく溜息をついた。

「……まあいいだろう。こっちだ」

入ってからはノヴァスが足の遅い俺に罵声を浴びせながらも、隠れやすい場所を数か所教えてくれた。屋根裏。地下倉庫。そして地に掘られた溝。

ここでは隠れるのも立派な作戦の一つである。

優勢側は相手にこれ以上キル数を稼がせないために最後は隠れて逃げ切りに出るのである。

「いいか、引き分ければそれで終わりだ。エブスは二度とお前を狙うこともないだろう。一五分だ。どんな卑怯な手を使ってもいい。生き残れ。わかったか？」

「あんな奴が約束を守るとは思えないがな」

鼻で笑った俺を、ノヴァスは真顔で否定した。

「あいつは守るさ。必ずな」

ノヴァスは遠くを見つめるようにしながら、笑わずに言った。

俺は首を傾げたくなると同時に、心がざわついた。

ノヴァスがそんなにあいつを信用する理由が知れなかったのだ。

「そうだ、私の余っている下級精錬石をくれてやろう。どうせ、たいしたアビリティ覚醒もしていないのだろう？」

訊ねようとした俺を遮るように、ノヴァスは下級精錬石を三つも取り出すと俺に差し出した。下級精錬石は一〇回の戦闘につき一回手に入れることができる、比較的手に入れやすいアイテムだ。第三位階までのアビリティを覚醒することができる。

俺は少々申し訳ない気もしたが、受け取っておくことにした。

「ありがとう。上級にして返すよ」

「そうか。面白い冗談だな」

俺はノヴァスの背後で肩をすくめ、渇いた喉を潤そうと水袋を取り出す。が、ふとした拍子に指からすり抜け、ぽちゃりと落ちてしまった。

「それからお前、装備品はさすがにそれではまずいと思うぞ？」

振り返ったノヴァスがちらりと落ちた水袋をみて、関心がなさそうにまた背を向けた。

「心配ない。街中で着る必要がないから、着ていないだけだ」

幸い、水はほとんど溢れていなかった。答えながらも俺は安堵して落とした水袋を拾った。

「そうか。もう一つ聞いていいか？」

ノヴァスは背を向けたまま俺に訊ねた。

「ん？」

「初期村でのウルフの一戦で、詩織殿は私の介入が要らなかったようなことを言っていた。どういうことなのだろうか」

「ああ、あの時は詩織も酔っていたし、ただの言葉のあやだろう。俺も意味がよくわからなかった」

俺は適当にお茶を濁す。

内心、きたか、と思っていた。

今日、この質問がくるのは予想していた。

返答も適当に答えたように見せかけるようにして、実は事前に準備していたものである。

「……そうか」

一旦は背を向けたまま歩き出そうとしたノヴァスだったが、突然振り向くと、立ち止まった。

そして、怪訝な表情で俺の手を見ている。

それで、はっと気付いた。

俺の手は、水袋を逆さに持っていて、自分の足に、どぼどぼと水をこぼしていたのだった。

冷たさすら、感じていなかった。

そこでぽつ、ぽつと冷たいものが頬を叩き始めた。ノヴァスが空を見上げ、溜息をつくと少し離れている広めの空き家を指さした。

「あそこへ行こう」

二人で走る。いや、俺は走ったうちに入らないか。

家に入るころには、叩きつけるような豪雨になっていた。

「ふぅ。ついてないな」

室内に入り、小さな溜息をついたノヴァスがハンカチを取り出し、目元、口元、首筋と拭いていく。

露出している二の腕を拭いたかと思うと、赤いフレアスカートの中の太ももまで、丁寧に拭いていった。

視界に入るその動作に、なんとなく目が行ってしまう。

ノヴァスは見ている俺をどう誤解したのか、

「使うか？」

と、自分を拭いた後のハンカチを丁寧にたたみ直して差し出してきた。

「使うわけない」

ぶっきらぼうな返答に自分でも驚いた。

ノヴァスはそうか、というと背を向けて両手で水を吸った髪を振り払って落ち着かせようとしている。

急にすっきりとした柑橘系の香りが部屋に広がった。

俺は壁に背を預けて床に腰を落ち着け、ノヴァスは目の前にあったベッドに腰かけた。

少し離れているものの、向かい合う形になってしまう。

「カジカ、お前に謝りたいことがある」

ノヴァスは蒼穹の瞳を俺に合わせて揺らさない。

「――聞こう」

「シルエラのことで、その、お前を笑って済まなかった。馬鹿にするつもりではなくて、その……エブスの言い方がおかしくて……」

ノヴァスが珍しく言い淀んだ。

「もういい」

「お前を傷つけてしまって、ずっと……え？」

ノヴァスがきょとんとする。

「もういいと言ったんだ」

「……許してくれるということか」

「ああ。だからもう過去のことを掘り返すのはやめにしないか。思い出すのもうざくてな」

ノヴァスが大きく息を吐くと、その顔に小さな笑みを灯した。

「……お前は私を罵らないんだな。あれだけ笑った私に、言いたかったことはないのか」

ノヴァスがじっと俺を見ている。

もちろんなかったわけではない。

だがあの日、冷え切った身体で必死に謝罪する様子や、殺すがいいとまで自分で言う姿に俺はすっかり毒気を抜かれてしまっていたのだった。

「一つ言うとすれば、あんな、ネジが取れたように笑うお前が新鮮だった」

「なっ」

俺はもう、こんなことを言えるまでノヴァスを許していた。

ノヴァスが苺のように顔を真っ赤にしていた。

「――むしろ感謝しなければならない。あの時、ウルフの群れから命を助けてもらったのは間違いのない事実だからな」

それを聞いたノヴァスが、やっと頬を緩めた。

「まったく……あの時は運が良かったよ。お前を観察している時でよかった」

ノヴァスが小さく口を尖らせる。

「……観察？」

俺は眼を瞬《しばたた》かせた。

「彩葉様が言っていた、不思議な奴だったからな。初めて街を出る姿を見かけたから、どれだけの者か見極めようと思っていたのだ」

嫌な予感がして、俺は先手を打った。

「俺はただのデブな乞食だぜ」

ノヴァスは苦笑したのち、すっと立ち上がると、ゆっくり俺のそばに歩いてきた。

「確かに最初に見たとき、お前は飼料とそのあたりに生えている野草を食べて暮らしていた。あんな最低辺の生活で、どうして小さくならないのか、見るたび不思議だったよ。稼ぎは薪割りしかしないで、街から出ずに暮らしている有名な奴だという。哀れな奴だと思ったが、そのくせ我々の救済は頑《かたく》なに断っていたな。まあそれはいいんだが」

俺は口を挟まずに聞くことにした。ノヴァスは俺の目の前まで来ると、足を崩して横坐りした。

果物の爽やかな香りがふっと漂った。

「『乙女の祈り』に加入したシルエラからお前のことは聞いた。あんな乞食のような生活をしていたくせに、シルエラに三金貨も渡したという。さらにシルエラは、初心者のくせに習得していない古代語魔法の性能や使い方を事細かに知っていた。『乙女の祈り』にも一次転職を済ませた魔術師系職業の者が四人いたが、シルエラ以上に知っている者はいなかったのだ。誰にそんなことを聞いたのかと問えば、お前だという」

確かにそのとおりだった。

デスゲーム化した時期だったのもあり、知識一つで生き死にに関わると思っていた俺は、はばかることなく伝えた覚えがある。

「だが高位のプレイヤーなのかと思って見ていれば、ウルフたちと戦うのを見てもいまいちぱっとしない。斧を使っていたから火力職《アタッカー》なのだろう？　前も言ったが【斬撃】すら使えないようだった。いや、お前の場合は使わないと言ったほうが正しいのか？　本当は魔術師なのかもしれないしな」

ノヴァスは首を傾げて、俺の顔をまっすぐ覗き込んだ。真っ青な二つの碧眼が俺を捉える。

「街の図書館に行けば誰でも得られる知識だぜ」

俺はごまかしを図る。だがノヴァスは逆に悪戯っぽい笑みを浮かべた。

「家畜用の飼料を食べている奴が二五銀貨も払って、街の図書館に入るのか？」

ノヴァスがくすりと笑う。

「まあ彩葉様ともども、お前を買いかぶり過ぎていたのはあのウルフたちの一戦でよくわかったよ。それは認めよう。大方、別のキャラクターが高レベルだったとか、そういう話だろう」

ウルフとの一戦はさすがのノヴァスも演技には見えなかったのだろう。

俺が疑いなく、雑魚なのだと判断した根拠になっているようだ。

「――ああ、そうだ」

ノヴァスは思い出したように言うと、アイテムボックスから何かを取り出す。

「これを返そう。あの時は済まなかったな」

そう言ってノヴァスが差し出したのは、予想もしていない物だった。

ひどく使い古された、黒ずんでいる石斧。

（なっ……）

目が点になった。

胸の奥が痛くなり、驚愕している自分を、取り繕うことができない。

一見しただけでわかった。

これは……俺が使っていた斧だ。エブスに投げ捨てられ、背の高い木の上に突き刺さったのが見えた、あれだった。

「あのあとすぐにこの石斧を探しに行ったのだが、手間取ってな。見つけた頃には一週間近く経っていた」

「まさか……あの木の上まで？」

言葉が、呆然とする俺の口を勝手について出ていた。

「あはは、知っていたのか。木登りなんて小さいころ以来だったから怖かったよ。間違って落ちた時に、みんなになんて言い訳しようか、そればかり考えてた」

ぽかんとしている俺を、ノヴァスはまるで夏の月のように微笑んだ。

「だがやっと石斧を持ってお前の寝床に行ったら、夜なのにがらんどうだった。寝床はそのまま残っているのに、だ。何日待っても同じまま。もう頭が真っ白になったよ」

ノヴァスは思い出したように少し遠い眼をする。

「お前の行きそうな所をくまなく探し回ったのだが、いなかった。もともと金がなかったところに石斧を奪われたのだ」

ノヴァスが胸に手を当てて、言った。

「――死なせてしまったのだと思った」

ノヴァスは早くなりつつある呼吸を整えているようだった。

ちょうど俺が奴隷狩りに遭って初期村を去った頃の話だろう。確かにあの時は戻る気になれず、寝床は放置した。

「餓死したのかもしれないし、石斧を探しに行って、ウルフに喰われてしまったのかもしれない。いずれにしろ、エブスを止められなかった私が殺したようなものだと思った。あの時、無理やりにでも、金貨をもたせればよかった。あんなに悔やんだことなど、なかったよ。人助けをするためにこのギルドに入ったのに、……死に……追いやるなんて」

ノヴァスが顔を紅潮させたかと思うと、唐突にほろりと涙をこぼした。

「――だから、生きていたお前をこの街で見かけて、本当に驚いたけど、心底嬉しかった」

ノヴァスは涙を拭くことなく、赤い眼をしたまま笑った。

なぜかそれがすごく大人っぽく見えた。

（……そういうことだったのか）

だから詩織の店で会ったあの日、俺に駆け寄り、第一声が「弱いから死んだかと思っていたぞ」だったのか。

その言葉の裏に、どれだけ心配してくれていたのか、一欠片ほども気付かなかった。

俺はただ、ノヴァスを見て怒りを再燃していただけだったというのに。

「わかっただろう？　そういう訳で、せっかく生きていたお前には死なないでほしいのだ。お前の気持ちは痛いほどわかるが、死んでは何もかも終わりだぞ？　明日の決闘なんてやめてどこかへ逃げたらどうだ？　ミッドシューベルのほうとか、小さな村はいっぱいある。ひっそり暮らすことなんて、簡単にできるさ」

ノヴァスが頬にかかる髪を押さえながら、潤んだままの目で俺を覗き込んだ。

俺はその目を見つめ返す。

「一つ聞いていいか。それは『乙女の祈り』の仕事の延長として言っているのか？　それともお前個人の感情からなのか？」

話をつづける前に、確認したかった。

「……どっちだっていいだろう」

ノヴァスは急に目を泳がせると、髪を揺らして俯いた。

「よくないから聞いている」

「いい」

「よくない」

「……」

ノヴァスが口を貝のように閉ざす。

その様子を見て、俺は大きく息を吐いた。

「……負けると決まったわけじゃないさ」

俺は自分で脱線させた話を戻した。

「私から見て、お前には一〇〇%勝ち目はないぞ。それでも逃げる気はないというのだな?」

「ああ」

「――そう言うと思ったよ。だから隠れる場所も教えたのだがな」

ノヴァスが伏し目になる。

「……だがお前を守るのに、もっと確実な方法を見つけた」

「確実?」

「さて、つい話しているうちに、時間がなくなってしまったな」

ノヴァスがふわりと立ち上がり、半歩下がる。

そしてすらりと片手半剣《バスタードソード》を抜いた。

以前見たものとは違い、B級武器のミスリル性になっている。

「私が何をしようとしているか、わかるか」

ノヴァスがさっきまでと変わらない、優しい笑みを浮かべていた。

「――そういうことか」

俺は座ったまま、動かない。

「エブスは強いぞ。『ＫＡＺＵ』にいるだけのことはある。まして逃げ足の遅いお前は、見るも無残に惨殺されてしまうに違いない。私もお前の気持ちを聞いて何度も考え直そうとしたが、これ以外に方法がない」

ノヴァスが座っている俺の鼻先に向かって、ぴたりと片手半剣《バスタードソード》を突きつけた。

「今日、私がお前を半殺しにする。明日参加できないほどにな。あとはミハルネの奴が止めてくれるだろう。その後は適当に約束を延期しろ。その後は馬車でも何でも私が手配してやろう」

「……それで決闘の前日に俺と会う約束をしたんだな」

ノヴァスはふふ、と笑うのみだった。

「心配するな。今度こそ、私がお前を守ってやろう。かわりと言ってはなんだが、武器を持って私を斬るがいい。お前はさぞかし私が憎いだろうからな。躱《かわ》さないから好きにしろ」

ノヴァスがこんな時なのに穏やかに笑った。

心が澄んでいる人しかできない、優しい笑みだった。

(躱さないから好きにしろ、だと)

胸の奥が熱くなる。

なんなのだ、と思った。

どうしてそこまで思いやることができるのだろう。

俺なんかに必死に関わろうとしてくれるのだろう。

自分が恨まれていることも厭わずに、その身一つを目一杯に使って助けようとする姿。

あの高笑いしていたノヴァスが、殺してやりたいほど憎んでいたノヴァスが、こんなに温かい人だとは、思わなかった。

我慢していた涙が、溢れた。

「さあ、私にできるのはこれぐらいだ。最後の餞別だと思って受け取るがいい」

LOADING

さっきまでノヴァスが座っていたベッドに、小さく飛んだ俺の血が飛び、ところどころ斑点状になっている。だが、凄惨に見えるのはそのベッドだけだった。

あれから一〇分ほどが過ぎている。

俺はあぐらをかいて座ったままだった。

それにしてもノヴァスの剣は、殺意が皆無でいちいち優しすぎた。

急所をことごとく外れ、出血だけが目立っている。

見る者が見ればすぐそうとわかる傷ばかりだ。

実はまだ、俺のＨＰは八割以上を残している。

「……なぜお前は戦わないのだ？」

ノヴァスが再び剣を突き付けながら、その整った顔に思案の色を浮かべた。

「――必要がない」

「武器ぐらい持て。私が憎い上に斬られっぱなしでは悔しいだろう？」

「……お前は俺のために斬ってくれているんだ。違うか？」

俺はノヴァスをまっすぐに見た。

「……うるさい！　気分が悪いだけだ！　一方的に斬るのが」

頬を染めたノヴァスが勢いよく剣を振り上げる。

しかし、ふいに振り下ろそうとしていたそれが、宙でぴたりと止まった。

何かに気付いたようだった。

「――カジカ、そういえばお前、黒の外套が好きなのだな」

ノヴァスは俺が斬られる前に脱ぎ捨てた黒い外套を眼で示した。

「別に好きというわけじゃないがな」

「斬られる前に脱いでおくとは、相当大事にしているようだ」

「そりゃ買ったばかりだからな」

正直に言った。

外套はローブと違って耐久度が低い。また買いに行くのはごめんだった。

「そうか。それを見て、たった今思い出したよ。お前に会ったら聞こうと思っていたんだ」

急にノヴァスが目を尖らせたのがわかった。

「なんだ？」

「以前、お前はシルエラに黒い外套を貸したことがあったそうだな」

ノヴァスは随分と古い話を持ち出した。

「……ああ、そう言えば貸したままだったな。忘れていた」

俺は何も考えずに答えていた。

「そうか……やはりあれはお前のものなんだな？」

ノヴァスの眼に、何かを確信したようなものが宿った。

嫌な予感がした。

その割に、話の意図が見えない。

今の言い方、直接見せてもらったということだろうか。

(まさかポケットに上級アイテムでも入りっぱなしになっていたか)

あの外套はシルエラが寝る時に木の上から降ってくる虫除けに使っていた。ただそれだけのものだ。

俺は持っていたことすら忘れていた。

だがいくらなんでもそれだけで、俺の正体を探るような話にはならないだろう。

もしそんなアイテムが混ざっていたとしても、後から入ることはいくらでも考えられる。俺が知らないと言い切れば、それまでのはずだ。

この会話は恐れるほどの内容ではないと踏んだ。

「……そうだよ」

俺は動揺を悟られないよう、できるだけ平然と答えた。

「盗んだり拾ったりしたものではなく、お前のものなんだな？」

「くどいな。そんなに念押ししなくても俺の……」

背中を冷たいものが、すっと流れた。

ここでやっと、ノヴァスが何を言いたいのか気付いた。

一瞬前に口をついて出た言葉を、引っ張ってでもひきずり戻したいと思ったのは、初めてだった。

ノヴァスはくすりとも笑わずに俺を凝視している。

「そうか。あれを見て不思議に思っていたのだ。……それで、お前にあれが着れるのか？」

「……」

頭がしびれてしまい、言葉が出なかった。

「どうした？　盗んだものでも、拾ったものでもないと今自分の口で否定したばかりだぞ」

ノヴァスの言葉は短刀のように閃《ひらめ》いていた。

あとで考えればいくらでも言い訳できたのだが、この時はノヴァスが一枚上手だった。

そう。あの黒い外套は、カミュだった頃に羽織っていたもの。

サイズがまったく異なっているのだ。

「私をいらなかったと言っていた詩織殿の件といい、ちゃんと言い訳できていないな。お前、何か隠しているだろう？」

柔らかかった空気が、急に張り詰めていく。

ノヴァスは口を閉ざしたまま俺を見ている。

その透き通った碧眼は俺を捉えたまま離さない。まるで小さな嘘も逃すまいとしているようだ。

「どうした？　言えないことでもあるのか？」

ノヴァスが振り上げていた剣を静かに下して、俺を見透かすように見つめた。

研ぎ澄まされたような静けさの中、カタカタと窓が風に揺られて音を立てている。

「……気にするな。どうせ明日で終わりの身だ」

言うに事欠いた俺は、結局それを否定できなかった。

ノヴァスは剣をしまい、また大きな溜息をつく。

「そうか。その自覚はあるのだな。私は終わらせるつもりはなかったのだが……」

そして諦めたように、ノヴァスはふっと笑った。

俺はメニュー画面の時刻を確認した。

もう終了までは三分もない。俺は話を変えることにした。

「ノヴァス、その前に俺が勝った時の約束をしないか」

「勝つ？　お前まだそんなことを言っているのか」

「一つ、約束をしてほしい」

「これで明日は戦わなくて済むはずだ。万が一決闘があったとしてもお前は負ける。無駄な話はしない主義だ」

「だから、万が一さ」

「お前は相当めでたい男だな……」

ため息をつく姿が、さっきまでと違って少しだけ愛おしく感じた。

「お前、キスはしたことあるか？」

俺は頬を流れる血をぬぐいながら、笑った。

「……こんな時に何を言っているんだ、お前は」

ノヴァスがその美しい眉をひそめた。

「情けないな、あるのか、ないのかぐらい、はっきり言えないのか」

こういう言い方に弱いのはわかっていた。

「そ、そんなもの、ないに決まってる！」

あからさまに動揺しながらも答えるノヴァス。嘘ではなさそうだ。

「よし。じゃあ俺が明日戦うことになって、生きて出てきたら、褒美にお前のファーストキスを頂く。約束しろ」

ノヴァスにとって、俺のような奴にファーストキスを奪われることは相当な屈辱に違いない。高笑いされた仕返しにはちょうど良いかもしれない。

そう思っていた。

「……それだけの傷だ。ミハルネが中止にしてくれるさ。それ以上下らないことばかり言っていると、今日のうちに殺してしまうぞ」

ノヴァスが顔を上げて、剣を鳴らす。

その眼は気のせいか充血していた。

「万が一の話ですら約束できないのか」

俺がもう一度突き付けると、ノヴァスは戸惑いながらも小さく頷いてくれた。

そして、震えそうになる唇を隠すように笑ったように見えた。

「よし。約束だからな。忘れるなよ！」

その直後、俺たちは光に包まれ、外域闘技場《テンポラリコロシアム》を追い出された。

「済まなかった。動かないで待っているんだぞ。すぐ戻るからな」

石の塔の上に戻るやいなや、ノヴァスは救助を呼びに階段を降りていった。

あぐらをかいていた俺は、打って変わった氷のような石畳にぶるりと震えた。

ＨＰバー、不可視にしておいてよかった。

ＨＰバーがあったら、俺はもっともっと怪我を負わなければならなかったし、ノヴァスも俺の謎に気付いたかもしれない。

回復職《ヒーラー》を待つまでもなかった。

ノヴァスの優しすぎた剣はたいした深手となっておらず、あっさり第七位階ＨＰ回復薬《ポーション》で全快していた。俺は立ち上がって伸びをする。

ノヴァスはしばらくして『乙女の祈り』の回復職《ヒーラー》を呼んできた。一緒についてきたミハルネは真剣な表情をしていたが、俺を見るなり、眉をピクッとさせた。ノヴァスの話と違うことに気付いたのだろう。

俺は、今、高位の回復職の人がここから出てきて……ととっさに嘘をついた。

ノヴァスの企みは、俺の正体を見破れなかった時点で失敗だったのだ。

LOADING

エブスとの決闘の日。

空には真っ白な雲が分厚くかかっている。もうすぐ正午だが、陽の光は時折、雲間の針穴のような隙間から線のように差すのみで、すぐに顔を隠す、今日はそんな冬の日である。

薄暗い石の塔の階段を上りながら、鳥肌の立っている自分の両腕を、ローブの上からさすった。

昨日と同じように、屋上には青色の光を放つゲートが佇んでいた。

暗い世界に慣れた目がなかなか馴染まず、ゲートの青い光をちらちらと遮るものが何か、すぐにはわからなかった。

人だった。

ギルド『KAZU』の連中が見送りに来たのか、ぞろぞろと転移ゲートを囲んでいる。

わざわざエブスを応援しにこんなところまで来たようだ。

「よぅ、やっときたか。待ちきれねえ用事がこの後あるんでな。さっさと済ませますぜ」

オールバックの黒髪を撫でつけながら、薄笑いを浮かべたエブスがウズウズした様子で言う。

エブスは先日と同じA級装備の高純度ミスリル重鎧《プレートメイル》を身にまとい、手にはA級装備の不撓の斧を持っていた。兜は被っていない。

先日は大丈夫だったのに、今日はエブスの顔を見て、俺は体が震え、痛いほど胸が打つのを感じていた。

今まで抑えていた怒りが滾り、制御できないほどになっている。

俺は大きく息を吸って早くなりがちな呼吸を整えると、メニュー画面で時刻を確認した。

まだ予定より一五分以上早い。だが早いのは俺にとっても利点が多かった。

「いいだろう」

言いながら設定画面を確認した。
・ステージ　無人の村
・パーティ人数　一
・制限時間　一五分
・ＨＰバー　不可視
・観戦　禁止
俺が望む通りの設定になっていた。

ステージもすでに無人の村が選ばれており、問題ない。

エブスは俺を惨殺し、自分の勝利を見せびらかしたいだろうから、観戦は許可にしてくると思っていた。何らかの説得が必要と思っていたが、幸い取り越し苦労だったようだ。

ちらりと見たエブスは、にやけながらも俺とは目を合わせなかった。

「じゃあ入るぞ」

俺はいつもの様に転移ゲートをくぐる。

入るときに、ヒヒヒ、という忍び笑いが聞こえた気がした。

俺は転移を終え、昨日と同じ無人の村に降り立った。

こちらも今は昼前のようだ。

昨日と同じ風景だった。ただ雨は止み、今日は晴れ上がっている。

草木が雨に濡れた跡が残っていて、滴が草花の上で光っていた。

いつもの癖で設定を確認した俺は、唖然とした。

数秒前に設定確認した項目が一つだけ変わっている。

プレイヤー人数が一対一〇になっていた。

(入る瞬間で設定をかえたのか)

片方のチームがゲートをくぐった時点で設定は固定される。だがその前までは変更が可能だ。デスゲーム化する以前、外域決闘場《テンポラリコロシアム》はスポーツマンシップにのっとり利用されていたので、こういった悪意に満ちた反則はなかった。あった場合は迫害されて自分で自分の首を締めるだけだったからだ。

幸いＨＰバーは不可視、観戦は禁止のままになっている。観戦許可のままであれば、一対一〇になっている事を観戦者に気付かれるから、エブスにとってもここは肝《きも》だったに違いない。

(……まあいい)

目の前にはエブスと他に四人ほどが立っていた。エブスの顔には一層歪んだ笑いが浮かんでいる。

皮装備を纏った格闘系職業が二人、盾を持つ重装備をした盾系職業が一人、魔術師系職業が一人である。

　その中で、盾職の男だけが低純度ミスリルで作られたB級装備で身を固めている。

　ほかは皆C級装備である。

　他に【上位索敵】にひっかかる五人がぽつり、ぽつりと俺の周辺に囲むように姿を隠して存在している。

　俺の頭の中で警笛が鳴っている。

　あのぞろぞろいた連中がすべて入ってきたと考えるべきだ。

「ククク、気付いたようだな。だがルール違反じゃないぜ。一対一なんて最初から聞いてないからな」

　エブスがぱちんと指を鳴らすと、あたりから弓を構えた男が五人、付近の屋根上から姿を表した。

（革鎧《レザーアーマー》。本物の弓使いで良いようだな）

　俺は一〇人すべてを確認でき、安堵した。

（わかっていないな、一人でも隠しておけば心理的に追い込めたものを）

　最初の狙いを目の前の魔術師に定める。

「さてさて、お前が俺に決闘を申し込むとは、相当なズルを仕掛けているんだろうなあ！　ククク、何を企んでいるか知らんが、さっさと終わらせてノヴァスさんを朝まで呻かせるか」

　エブスが口元の涎を拭きながら、恍惚として続けた。

「兄貴ぃ、俺らにもお願いしますぜ。そういう約束でさぁ……ククク」

「……なんだと？」

聞き捨てならなかった。

「クク、お前は知らなかったか。俺がノヴァスさんのあんな無茶な約束をタダで引き受ける訳ねぇだろう！　あの後、交換条件を出したら、ノヴァスさんは二つ返事で引き受けてくれたぜ。あの触らせねぇ女を、まさかこんなことですんなり抱けることになるとは思わなかったぜ！　お前には感謝しても足りねえよ！　待ち遠しいぜ……　ハアハア」

エブスは言いながら、さかりのついた表情を隠そうともしなかった。

約束？　まさか……

――二人とも待て！　せめて戦う時間は一番短い一五分にしてくれ。そしてエブス、約束してくれ。もし引き分けて終了したら、もう二度とカジカに手を出さないと。

あれのことか……。

確かにあの時は、エブスがずいぶんすんなりと引き受けたと感じていた。

胸にべったりと冷たいものが張り付き、俺の呼吸を激しく乱した。

そんなことはおくびにも出さなかったノヴァス。

（……いや、言われてみれば）

そうだ。

昨日俺が、あんな奴が約束を守るとは思えない、とエブスを鼻で笑った時、ノヴァスは不自然なほど自信を持ってそれを否定していた。

（くそっ）

なぜ気づかなかったのだろう。

ファーストキスを約束した時の、あいまいに微笑んだ顔が浮かんだ。

俺とのキスなんか、どうでも良くなるほどの誓い。

はっきりとした未来にある凌辱への苦悩。

（ノヴァスはあの微笑みの裏にそれを……）

千切れるほどの切なさが込み上げ、それが俺の心で猛烈な怒気に変わった。

許さない。

――俺が何者か、身をもって知るがいい。

「ガハハハ……っておい、なんだ？　赤茶の装備つけたあいつ、誰だよ？　白豚どこ行きやがった？」

エブスが仲間に言いながら眼を擦っている。

ああやって本当に眼を擦る奴を、初めて見た。

「なあ、白豚がゲートに入るの、お前も見たよな？　っていうか今、あいつ目の前にいたよな？」

「アルマデル？　なんだこいつ？　最高位の認知妨害してやがる。装備がわかんねぇ」

「兄貴、相手のプレイヤー人数はやっぱり一ですぜ」

周りにいた仲間たちも混乱している。エブスを兄貴と呼んでいるのは盾職の男だ。

「あいつ、知らねえバグとか利用して用心棒でも入れたな？　とりあえず白豚はいつでも殺せる。あの仮面野郎を先に倒すぞ」

エブスの表情が曇り、舌打ちしながら言った。

そこで盾職の男が俺に広刃の剣《ブロードソード》を向け、喜々として言った。

「エブスの兄貴、あいつのあの構え方、糸ですぜ！」

それを耳にしたエブスに、元気いっぱいの笑顔が戻る。

「糸？　糸だと?!　ガハハ！　そんな希少種まだいたのかよ！　糸！　おい糸だってよ！」

エブスたちがどっと笑い出す。

「あれ、確か……糸系職業って全サーバーで一人とかじゃなかったですかい」

エブスの傍にいた男の一人が腹を抱えて笑いながら、思いがけず重大な事実に近づいた。

「一人かよ！　いやはや、こんなところで無駄な運使っちまったじゃねえか」

だがエブスがそんなことには気付かず、高笑いしている。

糸系職業は全サーバーを通して一人しかいない。

これは目の前の男が、自然と一人の存在に結び付くということ。

俺は【死神の腕】を露出させる。死神の薙糸一〇本と闇精霊の王《シェードロード》の弦糸を使って、エブスの隣りにいた魔術師を攻撃した。死の糸が、音もなく魔術師に忍び寄る。

「ヒャハハハ……ひっ……？」

魔術師が巻き付いてくる不思議な感触に顔を引きつらせる。

珍しく、首での剪断が生じた。

「糸？　い、いいいい、糸？　糸？」

隣の男の落ちゆく頭部を見ながら、エブスが壊れた機械のように同じ言葉を繰り返す。

そう。糸を使うただ一人の存在。

それはアルカナボス《死神》を単独撃破した者。

そして、全サーバー統合ＰＶＰ《対人戦》大会の優勝者。

「——どうした？　もう始まっているぞ」

言いながら、すぐに俺は屋根の上の男たちを眼で捉える。

俺の攻撃可能範囲は【最上級糸武器マスタリー】に支援され、三五メートルである。

屋根の上に立つ男たちはそうとは知らず、自分だけの攻撃範囲だと思っているのだろう。

無防備に体をさらして弓矢を構えている。

(個別に潰すか)

一人ずつ集中して二〇本の闇精霊の王《シェードロード》の弦糸を放つ。

男の頭部に見通せない【漆黒の闇】がまとわりつき、革鎧《レザーアーマー》ごと切り裂き、右腕が肘先からぼとっ、と落ちる。

男は運よくＨＰを残したようだった。

しかし視界と位置感覚を失っては、傾斜した屋根に立っていられない。風に吹かれただけで落ちていった。

飛来してくる矢は【認知加速】で容易に捉えることができた。キラーウルフより少し早い程度である。躱しつつ、矢には緑色の毒が塗られているのがはっきりと見てとれた。

冷静に糸の効果を見ると、【漆黒の闇】に抵抗できている者はいなかった。やはり魔力を上げる事で俺の状態異常攻撃は抵抗できなくなっているようだ。もしくは、弱すぎるか。

エブスたちが呆然としているうちに、屋根に乗っている弓使いを次々と引きずり落としていく。

そうしながらもエブスたちの反応を見て、俺は忍び笑いをもらしていた。

「え、エブスの兄貴！　あいつ、四本腕ですぜ！」

盾職の男が裏返った声で叫ぶ。

「四本腕……？　糸使い……ま、まままま、まさか!?」

「あいつ、まさか第二サーバーの……」

「せ、【剪断の手】……!?」

格闘系職業の男二人が顔を見合わせて騒ぎ始める。

「うっ、うるせえ！　そんな奴を白豚が連れてこれるわけねえだろ！　矢を射かけろ！　毒にかかればどんな奴だって関係ねぇ！」

エブスが騒ぐ仲間を一喝する。

「兄貴、ライゲンたちが、矢を射る連中がもうひとりしかいねぇですぜ！」

盾職の男があからさまに冷静さを欠いて叫んだ。

「んなわけねえだろ！　あそこから屋根上に攻撃が届くわけねぇ……」

エブスが隣にいた盾職の男に唾を飛ばす。

「あ、兄貴！　届きましたぁ！」

宅配便か。

最後の弓使いが俺の糸に拘束され、頭部を【漆黒の闇】に覆われる。

ふらついた弓使いは足を滑らせ、エブスたちの眼の前に落ちてくると、ぐしゃりと音を立てた。

見ている間にぴくぴく痙攣して、動かなくなる。

「な、なんでだよ……！」

エブスが信じられないと言った表情で、痙攣している亡骸を見下ろす。

「かかってこないのか？　驚かれてばかりじゃあ、こちらがつまらん」

俺は眼の前の敵だけになったのを確認し、エブスたちに詰め寄っていく。

「ざけやがって……。どけ！　俺が出る」

業を煮やしたエブスが、額に血管を浮かせながら前に出る。


「あ、兄貴が……やべぇマジギレしてるぜ……」

盾職の男が表情を失い、怯えたように後ずさりながら口走った。

俺よりもエブスが恐ろしいようだ。

「部下どもをあっさりと片付けやがって……てめえはなかなか出来るようじゃねえか。まさか本物の【剪断の手】とはな。だがなんでお前みたいなやつが、白豚の用心棒をしてやがる？」

何か誤解しているようだ。

無言でいると、エブスがすっと腰を落とし、斧頭を背中に隠すように斧を構える。

その姿に、以前深く心に刻まれた恐怖が掘り出されるようにのそりと顔を出した。

「……黙秘か？　クク、まあいい。俺様はこいつらとは桁が違うぜ。『ＫＡＺＵ』の副団長、狂戦士《バーサーカー》のエブス様だ。覚えておけ。どうせ死んじまうだろうがなあ！」

俺は恐怖を鎮め、油断なく構えた。

エブスの実力がどの程度か、見極める必要がある。

少なくともノヴァスがあれだけ強いと繰り返す相手だ。俺とて油断は出来ない。

狂戦士《バーサーカー》は第九位階アビリティである【怒りの降臨《ポゼストフューリー》】を使うようになると常時攻撃力と敏捷度が上昇する。

これは捨て身ではあるものの、非常に厄介である。

重ねて、第十位階以上のアビリティを俺は知らないので、エブスがそこに到達していれば、さらに厳しい戦いになるだろう。

「行くぜ！　【大鎚強打《ハンマークラッシュ》】」

エブスが突っ込んでくる。

「おおぉ！　最初から兄貴が必殺技だ！」

「エブスさんマジ本気だ！」

エブスの後ろから歓声が上がる。

（……え？）

驚いた俺の耳が、もげて落ちるかと思った。

初手が【大鎚強打《ハンマークラッシュ》】？

聞いたことがない。

しかもこれが必殺技……？

俺の知っている第四位階のものだろうか。【怒りの降臨《ポゼストフューリー》】を温存するのは何か理由がある？　第七位階の【巨人の力《タイタンズアーム》】を使って力を溜める様子もない。

この半年で現れた新しい戦術か？

（くそ、読み切れない）

謎が謎を呼んでいる。

エブスほどの相手では裏の裏をかいてくる可能性がある。

俺は臨機応変に対応できるよう、斧の軌道を読む。

【大鎚強打《ハンマークラッシュ》】は一見唐竹割りのイメージが強いが、このゲームでは大振りの横薙ぎである。モンスター相手ではいざ知らず、プレイヤーには躱されやすくてあまり使用しないものだ。

（いや、第十位階以上に隠された上位互換かもしれない）

エブスが向かって来る。

斧が迫る。

まだ来ない。

まだ来ない。

（お、遅すぎる……）

……口から呆れたように欠伸《あくび》が出た。

やっと俺の知っている軌道に斧が乗り、やってくる。俺は早すぎるぐらいで半歩身を引き、体を捻って避けた。

それを見たエブスがニヤリとした。

「俺の初撃を完全に躱した奴は久しぶりだ。なかなかやるじゃねえか」

（……は？）

開いた口が、塞がらなかった。

「は、ハハハ……！　あの野郎、兄貴の攻撃で腰抜かしそうだぜ！」

「あいつ、なんて顔してやがる！　マジ慄《おのの》いてるぜ！」

盾職の男たちが急に安心したように笑い始める。エブスが振り向いて三人にグッと親指を立てた。

「ククク、すまんすまん。最初にしちゃあ、ちょっと激しすぎたな。まあ気にするな。俺の【大鎚強打《ハンマークラッシュ》】を見た奴は、みんな同じ反応をしやがるからな。気持ちはよくわかるぜ」

エブスは、何か誤解している。

「さあ、面白いもの見せてやるぜ。驚くがいい。これが狂戦士《バーサーカー》の実力だ。続けて行くぜ！【恐怖の咆哮《テラブルシャウト》】」

「おおぉぉ！　兄貴の咆哮！　ドラゴン並だぜ！」

「きたきたぁぁ！」

拳を振り上げて盛り上がる後方席。

（……な）

狂戦士《バーサーカー》が持つアビリティで、五秒間（対プレイヤーでは二・五秒）恐慌状態に陥れ、怯えてウロウロと逃げ回ってしまう範囲精神攻撃である。

俺が知っている限り、さっきと同じ第四位階にあるものだ。

低レベルにありながら行動制限効果が大きく、さらに範囲攻撃であることが特筆すべきアビリティだ。確かに決まれば大きいのだが、レベル差のないPVP《対人戦》では八割以上で完全抵抗されてしまうと言われている。

PVP《対人戦》をしていた連中はMPの無駄遣いとばかりに用いてこなかったので、これを選んできたのは意外だった。

エブスから発せられる闘気のようなものが鈍く輝く衝撃となって俺に迫って来る。

（まさか、これこそ高位の上級互換か）

このタイミングで出してくるのなら、あり得る。

万が一でもこれをくらえば最低でも二・五秒、無防備な隙を見せてしまう。

俺は予想外の攻撃にたじろぎながらも、精神を集中させる。

エブスの闘気が俺に接近する。

（まずい……！）

額を冷たい汗が流れた。

頼みにしていたアルマデルの経典の能力の、魔法完全防御が失敗したのだ。

まずい。二・五秒の隙は大きすぎる。

俺はせめて自力で抵抗しようと意識を集中する。うまくいけばまれに完全抵抗、部分抵抗でも効果を半分にできる。

そうしているうちにエブスの闘気が俺を打った。

俺は必死で正気を保とうと眉間に力を入れる。

次の瞬間、ふわりとそれが俺を撫でた。

ただの心地よい、そよ風だった。

振り返る俺の背後を、エブスの闘気がそっと通り過ぎていく。

あまりの出来事に呼吸を忘れていた。

「これが……ドラゴン並……」

俺は呟いていた。防いだ機序がよくわからなかったが、完全抵抗している。

「ほう、また抵抗に成功とは。さすが【剪断の手】。俺様の二手目も凌ぐ奴は初めてだ。だがお前、驚き過ぎで顎がはずれそうだぜぇ？　そんなあからさまな反応されちまうとなぁ。全く、ドラゴンの咆哮とはよく言ったものだぜ……ガハハハ」

「さすが副団長の兄貴だ……。たった二撃で、もうあんなに追い詰めている」

「ドラゴンエブスさんすげー！　やっちまえ！」

楽しそうに話しているエブス。

歓喜に震える後ろの三人。

隙だらけなのだが、攻撃していいのだろうか。

「どれ、直接頭を叩き割ってやるぜ！」

エブスが大斧を担ぎながら突進してくる。

意図が読めない。

（なにをする気だ？）

不撓の斧がエブスの頭上で閃く。そして下ろされる。

度肝を抜かれた。

アビリティですらない、単純な振り下ろしだった。

「ククク、また驚いてやがる……しょうがねえ奴だ」

エブスはこれだけ躱されながらも、喜々として斧を振るう。

確かに、両手でも持てないほどの大斧をぶんぶん振り回されるだけで、恐れ慄《おのの》いてしまう気持ちはわかる。カジカだった頃の俺はこいつを見てそう感じていた。当たればひとたまりもない、と思うと、眼が大斧に釘付けになってしまうのである。

だが【認知加速】した俺は、慄《おのの》くというより、閉口した。

大斧による振り下ろしを躱したところで横薙ぎが来たので、それも跳んで躱す。返しの逆胴がくるが、それも下がって躱す。

「しょうがねぇ！　もう一度見せてやるぜ！　ちびるなよ！　【大鎚強打《ハンマークラッシュ》】」

「出た、二回目！　兄貴の必殺技だ！」

エブスの後ろで、盾職の男がガッツポーズを決めている。

いや、二回目な時点で、必殺技ではないような……。

やはり、正座して飯が食えそうなほど遅い。

大薙ぎの攻撃を俺は跳躍して躱した。

エブスの眼が見開いた。

「ＰＫＫを殺ってきた俺の攻撃を、続けて躱すだと……！」

誤解してばかりだったエブスも、いよいよ理解が進んできたようだった。

だが一瞬青褪めたエブスの顔に、余裕の表情が戻る。

「ククク……アッハッハッハー！　再詠唱時間《リキャストタイム》終了！　近距離でいくぜぇ！　終わりだ！

【恐怖の咆哮《テラブルシャウト》】」

エブスから発せられる猛々しい闘気。彼ら曰く、竜の咆哮《ドラゴンズロアー》。

度重なる、アルマデルの経典の完全魔法防御失敗。

一瞬よぎる不安。

再び訪れる、快適なそよ風。

手を振るように去っていく、エブスの闘気。

「――エブス。凪しかこないぞ。もう一回頼む」

俺は本当の気持ちを言葉にして伝えた。

「……！　て、てててて、てめぇ！」

エブスがみるみる顔を真赤にして怒り出した。

「ふざけんなぁコラァ！」

エブスが叫びながら重鎧を鳴らして突進してくる。

「おおぉ！　あの兄貴が怒りでマジマックスだぜ！　あいつ一五秒ともたねえぜ！」

盾職の男がここぞとばかりに、したり顔で叫んだ。

エブスがさらに斧を横薙ぎにする。

躱す。

振る。

躱す。

想像してほしい。ただの縄跳びだ。

あまりにお粗末な攻撃ばかりだった。

今のエブスは、冷静さすら失っている。

「――おい、これが『ＫＡＺＵ』の副団長の実力か？　ふざけてないでちゃんとやれ」

だがエブスには全く余裕がなかった。汗をだらだらと掻いた青い顔が「全力です」と言っている。

エブスの仲間の男たちは、魂が抜けたように言葉を失っている。

呆れを通り越し、頭が痛くなってきた。

(なんだよ、こんな奴に俺は怯えていたのか)

「ゼェゼェ……ちょ、ちょこまか動いてんじゃねぇ！」

大斧で【脚払い】を仕掛けてくる。

懐かしい。以前これをくらって顔面を打った覚えがあった。

俺は土を掴んでエブスに接近し、跳躍して斧を躱す。

その隙に、エブスの髪を鷲掴みにすると、その眼に土をねじ込んだ。

「ぐあぁぁぁ！　目が、目があぁぁぁ！」

ツボを押さえた言い方で、エブスが両目を掻きむしって転がりまわる。

隙だらけ過ぎて、逆に攻撃するのを躊躇ってしまうレベルだ。

「兄貴！　おい、兄貴がやべぇ。三人がかりで行くぞ！」

盾職の男が格闘系職業の男二人を連れて俺に突っ込んでくる。俺は下がって三本腕で格闘系職業の男二人を糸で縛る。残りの一本の腕で【防御の蜘蛛糸《ディフェンスネット》】をつくり、盾職の接近を防いだ。

「……」

二人は糸で縛られたとたん、切り裂かれて血を流しながらも拳を下ろし、恍惚とした表情を浮かべ始めた。

男性にしか効果のない、サッキュバスクィーンの愛糸による状態異常【魅惑系混乱】である。

「ひっ……あ、兄貴ぃ！」

うっとりとして骨抜きにされた仲間を見て、盾職の男が腰を抜かし、エブスに助けを求める。

「この仮面野郎……俺を本気にさせちまったようだな……！　白豚じゃねえから命まではと思ってい

たが……しょうがねぇ。【怒りの勇気《フューリーズブレイブ》】」

エブスを猛々しい赤いオーラが包む。【怒りの勇気《フューリーズブレイブ》】である。

狂戦士《バーサーカー》第六位階のアビリティで、三〇秒間だけだが攻撃力と斧による衝撃が二〇％増大するものである。だがこれは使用後　五秒間、無防備に呆ける問題があり、使いどころが難しい。

「ぐおおぉ！　きたきた来たぜ！　ぶっ殺す！」

体を赤いオーラに包まれ、迫力を増したエブスが、狂気《フューリー》に憑かれたように異様なほど口角を釣り上げ、俺を見る。

「おおお！　兄貴がＭＡＸを超えた！　これであいつも……三〇秒ぐらいだ！」

盾職の男が剣を掲げ、おおはしゃぎする。

ＭＡＸ超えたくせに地味に延長されている。

「なるほど、やっと本気を出してくれると言うわけか」

言いながら俺は、移動制限の糸に持ち替え放った。

■ドライアード・オブ・ザ・ユドグラシルの蔦
拘束確率　三〇％　拘束　二・二秒／本　持続ダメージ　ＨＰの〇・五％／秒　攻撃力　三五
拘束時　移動不可　六秒　加算あり
ランダムにアビリティ使用を制限する。

レイドボス、ドライアード・オブ・ザ・ユドグラシルを狩ることで得られた糸である。移動不可に加えて、アビリティが一部使用できなくなる、PVP《対人戦》で使いやすい糸だ。

糸は二〇本中五本が拘束に成功した。エブスの重鎧の隙間に切り刻みが発生し、さらに状態異常が追加された。エブスの足元から深緑の蔦《つた》が何本も生えて、下半身をがんじがらめにする。

この状態異常付与により、エブスは三〇秒間、移動できなくなった。

ちょうど糸の効果が切れる頃に【怒りの勇気《フューリーズブレイブ》】も終了し、行動再開時はまっすぐ呆ける予定である。

「ちょ！　おい!?」

「そこでじっとしているんだな」

俺の言葉に、エブスが血相を変えた。

「まてやコラァ！　な、何で動けねえんだよ！　使っちまってからそういうことするなよ！」

猛々しくたぎるオーラを纏ったまま身動きできず、呆然とするエブス。

俺はその間に格闘系職業の男二人に糸を放ち、切り刻む。二人は恍惚としたまま頬を削ぎ落とされ、足を切り落とされていく。

「ひぃぃ！　こいつ本物の【剪断の手】だ！　あ、兄貴ぃ……！」

盾職の男が悲痛な叫びを上げた。見れば凧型《カイトシールド》の盾をこちらに向け、その身をすべて隠すようにかがんでいる。

エブスはと見ると、まだ下半身を蔦にがっちりと束縛されたまま移動できず、同じ場所で黙々と不完全燃焼している。

だがそれも終盤のようで、エブスを包むように大きく燃え上がっていた赤いオーラは、いつのまにか下火を過ぎ、今は線香花火のように、チリチリと優しく燃えていた。

俺は続けて盾職の男に、重鎧の隙間になっている首元を狙ってスポアロードの菌糸を放つ。

糸は凧型の盾《カイトシールド》にぶつかると、それを這う蛇のように沿って流れ、狙った首筋に巻きついていく。

傀儡師の第九位階パッシブアビリティ【蛇の畝り《スネークワインド》】は糸が障害物を這うように投げることができるアビリティである。

「う、嘘ぉっ⁉」

盾職の男の首に巻き付いた糸から拘束が発生し、状態異常が引き起こされた。

「ひっ……ひぃぃぃ！」

盾職の男が自分の首元から次々と増生し始めるキノコをみて半狂乱になる。スポアロードの菌糸の効果である。

「や、やめろぉぉ！」

【掻痒】をきたす不気味なキノコを切り裂こうとしたのか、男は自分の広刃の剣《ブロードソード》で首をつき、ブクブクと血の泡を吹いて倒れてしまった。

（さてと）

生きている敵はエブスただ一人である。

見れば涎を拭いており、今、やっと呆け終わったところのようだ。

「お前、【怒りの降臨《ポゼストフューリー》】を持っていないな？」

言いながらエブスのほうへ近づいていく。

「ポゼス……なんだと？」

エブスは自分の将来取得するアビリティなのに、名前すら知らないようだ。

「第七位階の【巨人の力《タイタンズアーム》】もないな。使った気配がない」

「た、【巨人の力《タイタンズアーム》】を覚醒してる奴なんざ、数えるほどしかいねえだろうが！」

(なるほど。それを知っている程度のレベルか)

エブスのアビリティレベルは七付近と見て間違いないだろう。最終転職後、アビリティ覚醒が進んでいない。

恐らく、入手困難な上級精錬石を手に入れることができないでいたのだろう。

今この時期で、このレベルの男がＰＫギルドの副団長ということは、俺が知っている以前とほとんど変わっていない。つまり俺が乞食として暮らしていた半年は、デスゲーム化したせいでそれほどプレイヤーレベルの底上げには寄与していなかったということだ。

「まあいい。やっと一対一だな」

歩いて近寄っていく俺が、ある一線を超えたのを見て、エブスが唐突に下卑た笑みを浮かべる。

「ク……クク、引っかかったな！」

自分の間合いに入ったのを確認したのだろう、エブスが今までにない勢いで突っ込んでくる。

アビリティ【疾駆《ダッシュ》】を併用したようだ。

「お前でもこれは躱せねえ！　俺の奥の手だァ！」

エブスが大斧を振りかぶり、飛び込んでくる。

おれはその動作から生み出される技をよく知っていた。友人の武器使い《ウェポンディーラー》ササミーが頻繁に使っていたからだ。

「これで死んでくれ！【グランドストライク】」

お星様にでもお願いしたのだろうか。

第五位階のアビリティ【グランドストライク】は地に斧を叩きつけ、衝撃波で半径五メートルの範囲にダメージを与える斧系職業の代名詞的な技である。少々発生が遅いことで有名であり、斧系職業とのＰＶＰ《対人戦》ではそれを見た時点で先に潰すことがセオリーとなっている。

だがエブスの手にある不撓の斧。

ここに大きな罠がある。

Ａ級武器「不撓の斧」には【グランドストライク】の発生時間を〇・八秒短縮し、攻撃範囲を一五％増大させる効果を持っている。そのためこの斧の使い手と戦う場合は、【グランドストライク】を見て迂闊《うかつ》に突っ込んでしまうと破滅的な結果となってしまう。今までＰＫＫを屠り、エブスを強者たらしめたのは、恐らくこの斧の特殊効果のせいと思われる。

だが俺にとっては〇・八秒の短縮など、取るに足らなかった。

【武器拘束】を行い、今にも振り下ろそうとされる不撓の斧を臆せず掴んで【グランドストライク】をキャンセルさせる。

エブスは斧を掲げた姿勢のまま動けなくなり、うそん、という顔をする。

続けて糸が絡んだ大斧から突然、シューという音を立てて白い煙を上げ始める。

あたりを嫌悪感のする臭いが立ち込めた。

「こ、この！　何してやがるてめぇ！」

【巨大蟻の王《アントオブアント》の蟻酸糸】。拘束に成功した糸からは強蟻酸が溢れ出し、装備品を腐蝕し皮膚には化学熱傷を負わせるものだ。

装備品にはそれぞれ耐久度が存在しており、日常使用で徐々に減少していく。

耐久度が〇％になった時点で使用不可能な「損壊武器」となり、高額な修理費用が必要となるため、日ごろの手入れが必要だ。

【巨大蟻の王の蟻酸糸】はその耐久度に直接ダメージを与え、その過程を加速するプレイヤー泣かせの糸である。

俺はその斧の柄を【武器拘束】している糸でぐいと引っ張った。

エブスは俺の力で体勢を崩され、不格好につんのめって倒れそうになる。

「俺が……力で負けるだと!?　ぐわ」

もう一度引っ張ると、土俵際で踏ん張っていたエブスが不格好に顔から転んだ。

見上げた土だらけの顔に、だらだらと鼻血が流れている。

そして唐突に、エブスの隣でなにかがごろりと転がった。

不撓の斧が損壊武器となり、柄のところで折れ、斧頭が落ちたのだった。

エブスが、言葉を失う。

「――エブス。どうだ。俺が怖いか？」

俺は呆けたエブスに正面から近づいていく。

「だ、第四サーバーでは俺たちが最強だったのに……てめぇみたいな奴がどうして白豚なんかの用心棒をしてやがる」

調子の良い誤解をしていたころと比べ、エブスの眼には、はっきりとした怯えが見てとれた。

「何か誤解しているようだなエブス。俺がお前の言う白豚だよ。お前が散々嘲笑ってくれた男だ」

エブスが仰天のあまり目を剥いて、再び鼻血をどぽりと流した。

「ふ、ふざけるな！　お前があの白豚なわけねえだろうが！」

エブスが鼻を押さえながら、信じられないといった様子で叫んだ。

俺は大きく息を吸って、言って聞かせた。

「この街から出てけよ。まあ街の外歩けるほど強くねえか。じゃあ野たれ死ぬしかねえな」

「……え……？」

エブスが血色を失った。

「リンデルに寝取られた発情白豚。これはさすがに覚えているだろう？」

「そ、それは……！」

エブスが俺の言葉に腰を抜かして、ずりずりと後ずさる。

「ま、まさかこいつ……ほんとにあの白豚なのかよ！」

「ところで、白豚とは誰のことを言っている？」

俺は無言でエブスの右手首を狙って糸を放ち続ける。

「ひぃぃ！　ご、ごめんなさい！　やめ、やめて！」

繰り返すこと五回目。

剪断が生じ、拘束されたその先がぽろりと落ちた。

エブスの右腕から鮮血が勢いよく吹き出す。

「うが、うがぁぁ！　と、とととと、とれたぁ、俺の手がぁぁ！」

エブスが涙を流しながら苦痛と恐怖に悶絶する。

「エブス。謝罪のようなものが一切聞こえないが？」

俺は次に左手首を狙う。一回、二回……。

「白豚、いや、カジカ様！　ご、ごめんなさい！　ホントマジで俺が悪かった。俺が調子に乗っていました！」

エブスが蒼白になりながら土下座して謝罪し始めた。

それを横目に、俺は時間を確認する。

（まだ、三分ちょっとあるか）

「ところでエブス」

「はっ」

エブスは急に俺を敬うような真面目な表情を作っている。

「お前はリンデルの行方を知っているか？」

「あいつとシルエラは、しばらく前にピーチメルバ王国に行ったきりだ。司馬王の要請が有ったらしいが、詳細は知らねえ……いや、存じません」

「それ以外にリンデルについて知っていることを言え」

「へぃ！　……あ、あいつぁ、とんでもねえ嫉妬深いやつです。俺達がシルエラと話すだけで、いちいちごちゃごちゃ言ってきやがる。いなくなってせいせいしていたところだ、です」

「ほう。他にはあるか」

俺が興味を持ったのがわかったのか、エブスはニヤリと笑った。

「へへ。それだけです、カジカ様」

「よし。いい情報だった。かわりにすぐ死なせてやろう」

エブスの顔が再び青ざめる。

「え!?　たた、助けてくれるんじゃねえのかよ!?　報告しただろ！」

「自分の胸に聞くんだな」

俺は左手首から、エブスの首に狙いを変えて糸を放ち続ける。一回、二回、三回……。

エブスの首から、切り刻みによる出血が始まる。

「怖いか？　ロシアンルーレットみたいだろう？　悪いが剪断が生じる確率は俺も知らん。六回まで行ったら一旦やめてやろう」

「や、やめ！　いや、いやだぁぁ！」

エブスが這々の体で逃げ始めた。

「死にたくねぇ！　ごぼっ……」

だが四回目の背後から捉えた糸で剪断が生じ、エブスの恐怖に歪んだ顔が地面にごろりと転がった。

▼
07
エピローグ
▲

AKASENU SYOUTAI
-kojikini otosareta itotsukai-

俺は転移ゲートをくぐり、石の塔の屋上に再び姿を現した。
時刻は正午になるところである。
（ふぅ……ひとつ終わったか）
空を見ると、陽は陰ったままどんよりとした昼を迎えている。
汗がひいてくると、寒気が肌を刺し、俺は慌てて黒の外套を羽織った。
そうしているとふいに、近くの木に止まっていた小鳥たちが一斉に飛び立った。
続けて、石段をカカカ、と駆けあがってくる足音が聞こえてくる。
「はぁ、はぁ……」
屋上に現れた女性は息を切らし、乱れた髪を整えながらあたりを見回している。
たっぷりとした髪はブロンドで、肩のところで外側にカールしている。
ノヴァスだった。
恐らく巨大水晶で観戦ができなかったことに気づいたのだろう。
その姿を見た瞬間、胸がずきんと傷んで、抱きしめたい衝動に駆られた。
そんな風に感じるようになっていた自分に驚きながらも、視線を逸らして空を見る。
「カジカ！　か……」
人の存在に気づき、ノヴァスが駆け寄ってきた。
見れば、ノヴァスはエブスでもカジカでもない俺に眼を丸くしている。
「あ、あの……貴殿は？」

ノヴァスの声のトーンが変わった。

俺は今初めて気付いたように、眼を瞬かせた。

そしてノヴァスの顔をまじまじと見て、挨拶を始める。

「ん？　私ですか？　アルマデルという、しがない流れ者です。ここの『ゾーン9』ステージの景色が好きでしてね。たまに一人で入っているのですよ」

用意してあったセリフが俺の口をついて出て行く。

「そ、そうなのか。失礼した。知り合いを待っていて、そいつと間違えてしまった」

ノヴァスが俯いて、尻すぼみに答える。

「おや。デスゲーム化してからは、ここに入るのは私だけだと思っていたよ。戦いは終わりましたかな？」

俺はわざとらしくならないよう、ノヴァスに訊ねた。

「……それが、観戦が禁止になっていてどうにもわからないのだ。しかも約束の時間より早く始まっていたようでな。決闘時間は一五分に設定されているから、もうすぐ終わると思うのだが」

「制限時間を過ぎれば、自動的に外域決闘場《テンポラリコロシアム》からは追い出されます。ここにもどってくるだろうから待っていればいいでしょうな」

「そうだな。少し待つことにしよう」

ノヴァスは石の壁に背中を預け、腕を組んだ。

「ロミオを待つジュリエットのようですね。……あなた様を取り合っての決闘ですかな」

俺はつい予定にない言葉を口にしていた。

「そ、そんなんじゃない」

頬に朱がさしたノヴァスが、慌てて否定する。

「それはそれは、ご無礼を申しました」

その後のノヴァスはいつもと変わらない表情で、背を預けたまま、じっと待っていた。

俺はこのまま去っても、特段不自然ではなかったと思う。

だがこの時の俺は、ノヴァスともう少しだけ、話をしていたかった。

転移ゲートは揺らめく青い光を湛えながら、音もなく佇んでいる。

誰も出てこないまま、時間は残酷にも刻一刻と過ぎ去っていく。

一五分など、とうに過ぎていたと思う。

それでもノヴァスは無言のまま、じっと転移ゲートを見つめている。

と、その時、ふと頬に冷たいものを感じて見上げると、ちらちらと空から白いものが舞い降りてきていた。

雪だった。

「おや、雪ですな。この土地では初めて見ました。これはずいぶんと珍しい」

俺は指先でふわりふわりと舞うものを示しながら、ノヴァスに話しかけた。

「……」

しかしノヴァスは俯いたままで、俺の言葉など聞こえていないようだった。

ノヴァスの亜麻色の髪に、純白の宝石がゆっくりと舞い降りて、小さな水滴となって消えていく。

その様子に、ノヴァスがすごく神秘的に見えた。

ふいにノヴァスがこちらに顔を向けた。

「アルマデル殿、外域決闘場《テンポラリコロシアム》にお詳しいようだから、ひとつお訊ねしたい」

ノヴァスは凛として、石の壁にもたれたまま俺に声をかけた。

「はい。なんでしょうかな」

「……決闘をした　二人が、二人とも出てこないということは、ありうるのだろうか」

ノヴァスが仮面を被った俺をじっと見ている。

俺は少し考えるふりをして、言った。

「ふむ。決闘場内で生きていれば、ゲートに入らなくとも一五分で強制的にここへ押し出されます。誰も戻ってこないのなら、毒などの時間差ダメージでしょうかな、二人とも死んだのでしょう」

俺は吹けば飛んでいくほどの軽い事のように言った。

ノヴァスの「そうか」という、いつもの言葉が来ると予想していた。

しかし、その言葉は来なかった。

やがて聞こえてきたのは、言葉ですらなかった。

「うっ……うぅぅっ！」

ノヴァスは石壁に背を預けたまま、両手で顔を覆い、ずりずりと崩れ落ちた。

覆った顔から漏れていたのは、嗚咽だった。

（お、おい……）

続けて、信じられないような女性らしい声で、ノヴァスはわっと泣き始めた。

「ううっ……うあぁっ！　うくっ……」

静かに雪が舞い降りる石の塔の上で、ノヴァスは体裁など気にせず大声で泣きじゃくっている。

身を焼かれるような切なさが、全身に広がっていく。

耐えられなかった。

よっぽど正体を明かして、ノヴァスを優しく抱き締めたかった。

大丈夫、もう大丈夫。変な約束をさせられたエブスはいないし、俺は生きているから、と伝えたかった。

俺はこの時、もう認めざるを得なかった。

――この人を、大切に想い始めていることを。

カジカである俺を身体一つで必死に守ろうとしてくれたこの人を。

俺のためにこんなに涙を流してくれるこの人を。

そんな気持ちで俺がノヴァスに向かって歩みを進めた時。

どろりとした心が、俺の体を後ろからぐいと掴んだ。

それが俺に語り掛ける。

――もう一人、地獄に落としたい奴がいるのではなかったのか。

そいつはノヴァスと同じ、ギルドではなかったのか。

ドクン、と胸が大きく跳ねた。

猛烈な葛藤が心の中で生じ、俺はたたらを踏んで身動きができなくなった。

やがて俺の心に、リンデルへの研ぎ澄まされた怒りが満ちた。

――まだだ。まだ、明かせない。

あいつは、万が一にも逃さない。

それが終わるまでは、正体は、明かさない。

決意を固めた後は、溶岩のようにどろどろと煮え滾《たぎ》っている心を入れ替えるように深呼吸した。

そして、ずっと泣いているノヴァスに背を向け、できるだけ明るく言った。

「ああ、そうとも限らないかな」

俺の声に、ノヴァスが泣きやんだのが分かった。

「……えっ？」

「外域決闘場《テンポラリコロシアム》からは転移ゲートを使わず、帰還アイテム『リコール』でも脱出できるはずだ。あまりやらないが……。その時はこの街のどこかにランダムで出現することになりますな」

「そ、そんなことが？」

ノヴァスの顔に、明るい光が差し込んだようだった。

「ちなみに、なんという名のお方を探しているのだね？」

「か、カジカだ。大きくて、不細工で、なんの取り柄も、ない奴なんだ」

ノヴァスは真っ赤な眼をして、まだしゃくりあげながらも、俺の名を言った。

「……そこまで聞いてないけどな」

言い過ぎだろうとばかりに、ぽつりと呟く。

「えっ？」

「ああ、いえいえ……おや？　もしかして、あの山のような大きい人かな。今あの料亭に入っていった……」

俺は顔を見られないように、石壁から探している振りをしながら指さした。

「えっ、えっ！　どこ！　どこどこどこだ！」

ノヴァスは飛ぶように駆け寄ってきて、落ちそうな勢いで俺の横に並んだ。外はねしたブロンドの髪が大きく揺れ、柑橘系のスッキリした香りが少し遅れてついてきた。

石壁から身を乗り出して下を見ている。

ノヴァスのまだ紅潮している横顔が目に入り、心底抱き締めたくなった。

（あの時は、冷たい頬をしていたな）

湧きあがってくる感情のせいか、俺は少し言葉に詰まりながらも言った。

「あの、『運命の白樺亭』ですよ。ずいぶんと大きな方でした。私の見間違いかもしれませんが、行ってみてはいかがか？」

「なっ!?　ま、まさかあの男！　待っていた私を捨てておいて詩織殿のところへ……！」

ノヴァスの顔がいつものものに戻ったと思ったのもつかの間、すぐさま石壁を離れ、階段をカカカ、と下りてゆく。

（行っちゃった……。挨拶もなしかよ）

誰もいなくなった石の塔の上で、俺は盛大に肩をすくめる。

（……ん？）

ふと見ると、階段のところに何か白いものが落ちていた。

拾ってみると、見覚えのあるハンカチだった。

ノヴァスが昨日、身体を拭くのに使っていたものである。

きれいに四つ折りに畳んであった。

（見かけによらず、女子力高いなあいつ）

俺はそれをポケットにしまった。今度会える時に返そう。

いつになるか、わからないが。

静かに舞い降りていた雪は、いつのまにか止み、眩しい陽射しが雲間から光の線になって差し込んでいた。

《了》

▼
特別収録『洛花』
▲

AKASENU SYOUTAI
-kojikini otosareta itotsukai-

階段を降りて行くと、水の流れていく音が石壁を跳ね返り、後ろからも聞こえてくる。

外ではないのに、雨上がりの日のような香りがするのが、不思議だった。

ふつうダンジョンといえば、コケに足をとられぬように進む、かび臭くて薄暗い場所を想像するだろう。

しかしここは違った。

空調でもあるのかと思うほどに、澄んだ空気が淀むことがなく流れてくる。

オレンジ色の魔法の明かりは自分たちを高い位置から煌々と照らし、足元の黒大理石がそれを上品に反射している。

ルミナレスカカオからずっと西に行った果ての地。

潮騒は聞こえるものの、そそり立った魔法の壁が海へのアクセスを許さない場所である。

そんな誰も興味のない、果ての森で見つけた、不思議な入り口。

入ってみると見たことのない、なんとも豪華な造りのダンジョンだった。

「この水はホントありがたいな」

今は地下四階に降り立ったところだ。

運営の配置してくれた水汲みエリアで湧き水を水袋に詰めながら隣を見る。

「ほんとね」

そこには俺より少し背の小さい人が栗茶色《アカジュー》の髪を洗い、結い直している人がいた。

腰には愛用するミスリル銀の短剣。

俺の親友、詩織である。

俺はこの少女と二人でダンジョン攻略している。

拘束特性をもつ俺がヘイト、拘束、回復係。攻撃は詩織。

課金アイテムのソロ支援用召還獣、アカトナカイに支援魔法《バフ》をもらい、二人と一匹で戦い続けてきた。

レベル六〇程度の敵二匹までならなんとかやってこれたが、それ以上にリンクしてしまうとダメだった。

全滅は一〇回を超えたところで数えるのをやめた。

アカトナカイが消失しても、通路に一匹ずつ引く戦いを辛抱強く繰り返し、たった二人でここまで来た。

パートナーが息のあった詩織だったからこその偉業だ。

「……この部屋、なんだか今までと雰囲気が違うわね」

濡れたポニーテールが魔法の灯りを受けてオレンジ色を載せる。

彼女は短剣を扱う近接系二次職業、暗殺者《アサシン》である。

敏捷度が一番高く、DPS《ダメージパーセカンド》は並だが、背後からの一撃は様々な職業の中で随一の火力を持つ。

詩織は俺の糸の戦い方が好きと言ってくれる人だった。

しかし俺は正直、不思議だった。

引く手あまたの職業で、しかも花のような少女が、俺みたいな〝雑魚職業《いとっかい》〟と一緒に狩りをしてくれることが。

「ここでボスなのかな」

洗った顔を拭き、壁に立てかけておいた盾を持って立ち上がる。

正面には小部屋を挟んだ先に大部屋が見える。

そこには一匹のモンスターが佇んでいた。

遠くから見ると、黒い牛のようにも見える魔物だった。

「……たぶんアルカナボスじゃないわ。人型って聞いたことあるもの。ここ、アルカナダンジョンじゃないのかしら」

俺はふむ、と言いながら考える。

「——まだわからないな。さらに深層があって、中ボスなのかもしれないね」

「でもあたしたち二人じゃ、どのみち無理そうな相手よ。纏ってる空気がさっきまでとケタ違いだわ。それにあの狂気……」

「確かに。ここまでで情報を取って売るのがいいかもしれないね。正直ちょっと戦ってみたい気もするけど」

それを聞いた詩織が小さく溜息をつくと、笑った。

「……まあいいわ、せっかく来たんだし。中ボスの情報もあったほうが高く売れるしね」

「よかった。まだこれたくさんあるから」

俺はそう言って、さっきから使っていたアイテムを詩織に渡す。

【復讐の再戦《リスポーン》】。

本来ダンジョンの中で死亡、またはログアウトすると、再開時は強制的にダンジョン入口まで戻されてしまう。

これはそのルールを曲げて、現場に復活《リスポーン》できるというものだ。

イベント課金ガチャの副賞だったから、五〇個以上は持っていたと思う。

帰属アイテムではないので、とりあえず詩織に追加で五個渡す。

さらに【死亡時経験値減少】のアイテムも渡した。

「……ありがとう。じゃあ多少様子を見る程度でやってみましょ」

「ああ」

室内の広さと構造を確認した後、俺たちはその牛のような化け物に向き合う。
五、六メートルはあるだろうか。真っ黒な体躯から鋭い刺が数えきれないほどに突き出ている不気味な魔物だった。
モンスター情報を見なくとも、知識がその生き物の名を知らせる。

「し、詩織……こいつ、もしかして」

「うん……」

詩織も気づいたようだった。

小さな口を尖らせて、困ったような顔をしている。

三〇メートルまで近づいて得られたモンスター情報には、やはり「窮奇《きゅうき》（四凶）」と書いてある。

信じたくなかった。

召喚獣ならば名前を偽るアイテムも存在するが、こいつはモンスターである。

窮奇は確か、四凶の中でも饕餮《とうてつ》とともに上位に位置する魔物だ。

「……【四凶の罪獣】だな。こりゃ初めて見たな」

「うん……あ、ねぇ見て」

頷いた詩織が、遠くを指さしている。

そこには、奥に続く扉があった。

「まだ奥があるんだな。四凶なのに、ボスじゃないってか……こんだけの存在を中ボスに置くなんざ、やっぱ奥にアルカナボスがいるのかもな」

鳥肌が立っていた。

これがアルカナダンジョンのレベルか。

第一サーバーのギルド『北斗』と、第六サーバーのギルド『アルキメデス』がすでにアルカナダンジョンを攻略しているというが、プレイヤーの格の違いを思い知らされるというものだった。

今、『ザ・ディスティニー』において最終職業まで至っているプレイヤーは彼らくらいで、ほんの一握りである。事実、俺たちの第二サーバーには不在で、レイドボス討伐もうまくいっていない。

『サーバー間闘争』という集団戦が過去に二度行われたことがあるが、第二サーバーは二回とも最下位だった。

他サーバーからは雑魚サーバーと呼ばれているくらいである。

（この中ボスですら、勝てる気がしないというのに）

こんなダンジョン、どれだけ成長したらクリアできるのだろう。

立ち尽くす俺たちを一瞥した窮奇は、なんと眼を逸らした。

まったく興味がないといった素振りだった。ノンアクなのだろうか。

「……仕方ない。当たって砕けよう」

「いいわ」

俺は一気に窮奇に詰め寄った。

いつもの攻撃距離二〇メートルまで到達した俺は、右手を前に伸ばす。

俺の指から放たれたのは、ミスリルの銀糸。

■ミスリルの銀糸
拘束確率　二四％　拘束二秒／本　持続ダメージ　HPの〇・一％／秒　攻撃力　二〇

シュ、という音を立てて、三本の糸が黒い魔物に真っ直ぐ飛んで行く。

店売りだが、俺の最強の糸だ。

鋼糸で切れ味が良く、ごく稀に剪断を起こすので好きだった。

こいつでもしそんなことが起きたら、最高に夢みたいだ、と思った。

「……」

――そう思っていたら、やっぱり確かに夢だった。

糸は窮奇の前脚に三本とも踏まれ、動けず地面をのたうっている。

ぎろりとこちらを睨む窮奇。

その口元が何かを喰むように動いている。

「ま、魔法だ！　なにか来るぞ――」

俺は左手に持っていた低純度ミスリルの盾を構えて、こらえようとした。

糸系職業は布装備しかできないが、盾のアビリティが存在する。

これは片手に糸を構え、もう片方に盾を構えよということなのだと思う。

俺は今、第六位階に入ったばかり――つまりアビリティレベル六――だったが、ずっと変わらずこのスタイルで狩りを続けてきた。

そんな時、予想もしないことが起きた。

ふいに背中にドスン、と来たのだ。

下を見た俺の腹には、背中から突き抜けた短剣の刃が血を滴らせていた。

見慣れた刃は、詩織のもの。

「し、詩織……？」

「……」

見ると、無言で俺の背中に寄り添う詩織がいた。

気づいた俺は状態異常回復薬を詩織にかけるが、全く反応がなかった。

「くそ、【魅惑】か。しかも治らないとは」

吐き捨てている間に、窮奇が俺に突っ込んでくるのが視界の片隅に見えた。

盾を身構え、相手の動きを覚えようと目を凝らす。

「なっ⁉」

一瞬で目の前に来ていた。

（なんという突進だ……）

吹き飛ばされた俺の視界は暗転し、赤い文字で死亡が表示された。

LOADING

「ほんっとにごめんなさい！　……痛かった？」

「いやいやたいしたことないよ」

あれでHP半分以上逝ったけど。

絶対夢に出る気がするけど。

「ごめんねカミュ……。このあたり？」

詩織が刺さったあたりをさすってくれる。

もう治っていて痛くも痒くもないのだが、なにか嬉しいので、そこだな、とか言ってみる。

いつもの詩織の甘いにおいがふわりと香り、鼻の下が伸びた。

「……と、とりあえず、【魅惑】をもたらすことはわかったぞ」

生き返ってもショックから立ち直れない俺だったが、自分以上に詩織がつらいだろうと思っていたので空元気で話していた。

「……あの目を見ちゃダメみたい。抵抗できる気がしなかったわ」

ステータスには【絶対服従】と書いてあったという。

「なるほどな。さっそく厄介な技を見せてくれる」

……そして二回目。

窮奇の【絶対服従】は、俺が目を逸らして抵抗したものの、俺の糸はどうしても窮奇に巻き付かなかった。

詩織の短剣が棘の間に見える皮膚を切り裂いてダメージを与えていくが、やがて窮奇の吐いた吐息《ブレス》にふたりともやられ、再び全滅した。

LOADING

「ありえない吐息《ブレス》ね……」

「お、おう……」

なんと表現すればいいのかわからないものだった。

赤黒い息に小さな人の顔のようなものがたくさん混じっていた。

それに触れた部分が、なんと痛みもなく白骨化してしまう。

その部位を放っておくと、キャラに永久障害が残ってしまうものだ。

経験値ロストを覚悟して死ぬか、高級な回復薬《ポーション》を使用するしかない。

「……これなら炎の吐息《ファイアブレス》のほうがまだいい気がするわ」

そして三回目。

始まるやいなや、足元の黒大理石に赤い靄の漂う黒穴があいた。

「ヒヒヒ……」

穴の中から、奇声が響く。

姿を現したのは痩せ細った、赤茶けた肌の腰巻きだけの男。

その手には赤黒い大鎌《デスサイズ》を持っている。

髪は頭頂が禿げ上がり、落ち武者のように側頭部の黒髪が肩までのびている。

「ぶ、部下召喚……」

モンスター情報を見ると、餓鬼王《ガキ・プリンス》。

口角を吊り上げるようにして笑ったその餓鬼王《ガキ・プリンス》は意外に素早い動きで詩織に接近した。

「ヒヒヒー！」

詩織に向かって振り下ろされる大鎌《デスサイズ》。

割り込んで盾で防いだまではよかったが、本職ではないだけに体勢を崩してしまい、二撃目を左肩にぐっさりともらった。

さらに俺たちの側面から吐かれた窮奇のあの吐息《ブレス》で、三回目の挑戦も三分ももたずに終わった。

その後、数回戦ってみたが、全く勝てる気がしなかった。

LOADING

なんとなく目が醒めた早朝だった。

時刻は朝の四時半を回るところ。

昨日は仕事が長引いたので、結局三時間くらいしか寝ていない。

目覚めて時間があると、俺のいつもの流れである。

パンと牛乳だけ口にして、すぐに『ザ・ディスティニー』にログインした。

幸い、今日は遅出勤務なので少しゆっくりＩＮできる。

【復讐の再戦《リスポーン》】を使用していたので、俺は昨日ログアウトした窮奇の部屋の前に立っている。

「ふぅ……」

ここにとどまって、はや三日が経とうとしていた。

詩織は別用もあってすでに街へ帰還しており、この場に立っているのは俺一人だ。

とはいっても、そろそろレベルダウンが痛く感じてきた頃だった。

装備品耐久度もひどく落ち、修復アイテムが底をついていた。

とれる情報も増えなくなっている。

急に大きな欠伸が出た。

体にも案外疲れが残っているようだ。

そういえば今週は月曜から送別会とか、やけに時間をとられた週だった。

（……手を引く頃合いなのかもしれない）

詩織と紅葉を見に行く約束も、延々と先延ばしにさせてもらっている。

ふと、このままダンジョンリコールを使おうかとも思ったが、なにかひどくもったいない気もして、最後に一回だけやってみようと決めた。

再び【復讐の再戦《リスポーン》】と【死亡時喪失減少】を使用し奴の部屋に入っていく。

確認することは、餓鬼王《ガキ・プリンス》の召喚を糸の拘束でキャンセルできるか、ということだけだ。

詠唱中の窮奇は無防備に見えるのに、なぜか一度も決まらなかったのだ。

だが、これができれば攻略にぐっと近づく。

――俺ではない、誰かが。

「……」

自嘲していた。

（不遇職か）

そう。俺は攻略できない。

仲間を募っても集まらない不遇職だからだ。

これだけの情報を提供したとしても、攻略パーティに入れてもらうことすら無理だろう。

俺の糸は恐ろしくヘイトを稼いでしまうためである。

このあきらめの気持ちにも、すっかり慣れてしまった自分。

思えば間違った職業を選んでしまったと何度思ったことだろう。

しかも、みんなが糸使いを削除《キャラデリ》する中でも俺は頑固にこの職業にこだわっていた。

苦労してレベル五八にし、これだけ課金しておきながら、対人戦では一〇レベルも低い他職に負ける。

トーナメント戦では、戦う前から対戦相手が俺を見て喜ぶ。

そう。俺は情報を大手ギルドに売り渡すくらいが関の山。

どうあがいても、雑魚なのだ。

「……嫌いじゃないんだけどな」

俺は自分の右手を眺めた。

三本の指に装備された、銀色の糸が見える。

他人の評価に反して、俺はこの職業が好きだった。

成長すれば、きっともっと糸を持てるようになるのだと思う。

乱舞する糸で切り裂いて、相手をばったばったと倒すのだと思う。

時折発生する剪断が、たまらなく気分がいい。

（くそ……）

だからこそ。

本当はとてつもなく悔しかった。

——強くなれない自分が。

（いい加減近接火力キャラでも作りなおさなければ駄目かな……）

大きなため息をつき、部屋に入っていく。

今日も例によって窮奇がいた。

だがどうしたことか、いつもと違い、うずくまるように座っている。

（あれ……）

眠っているのだった。

俺が部屋に入っても、全く気付かない。

相当深い眠りのようだ。

もっと近づいてみる。

やはり、起きない。

「——おい窮奇。戦いに来たぞ」

そう声をかけても、起きようともしない。

その無防備に眠る様子を見て、こんな凶悪な敵に妙な愛着を感じた。

もう見慣れたハリネズミのように鋭く突き出している棘が、今は力を失って下向きに垂れている。

すぐ傍に立って顔をなでてみる。

やはり起きない。

「……だめだ。起きないな」
ゲームの不具合だろうか。
事情のわからない俺はそんな窮奇に背中を預けて座り込んだ。
俺の頭にあったのは、餓鬼王《ガキ・プリンス》の召喚キャンセルだけだった。
それには戦ってくれないと話にならない。
金にもならない。
無防備な窮奇を倒すとか、そういう発想自体がなかった。
背中に伝わってくる生き物の温かさ。
あれだけ凶悪な魔物でありながら、どうしてだろう。
今は全くそう感じなかった。
正直、心地よかった。
起きたら戦おうと思いながら、そのまましばらく経った。
どれぐらいそうしていたかは、わからない。
温かさに癒されるように、俺は眠ってしまっていたから。

LOADING

動物っぽい臭いがした気がして、目を覚ました時。

漆黒の双眸が、目の前で俺を不思議そうに眺めていた。

「うわ」

「……我に寄りかかって眠りこけた奴は、お前が初めてだなぁ」

牛の顔が、喋った。

歌い手のような、低い声だった。

「あ、ああ！　すまん」

自分でも謝っている意味がわからない。

慌てて立ち上がって離れると、窮奇の全身に棘がすっと立った。

「というか、あんた喋れるのか」

「――我の負け、すなわちお前の勝ちだ」

俺の質問には答えず、窮奇はいきなり降参した。

「……は？」

俺はまだ寝ぼけているのかと思う。

「我は毎日一時間、無防備に眠らねばならぬ。我ら四凶は破壊的な力を持つがゆえに、決定的な弱点を合わせ持つのだ。やらねばならぬことが残ってはいるが、まあいい。我を殺すがいい」

「おいおい……まだ戦ってないだろ」

「我は殺されてよい姿を晒した。お前の情けで、今生きているだけだなぁ」

「いや、あんたこそ俺を殺せたはずだ」

自分のことより、この化物の思考回路が疑問だった。

「……確かに殺すのは好きだがなぁ。お前を今殺しても結果は変わらぬ。お前たちは復活《リスポーン》する。いずれ我の眠る時間を知り、大勢の仲間を連れて狩りに来るであろうなぁ」

「寝る時間を変えりゃいい。抗《あらが》う方法はいくらでもあるはずだ」

「……死神のお守《も》りなど、そもそも興味がないのだ」

「し、死神？」

背筋を、冷たいものが流れた。

「……もしかして、アルカナボス《死神》か？」

鼻息をブシューと吹きながら、窮奇が俺を不思議そうに眺めた。

「お前はそんなことも知らずに、ここまで来たのか？」

胸が高鳴っていた。

どうやら本当にアルカナダンジョンのようだった。

「……でもなんであんたみたいな四凶がここにいるんだ？」

口元をぺろりと舐めた窮奇が言葉を続けた。

「知らぬようだなぁ。我ら四凶はこの世界に変を為す《女帝》を排除した際に、他のアルカナボスどもに襲撃され、囚われた。我は《死神》に。饕餮《とうてつ》は『力』に。渾沌《こんとん》と檮杌《とうこつ》は戦いもせずに逃げたゆえ、わからんがなぁ」

（……この世界に害をなす《女帝》を排除？）

史実に沿っている話のようだが、ひとつだけ違った。

四凶は害悪を為し続けたと聞いている。

ゆえに呼ばれる。【四凶の罪獣】と。

「《女帝》が害を為すって、どういうことだ？」

「そのままの意味だが詳しくは知らぬなぁ。我が友饕餮の言葉に従ったまで」

饕餮が知っているということか。

「《死神》は我にこの場の守護を命じた。守護など向かぬ欠点を持つことも知らずになぁ」

窮奇は吐き捨てるように言った。

「それであんたは、そうやって日々死を覚悟して眠っているのか」

「囚われた我に、選択の余地などないからなぁ」

「……」

ゲームとはいえ、ここまでモンスターに知能を与える運営に、俺は感動していた。

「しかし死を前にしても、我が悔いは消えぬ。お前に頼みがあるなぁ」

「……なんだ？」

俺は瞬きをして耳を傾ける。

この魔物が訴えかけてくる言葉は、まるで人間のようである。

「アルカナボス『力』から饕餮を解放する術《すべ》を知らぬか。我が友は、我を助けようとして『力』に囚われた。何としても友を助けたいのだ。それさえ叶うなら、我は喜んでお前の贄《にえ》となろう」

（贄……）

その心意気に打たれていた。

アルカナボスは一度倒すと全サーバーから姿を消す。

それはその配下の中ボスも同じように消え去るということを意味する。

つまりこいつは再出現《リポップ》しない。

たったひとつの命で、こんなことを言っているのである。

「あんたと同じように饕餮も『力』の中ボスをやってるってことだな」

「……おそらくそうであろうな」

窮奇は、ひとつしかない命を友のために捨てようとしている。

もしかしてこれはクエスト提示かと思ったが、画面上にその表示はなかった。

頭を捻って、思案を巡らせる。

「饕餮に事情を話して横を素通りし、『力』を先に倒せば、解放は可能かもしれない……」

俺の言葉に窮奇は文字通り、鼻を鳴らした。

「……それは無理だ。饕餮は契約に従い、『力』を守らざるを得ぬ。我がここでお前と戦わねばならぬのと同様に」

戦うか死か、我らはそれしか許されぬのだ、と窮奇は嘲笑うように言った。

「そうか……」

「……他にはないものか。知の生き物よ」

問い質すように訊ねてくる窮奇。

「……」

思案にくれていた俺は、残されていたもう一つの方法に、まだ気づかなかった。

やがて窮奇は、晴らせぬ恨みの苦しさを吐き出すように、壮絶な雄たけびを上げた。

「ウォォォォオオオ!!　……今生においては、我が願いは叶わぬか……!」

足元が揺れ、空気が震撼するほどの怒りだった。

四凶と言う生き物の圧倒的な力を、肌で感じた。

「済まない……あんたは、大事な友人とやらを助けたいだけなんだな……」

俺はこの魔物の感情をひしひしと感じ、感極まってきていた。

一方の黒い巨大な牛は俺の言葉には答えず、四本脚を折って座りこむ。

「……やむを得ぬ。我を倒し、お前の糧にせよ」

「……窮奇」

「お前、糸を使う者であろう」

窮奇が俺の手を見ていた。

「よく知っているな。……そうだ。俺たちの間では不遇職で通ってる」

俺は肩をすくめて自嘲した。

しかし、窮奇の反応は俺の予想の斜め上を行った。

「愚かな。本当にそう思っておるのか」

「ん？　どういう意味だ」

「……最も恐るべきは、全てを解放した糸を操る存在」

窮奇が、その低い声で歌うように言った。

「……な、なんだと？」

俺の声がかすれた。

言っている意味が、わからなかった。

「……糸使いよ。お前に全てを託す。我を倒せば少しは強くなろう。新たな力を得れば、可能になるやもしれぬ。そして願わくば我が友饕餮に、救いの手を」

そして窮奇は全身に生えた棘を寝かせると、眠っていた時と同様に頭を石畳につけ、眼を閉じた。

「……期待しておるぞ」

「……おい、待てよ。勝手に決めるな」

殺したくなどなかった。

なぜ、こいつを殺さなければならない。

魔物といえど、囚われて望まぬ戦いを強いられ、安眠すらできずに日々過ごしている。

形はどうであれ、ただ友を愛する生き物。

何ら変わらない、俺たちと同じ思考回路。

「……気が変わらぬうちに、早く殺せ」

助けたい。

何か方法がないのだろうか。
「……さもなくば、お前を喰い殺すぞ」
戦わずして、《死神》とこの窮奇の契約を解除する方法は、本当にないだろうか。
もしあるのなら、同じ方法で饕餮を救うこともできるのだ。
「くそっ、契約を解除する方法が――」
ふと、頭の奥で引っかかるもの。
「……契約……？」
聞き覚えのある言葉。
そして気づく。
――はっと息を呑んだ。
（まさか……！）
がらん、と言う音がして、俺の盾が足元に転がった。
その音で窮奇が閉じた目を開く。
閃光が頭の中を駆け抜けるようにして、ひとつの考えが浮かんだ。
俺が思いついたのは、解除ではなかった。
そう。正確には――。
――上書き。
体が震え始める。

自分の、小刻みに揺れる両手を見る。

俺の全ての指に嵌っている、黒い指輪。

ボーナスを注ぎ込んで得た、強力な課金アイテム、召喚の指輪である。

モンスターの名を知り、詠唱にのせるだけで従え、指輪に封じ込めることができるものだ。

「いや、無理だ。こんな圧倒的な生き物を……」

従えられるはずがない。

これだけの魔物が、召喚獣になるはずがない。

伝説にまでなっている【四凶の罪獣】。

アルカナダンジョンの中ボス。

こんなのをプレイヤーが従えたとしたら、ゲームバランスが完全崩壊してしまう。

そもそも調教師でもないのに、俺みたいな雑魚が従え切れるとも思えない。

それでも、俺は体の震えを止めることができなかった。

「……どうした？　糸使い」

窮奇は俺が青ざめているのに気づいたようだった。

俺はからからになった口で、答えた。

「……窮奇。うまくいくかどうかわからない。だがひとつだけ方法を思いついた。あんたを《死神》から解放して、助け出す方法が」

「……なんだと？」

窮奇が、首を持ちあげた。

「これがうまく行けば、饕餮も同じ方法で助け出せる。それにこれなら、あんたは安心して日々眠れる」

「……饕餮を、助け出せるだと？」

今度は窮奇が訊ねる番だった。

「ああ。繰り返すが、うまくいくかわからない。だから、あんたで試させてもらえないか」

「詳しく話せ」

座ったまま顎をしゃくった窮奇に、俺は指輪の効果を一から説明した。

「……ということだ。俺に本当の名を教えてくれ。俺はあんたを《死神》の支配から奪い取る」

このゲームはプレイヤーを中心に回っている。

召喚契約を結べば、恐らくこの窮奇は――。

――俺に降る。

漆黒の双眸が俺をじっと見つめている。

「……この我を《死神》から奪い、人が従えるということか」

「そういうことになる。うまくいったらの話だがな」

窮奇が鼻をブルル、と鳴らした。

「儚き存在が、実に面白いことを言う。だが……条件があるなぁ」

「なんだ」

「従えたのちは、約束してやろう。我ら【四凶の罪獣】は、何者にも負けぬ」

窮奇が舌なめずりをした。

「……だが小さき問題がある。我にとって、殺戮は花。戦いだすと止まらぬのだ。主の命令は絶対と誓うが、花を咲かす衝動ゆえに聞けぬ時がある。一度始まれば、主が望まぬものまで殺すかもしれぬ。我が主となる者ならば、それくらいは許せるであろう？」

窮奇がいつになく楽しそうに笑っていた。

「いやそれくらいって、結構困るぞ……」

主となる者に条件を突きつける召喚獣も珍しい。

この窮奇は、つまり殺戮を好きに楽しませろと言っているようなものだ。

召喚できる時が、大幅に限られる。

「できるだけ殺さぬよう、努力はするがなぁ」

窮奇は視線を逸らしながら言った。

「ふむ……」

腕を組んで少々悩んでいると、窮奇はさらに条件を重ねてきた。

「……ではもうひとつ約束しよう。お前を強くするには、何を倒せばよいのだ？」

「え？　いや、たとえば俺より強い奴を――」

窮奇が鼻を鳴らして遮った。

「レベルなど勝手に上がる。お前たちは精錬石で強くなるのであろう？　何者がそれを持っておるのか」

俺たちのことに随分詳しい魔物だ。

「あー……例えば冥界の三ツ頭犬《ケルベロス》とか、一般龍種《ジェネラルドラゴン》とか、レイドボスレベルのモンスターがな……」

「――朝飯前だ」

「……は？」

「我が片っ端から倒して、お前を最強の存在にしてやろう。代わりに我を連れ、饕餮を探すと約束せよ」

口がぽかんと開いていた。

「さ、最強……？　俺が？」

「そうだ。それならよかろう」

俺が？

不遇の糸使いが、最強に？

「じょ、冗談だろ……？」

口元が引き攣る、変な笑い方をしていた。

「――四凶の我を、信じられぬか？」

膝が、震えていた。

「……レイドボスを、あんたが倒せるのか？」

「我の強さを見たのではないのか？　我が体躯はすべてを跳ねのけ、吐息は、如何なるものも骸にする。冥界の三ツ頭犬《ケルベロス》など、相手にもならぬなぁ」

「……」

そうだ。

こいつを従えるということは、そういうことだ。

「難しく考えることはないなぁ。従えたのちは、我の殺戮に目をつぶればよいだけだなぁ。ひとりのときに出せばよかろう？」

震えるこぶしを、握りしめた。

否応なしに、顔に笑みが浮かんでくる。

この魔物が、俺の願いをかなえてくれるという。

胸が熱くなって、視界がぼやけ始めた。

俺も、この魔物のまっすぐな願いを叶えたい。

それにはこいつの言う通り、使役するときに周りに気をつけるだけでいいのだ。

「さあ、答えの時間だ。決めるがよいなぁ」

窮奇のペースで話が進んでいるのは、わかっていた。

それでも気にしなかった。

本当は何を捨てても、俺は強くなりたかったのだ。

不遇から、抜け出したかったのだ。

俺は顔をあげて右腕でごしごしと涙を拭き、窮奇の双眸を見据えた。

「できるだけ、殺さないように努力すると約束してくれるか?」

「承知」

「必ずだぞ。命じた敵以外は、殺しの衝動に抗い、生かそうと努力してくれ。いいな?」

「承知」

窮奇は頭を大きく縦に振って即答した。

「よし。……名を教えてくれ。あんたを連れよう。まぁ、あんたは魔物だから殺しを望むのは普通だしな。饕餮を探すことも約束しよう。……仲良くやろう。俺の名はカミュだ」

「――よし。契約は為されたぞ!」

喜々とした窮奇が全身の棘を立てて、立ち上がった。

「弱き主とはいと面白きもの。そなたが目の前にする我こそは四凶の中で凶気を司る者。知るがいい。――我が名は美しき、堕ちた都の一輪の花――」

窮奇が、空に向かって吼えた。

「――洛花なり――!」

《特別収録・『洛花』了》

あとがき

このたびはこの作品を手にとってくださり、心より御礼申し上げます。

本作品は不遇な糸系職業についたプレイヤーが最強の力を手に入れたものの、デスゲーム化に伴い力を失ってしまうという所から始まります。

「小説家になろう」で連載している作品で、幸運にも第四回ネット小説大賞受賞を頂き、書籍化となりました。

書籍になったラノベを読みあさるうちに自分でも書きたくなり、夜釣りをしながら下書きを始めたのがこの作品です。

主人公の名前のひとつは、その時釣れた55㎝の魚の名前をとってカジカになりました（でかかったー）。鍋にすると美味しいんですが、本になりますように、と願いも込めて海に返しました。

するとどうでしょう——なんと第四回ネット小説大賞受賞。

ただ、気持ちだけでたいした推敲もなく始めたので、なかなかに大変でした。

「小説家になろう」連載を追いかけてくださった読者様なら、このあたりはご存知かと思います。

ご存知の通り、この作品は私が初めて書いた小説になります。

「小説家になろう」に投稿してみて、つくづくよかったなあと思いました。

毎日が勉強になりました。

「小説家になろう」読者様におかれましては、右も左もわからぬ私に温かいお言葉を多々頂き、心より感謝を申し上げます。

イラストはなんと、あのお忙しいｐｉｃａ先生に描いて頂けることになりました。ありがとうございます。当初は私の中だけだった、カジカ含めあらゆるキャラクターが生き生きと描かれていて、本当に感動しました。


さて、本巻は書き下ろし短編を含んでおります。洛花との出会いを書いたものですね。

当作品はここから書こうかと考えていた時期もありました。よろしければご感想など教えて頂けますと幸いです。


最後になりましたが、ネット小説大賞で拾い上げてくださった一二三書房様には心より感謝を申し上げます。担当の遠藤様におかれましては、不慣れな私をさまざまな面でお助け頂き、感謝を申し上げます。

それではまた二巻の巻末、またはネット上でお会いしましょう。

ポルカ

傭兵物語
純粋なる叛逆者《リベリオン》
1～2巻好評発売中!
著者／進藤jr和彦　イラスト／白井鋭利
©Kazuhiko jr Shindo

レジェンド・オブ・イシュリーン
Legend of Ishrean
1～4巻好評発売中!
著者／木根楽　イラスト／匈歌ハトリ
©Kikonraku

白薔薇の剣
1～2巻好評発売中!
著者／葵れい　イラスト／ミヤジマハル
©Rei Aoi

かみがみ
1～3巻好評発売中!
著者／真上犬太　イラスト／黒ドラ
©Inuta Masagami

機動城砦サラトガ
1巻好評発売中!
著者／円城寺正市　イラスト／ERIMO
©Masaichi Enjouji

天と地と狭間の世界
イェラティアム
1～3巻好評発売中!
著者／夜々里 春　イラスト／村上ゆいち
©Haru Yayari

明かせぬ正体
～乞食に堕とされた最強の糸使い～

発　行
2017年2月15日 初版第一刷発行

著　者
ポルカ

発行人
長谷川　洋

発行・発売
株式会社一二三書房
〒102-0072　東京都千代田区飯田橋2-14-2　雄邦ビル
03-3265-1881

デザイン
okubo

印　刷
中央精版印刷株式会社

作品の感想、ファンレターをお待ちしております。
〒102-0072　東京都千代田区飯田橋2-14-2　雄邦ビル
株式会社一二三書房
ポルカ 先生／pica 先生

Printed in japan, ISBN 978-4-89199-409-9

※本書は小説投稿サイト「小説家になろう」（http://syosetu.com/）に
掲載された作品を加筆修正し書籍化したものです。